Uschi Hammes

Der Spatz

Roman

Wiesenburg Verlag

Bibliografische Information der
Deutschen Nationalbibliothek:

Die Deutsche Nationalbibliothek verzeichnet diese
Publikation in der Deutschen Nationalbibliografie;
detaillierte bibliografische Daten sind im Internet
über http://dnb.ddb.de abrufbar.

1. Auflage 2014

Wiesenburg Verlag
Postfach 4410 · 97412 Schweinfurt
www.wiesenburgverlag.de

Umschlaggestaltung:
A. Fischbach (info@syndikat-visuell.de) Mob.: 0176/26014747

ISBN 978-3-95632-182-5

Ich lebe in einem Land, in dem Pflanzenfresser jahrelang Tierkadaver als Nahrung bekommen und die Menschen sich wundern, dass das nicht gut geht. Die Tiere werden krank, und man tötet sie zu Hunderttausenden. Jedoch als „Glied der menschlichen Nahrungskette", denn viel mehr sind Tiere in diesem Land nicht mehr, erkranken letztendlich auch viele Menschen. Diese tötet man nicht, diese sterben von ganz alleine.
Ich lebe in einem Land, in dem pflegebedürftige alte Menschen mit Psychopharmaka ruhiggestellt werden, weil man die Zahl des Pflegepersonals nicht erhöhen möchte. – Alles ja auch eine Kostenfrage ...!
Ich lebe in einem Land, in dem keiner hungern muss, weil genug Nahrung da ist! Nur was man der Seele zu essen geben soll, das hat man leider im Laufe der Zeit vergessen. Konsum ist das Surrogat.
Ich lebe in einem Land, in dem nur deshalb so viele Wölfe herumlaufen, weil die Schafe gelernt haben, sich zu verkleiden.
Ich lebe in einem Land, in dem man zufrieden sein könnte mit dem, was man hat. Aber die Menschen hier sind mehr als zufrieden: Sie sind unzufrieden.
Ich lebe in einem Land, in dem auf Gehwegen mehr Platz für parkende Autos ist als für Fußgänger. In diesem Land gibt man viele Versprechen, aber man misst ihnen wenig Bedeutung zu. Das heißt: Wer seine Versprechen hält, ist selbst schuld.
In diesem Land, in dem ich lebe, haben Tiere Pflichten, indes keine Rechte.
In diesem Land, in dem ich versuche zu leben, vertreiben sich die Bewohner lieber die Zeit als die Sorgen, und die Bewohner glauben an den Himmel **und** *an die Hölle.*
In diesem Land sagen kreative Leute, Maler wie Max Liebermann, Sätze, die da heißen: „Ich kann gar nicht so viel fressen, wie ich kotzen möchte", dem ich mich „verdaulichst" anschließe.

Habe ich schon erwähnt, dass gesunde Tiere ebenfalls geschlachtet werden, wenn die Stabilität des Fleischpreises in Gefahr ist?
Ach, und noch etwas: Wir befinden uns im Zeitalter der Kommunikation, will heißen: Man redet nicht mehr miteinander, nur noch über einander.
Den Einwohnern geht es gut!
Von den vierzig neugeborenen Kindern, die jedes Jahr einfach ausgesetzt werden, mit dem Vorsatz, dass sie sterben sollen, werden zwanzig noch lebend gefunden.
Oh ja, allen geht es gut!
Jeder kann so viel Gutes tun, wie er möchte! Wenn man aber dabei auffällt, zu viel Gutes zu tun, dann finden sich schnell Neider, und es wird etwas gefunden oder erfunden – egal, Hauptsache, man macht ihn fertig. Also hüte dich davor, in diesem Land positiv aufzufallen. Das sieht man gar nicht gerne!
Natürlich sollte man auch nicht negativ auffallen. Die Strafen dafür sind jedoch angemessen, sprich auszuhalten, denn in diesem Land gilt: in dubio pro reo, und Zweifel, die kann man aufbringen. Muss man sie sich halt etwas kosten lassen.
Nein, ich will mich nicht beschweren, hier kriegt jeder, was er verdient – der eine mehr, der andere weniger. Schließlich leben wir in einer Demokratie. Da geht's halt nicht immer gerecht zu.
Die Bewohner dieses Landes fragen viel nach dem Sinn des Lebens. Würde doch mal jemand nach dem Unsinn fragen …
Allgemein gilt: höflich, freundliches Desinteresse, und bitte immer schön an der Oberfläche bleiben.
Du sagst, in dem Land, aus dem du kommst, ist es nicht anders, und fragst, ob ich nicht etwas ganz Typisches erzählen könne, von dem Land, in dem ich lebe.
Doch – Moment – ich muss kurz überlegen:
Ich lebe in einem Land, in dem die Bewohner an einem strahlend blauen Sommertag einen Regenschirm mit sich tragen. Irgendwann, vielleicht bald, morgen oder nächste Woche, da könnte es doch sein, dass es Regen gibt, und in diesem Land, von dem ich behaupte, darin leben zu können, da ist man immer vorbereitet auf das, was kommen könnte. Den Augenblick zu genießen – nein – wie leichtsinnig!

Was höre ich da, du zitierst Worte unseres großen Dichters Goethe: „Unmöglich ist's und darum glaubenswert" – Wie recht du doch hast!

„Aber so kannst du doch kein Buch beginnen", sagte die Stimme zu mir. „So etwas liest hier kein Mensch! Schau dir die Literatur doch einmal an. Die Leute wollen etwas Beschauliches. Etwas, das sie erfreut. Etwas, wo sie ihre Unfähigkeiten vergessen können. Streicheleinheiten für ihre verkorksten Seelen. Honig und Milch möchten sie um ihr Maul geschmiert bekommen …"

„Ich soll also lügen! Verlangst du das von mir?"

„Na ja, das muss man ja nicht gleich so drastisch ausdrücken. Ich sage es mal lieber so: Beschränke dich auf die freundlichen Aspekte eures Zusammenlebens. Wie wäre es mit der schönen Beschreibung einer Wanderung durch die unberührte Natur? Das ist unverfänglich!"

„Aber ich will doch berühren. Nur wenn einen etwas berührt, besteht doch die Möglichkeit, etwas zum Guten zu ändern, oder nicht?"

„Du verkennst völlig deinen Einfluss, deine Stellung. Du willst schreiben. Okay, dagegen ist ja nichts einzuwenden, aber du musst dich, wenn du Erfolg haben willst, den Normen anpassen. Du musst in ein Programm einzuordnen sein. Sonst wird das nie etwas!"

„Ich soll also deiner Meinung nach mein Fähnchen in den Wind drehen, mich mit Halbwahrheiten profilieren und morgens, wenn ich in den Spiegel schaue, sagen: *Was willst du denn? Dir geht's doch gut!*"

„Dass du auch immer gleich so direkt sein musst. Ich meine ja nur, Staub aufzuwirbeln, kann die eigene Sicht vermindern."

„Nee! Das ist ganz anders! Wer Staub aufwirbelt, schafft letztendlich nur Klarheit. Es ist immer noch besser, sich nach und nach durch die Müllberge zu fressen, als in ihnen zu ersticken!"

„Ach, weißt du, mach doch, was du willst", sagte die Stimme, „dir ist nicht zu helfen!"

„Nicht in dieser Art und Weise, da hast du recht“, antwortete ich trotzig. Ich war bereit, mich zu verteidigen.
Mich, meinen Standpunkt und die Art, wie und vor allem was ich schrieb.
Ich lauschte, doch die Stimme blieb stumm. Einen Augenblick werde ich noch warten, dachte ich.
Ich wartete also noch. Doch nichts! Kein Laut drang zu mir.
Die Stimme war weg!
Ich war allein.

Ich lebe in einem Land, in dem es zwei Wahrheiten gibt: die denkende und die ausgesprochene. Zwei … was sag ich … Hunderte!
Wenn es sein muss, hat jeder seine eigene Wahrheit, denn das zeugt von Individualität!
Unerheblich ist dabei, inwieweit die Wahrheit des Einzelnen der wirklichen Wahrheit entspricht.
Gibt es sie überhaupt, die wirkliche, die allerletzte Wahrheit?
Ist es nicht vielmehr die Frage des Standpunkts und der Unabhängigkeit, die man zumindest seinem eigenen Geist zugesteht, die entscheiden, was wahr ist, was falsch ist und was dazwischen alles so herumliegt?
In diesem Land, von dem ich gerade berichte, stolpert man niemals über die Lüge oder die Unwahrheit, sondern nur über die Wahrheit! Soll sich jetzt jeder selbst denken, was man daraus schließen könnte …!

„Und was sagst du jetzt?“ Herausfordernd drehte ich mich, da mein Stuhl auf Rollen stand, einmal um dreihundertsechzig Grad. Die Finger, um die Kante des Schreibtischs gedrückt, bremsten den Schwung und meinen Enthusiasmus, den ich damit zum Ausdruck bringen wollte, ja musste.
Ich war bereit zum Kampf! Nicht mehr in der Position, mich verteidigen zu wollen. Die Devise hieß Angriff.
„Nun, hat es dir die Sprache verschlagen?“
Die Stille, die ich hörte – tatsächlich kann man Stille hören, wenn es leise genug dafür ist –, brachte mich in Rage. Das wäre

der Punkt gewesen, der mir hätte zu denken geben müssen, denn normalerweise verursacht Stille bei mir ein angenehmes Gefühl der Ruhe und Ausgeglichenheit. Jedoch war ich nicht bereit, zu denken, ich wollte Streit!
„Gut, du willst es nicht anders!“
Ich hämmerte mit den Fingern auf die Tastatur des Computers:
Ich muss in einem Land leben, in dem ein Vertreter der katholischen Kirche Krieg als eine Katastrophe bezeichnet, dabei ist Krieg ein bewusst gewolltes Unterfangen der Menschen und hat nun gar nichts mit Glück oder Unglück zu tun; schon gar nichts mit Katastrophe.
Katastrophen sind etwas, denen man ausgeliefert ist, die man nicht im Voraus ersehen und deshalb auch selten Vorsichtsmaßnahmen treffen kann: Erdbeben, Überschwemmungen, Ereignisse, die die Natur bestimmt und die an sich auch nicht weiter schlimm sind, wenn man von den Menschen absieht, die dadurch in Mitleidenschaft gezogen werden.
Da sich aber heutzutage eigentlich alles nur und ausschließlich um den Menschen dreht – manchmal kann einem ganz schwindlig werden von der Überheblichkeit dieser Spezies, aber was will man machen, wir sind halt das Nonplusultra –, also aus diesem Grund heraus sind eben diese ganz normalen Begebenheiten, die auf diesem Planeten ab und zu herrschen, katastrophal.
Und überhaupt, wenn hier einer herrscht, dann sind wir das, klar?!
Ich lebe in einem Land der Mittelmäßigkeit.
Wehe, einer schafft etwas, womöglich noch aus eigenem Antrieb heraus. Nein, wenn überhaupt Trieb, dann Herdentrieb.
Vielleicht ist dieses Land auch zu klein für „Größen“. Zu überschaubar, zu eng. Wer kreativ, vielleicht sogar ein bisschen exzentrisch sein will, der braucht Platz. Der muss sich ausbreiten können, physisch wie auch psychisch.
Hier allerdings ist dazu kein Raum. Jedem gebührt seine Schublade. Die meisten wohnen auch in einer solchen, und wo sollen da globales Denken und Handeln herkommen?
Und nicht zu vergessen: In diesem Land ist Neid noch eine Tugend!

„Also, jetzt reicht es aber!“
Ich grinste sarkastisch vor mich hin. Hab ich dich also doch aus der Reserve gelockt. Ich wusste doch, dass ich dich damit kriege!
„Ja, bitte“, fragte ich so unschuldig, wie man bei solchen Gedanken nur sein kann, „irgendwelche Einwände?“
Die Stimme war zornig! Prima!!
„Wenn es dir hier nicht passt, dann geh doch woanders hin! Solche wie du werden hier nicht gebraucht!“
„Danke für deine Zustimmung. Auf so einen Satz habe ich gewartet. Das unterstreicht nur das, was ich gerade sagen wollte. Ich sprach von Kleinkariertheit, von Schubladendenken und der Unmöglichkeit, die Arme auszubreiten, ohne gleich irgendwo anzuecken.“
„Es gibt Dinge, die sagt man nicht“, versuchte die Stimme mich zu belehren.
„Du meinst, in diesem Land gibt es Dinge, über die man nicht gerne spricht. Was etwas ganz anderes ist, wie du vielleicht einsehen musst! Oder willst du sagen, über Tote soll man nicht schlecht sprechen? Das würde ja heißen, du unterstellst den Bewohnern dieses Landes …“
„Stopp“, unterbrach mich die Stimme. „Bist du eigentlich von allen guten Geistern verlassen?“
„Eher etwas ganz anderes! Ich versuche mich gerade der bösen Geister zu entledigen“, antwortete ich.
„Jeder hat so seine Art, mit den Dingen, die ihm begegnen oder auf die er im Laufe seines Lebens stößt, manchmal auch gestoßen wird, umzugehen. Ich schreibe mir den Ballast halt von der Seele!“
„Da sind wir wieder beim Ausgangspunkt. Wenn du möchtest, dass jemand Geld bezahlt, um deine Sachen zu lesen, dann musst du ihm auch das schreiben, was er lesen will!“
„Jetzt komm mir nicht wieder mit deiner Unverfänglichkeit. Damit du aber siehst, dass ich äußerst flexibel bin, hier … bitte!“

Ich kramte in einem Stapel von Papieren, die auf meinem Schreibtisch lagen:

Wenn die Zeiten stiller werden,
Wenn nach hellem, lichtem Tag die Vögel noch einmal zum Gesang anstimmen,
Wenn ich müde bin, doch froh, auch heute einen Sinn gefunden zu haben,
Einen anderen als gestern und doch einen, dem das Leben zulächelt …

Wenn dann nach und nach alles verstummt, was Stimme hat,
Und die Natur eine Nebeldecke wie zum Schutz über sich zieht,
Dann
nehmen wir Abschied vom Tag.
Es ist Abend!

„Du meinst so etwas, nicht wahr?!"
Ich hörte die Stimme tief durchatmen. „Siehst du, es geht doch", sagte sie versöhnlich.
„Siehst du, so geht es eben nicht", erwiderte ich heftig, „das ist doch voll der *Schmu*!"
„Der was?"
„Na, ich meine, das bringt es doch nicht. Damit weckt man doch nicht einmal schlafende Pferde oder wie das heißt."
„Mann, wenn du schon von ‚man' sprichst, also man muss ja auch nicht immer wecken. Wecken heißt manchmal auch stören."
Ich lachte. „Du meinst also allen Ernstes, ich soll Dinge schreiben, bei denen die Leute gut schlafen können. So im Sinn von ‚ein gutes Gewissen' … Das ist einfach nur öde! Und außerdem gibt es genug Einschlaflektüren!
Ich will keine ‚Geschichten zur guten Nacht' schreiben. Ich will ‚Geschichten für bessere Tage' zu Papier bringen!
Ich habe einen Anspruch. Vor allem an mich selbst, und außerdem:

Ich habe nicht einmal ein Pseudonym. Ich stehe mit meinem eigenen Namen für das, was ich sage! So sieht das aus!
Wenn mich jemand auf meine Bücher anspricht, dann will ich nicht beschämt nach unten blicken müssen und einen roten Kopf bekommen, sondern ich will ihn anschauen können. Mehr noch, ich will, dass er Stellung bezieht, dass er mir sagt, er habe gelesen und dabei nachgedacht. Zumindest hinterher.
Auf jeden Fall habe sich was geändert in seinem Kopf!
Okay, der Anspruch ist zu hoch, ich gebe es zu, aber **ver**ändert hätte sich was, wenn auch nur für den Bruchteil eines Moments. Irgendetwas ist ans Laufen gekommen, und wenn es auch nur ein Gedanke von Widerstand zu dem, was er da gelesen hat, wäre. Völlig egal, Hauptsache, das Gehirn hat gearbeitet!"
Ich schnappte nach Luft, was diese Stimme gemeinerweise ausnutzte, um meinen Redeschwall zu unterbrechen:
„He, ist ja gut. Nur keine Aufregung. Ich will dir ja gar nichts persönlich."
„Na, dann ist es ja gut! Aber was willst du denn dann, außer mich von der Arbeit abzuhalten?"
„Ich will dir deine Illusionen nehmen."
„Na, herzlichen Dank! Wer immer du auch bist, du bist ein wahrer Freund! … Was hältst du davon, wenn du einfach wieder verschwindest? Es gibt sicher andere Leute, denen du etwas über Durchschnittlichkeit und die wunderbare Begabung, diese anzustreben, erzählen kannst, und die dir gerne zuhören, ja zustimmen, weil sie sich nur allzu geschmeichelt fühlen, dass da jemand ist, der sie bestätigt! Wenn ich schon scheitere, dann lieber an meiner kritischen Betrachtungsweise als an Lethargie."
„Dann sei aber auch nicht enttäuscht, wenn dir keiner zuhört."
„Enttäuscht ist man nur, wenn man Erwartungen hat", konstatierte ich und setzte mich kerzengerade hin. „Ich erwarte ja überhaupt nicht, dass ich für meine Kritik an der Gesellschaft und mein Wühlen im Unrat mit Lorbeeren überschüttet werde.

Mir ist schon klar, dass meine Sachen nur für ein kleines Publikum geschrieben sind. Für Leute, die halt selbst auch dieses und jenes bemängeln, denen aber ein bisschen der Mut fehlt, es laut zu sagen. Veränderungen gehen immer nur von wenigen aus, von ‚Nicht-Sesshaften'. Damit meine ich Menschen, die sich in ständiger Bewegung befinden, die sich nicht zufriedengeben mit dem, was sie erreicht haben, sondern die ständig nach neuen Perspektiven suchen. Wenn man nichts versucht, dann werden auch keine Neuheiten entdeckt. Dann stagniert die Zukunft – dann gibt es keine Zukunft!
Sicher, nicht jeder, der zu neuen Ufern aufbricht, entdeckt gleich einen neuen Kontinent, aber schau doch mal zurück in der Geschichte: Erinnere dich an den Satz: … *und sie ist doch rund* …, und jetzt stell dir vor, wo wir heute wären, wenn die These, dass die Erde eine Scheibe ist, nicht revidiert worden wäre."
„Ich halte das für ein wenig zu hoch gegriffen!"
„Dazu sage ich nur: Wer nicht nach den Sterne greift …"
„Du hast aber auch für alles einen Spruch, nicht wahr?!"
Zugegeben, ich fühlte mich geehrt, auch wenn die Stimme eher etwas anderes zum Ausdruck bringen wollte, wobei mir schon wieder ein Spruch durch den Kopf schoss: *Wat dem einen sen Uhl, is dem anderen sen Nachtigall* – oder um es deutlicher zu sagen: Was für den einen eine Beleidigung ist, ist für den anderen ein Lob.
Mit ein Grund, warum es auf dieser Welt recht schwierig ist mit der Verständigung!
Meine Antwort indes fiel ganz anders aus:
„Weißt du, ich hab eigentlich gar keine Lust, mich vor dir zu rechtfertigen. Ich weiß ja nicht einmal, wer du bist, woher du plötzlich kommst, und überhaupt, vielleicht bilde ich mir deine Existenz nur ein?! … Ich rede also mit einer Fiktion! Ich dachte nicht, dass ich schon so weit bin …"
„Wenn du willst, kann ich dich ja mal kneifen! … Wer sprach denn eben von neuen Perspektiven, von Abenteuern und Entde-

ckungen, vom Mut, auch Zweifelhaftes in Betracht zu ziehen, zumindest solange, bis klare Beweise vorliegen?
Und jetzt kommst du plötzlich mit den uralten Kamellen: Was ich nicht sehen kann, das gibt's auch nicht?"
„Ich mein ja nur, wenn wir schon so ein nettes Gespräch über die Unsinnigkeit meines Tuns führen, dann wäre es für mich als Ungläubige recht angenehm, wenn du dir eine Gestalt zulegen könntest, die ich sehen kann – wenn es nicht zu viel Arbeit ist natürlich, und wenn es überhaupt möglich ist."
„Also gut", antwortete die Stimme. „Das ist nun eine meiner leichtesten Übungen! Du hast die Wahl!"
„Wie, die Wahl?!", fragte ich.
„Na, ganz einfach. Du musst dir nur eine Gestalt vorstellen, und in dieser werde ich dann erscheinen."
„Ist ja wie im Märchen!"
„Tja, die Grenzen sind offen."
„Von welchen Grenzen redest du?"
„Von den Grenzen zwischen Wirklichkeit und Fantasie. Von den Grenzen zwischen Wachen und Träumen. Von allen Grenzen, die die Menschen im Kopf haben, weil sie vergessen haben, dass auch sie grenzenlos sind!"
„Grenzenlos dumm", fiel ich ein.
Diese Situation, die sich da gerade ergab, war mir schon irgendwie suspekt, und ich musste mich jetzt an etwas halten, an etwas festhalten, was mir bekannt war – und das war eben mein „kleiner Zynismus".
„Also, was nun", fragte die Stimme ungeduldig, „gibst du mir jetzt einen Körper, oder nicht?"
Da hatte ich nun den Salat, wie der Volksmund treffend spricht. Ich, die ich sonst immer so auf Entscheidungsfreiheit, auf Unabhängigkeit und Eigenverantwortlichkeit gegenüber allen und jedem plädierte, ich, die alles alleine und selbstständig machte, und das zugegebenermaßen nicht allzu schlecht, ich saß nun dort in meinem Arbeitszimmer zu ebener Erde, draußen zog die

Dämmerung heran oder herauf, und mir war das schnuppe im Augenblick, denn ich hatte ein ganz anderes Problem: Ich hatte keine Idee. Und das war schon übertrieben.
Die Wahrheit war, ich hatte nicht die geringste Vorstellung einer Idee.
Ich meine, da sitzt man an seiner Arbeit, die einem wichtig und wert ist, mehr noch, von der man überzeugt ist, dass sie keine Zeitverschwendung ist, sondern eine positive Weise, einen Beitrag zu leisten, und sei es auch nur einen zum eigenen Dasein, egal, auf jeden Fall eine Arbeit, die einen selbst befriedigt, die man seit Jahren tut, mit vollem Engagement und Kraft, weit weg von Städten, Lärm und Gestank, na, eben draußen im Grünen, denn:
„Grün macht glücklich" … nun, wie auch immer …
Ich zuckte zusammen!
„Haste etwa Entscheidungsschwierigkeiten?"
Ich rutschte unruhig auf dem Stuhl hin und her. Stand auf und ging an die Tür, die direkt in den großen verwilderten Garten führte, in dem fast das ganze Jahr über immer irgendetwas blühte. Echt toll! Zurück in Richtung Schreibtisch, dann wieder zur Gartentür. Ich schaute hinaus. Ich öffnete die große Glasscheibe und atmete tief durch.
Atmen, ja, das war gut! Etwas, was ich viel zu selten tat.
Ich meine richtig atmen. Ganz bewusst die Luft einsaugen und spüren, dass es wirklich das ist, was den Körper am Leben hält. Die Grundvoraussetzung für alles andere, was man mit und in seinem Leben anfangen kann.
Ich tat einen Schritt nach vorne. Noch einen. Blieb stehen. Atmete erneut. So bewegte ich mich langsam immer weiter weg vom Haus – weg von der Entscheidung.
Ich betrachtete die Bäume, die Pflanzen, als sähe ich sie zum ersten Mal. Ich beobachtete eine Hummel, wie sie ihren dicken, pelzigen Körper in die Öffnung eines Fingerhuts zwängte, ich schaute zum Himmel. – Es sieht nach Regen aus. Ich wanderte,

besser wandelte, ich weiß nicht wie lange, doch nicht lange genug, um zu vergessen, was ich zu tun hatte, wenn ich wieder zurück in mein Häuschen kommen würde.
Und ich musste zurück, irgendwann.
Die ersten Tropfen beschleunigten diese Unabänderlichkeit, denn ich war nur mit einem dünnen T-Shirt bekleidet und hasste es, wenn vereinzelte Regentropfen auf meine nackten Arme und sofort durch den Stoff hindurch auf meinen Körper trafen.
Es erzeugte ein unangenehmes Gefühl. Ich kann es nicht anders beschreiben:
Einzelne Regentropfen empfand ich wie leichte Stromschläge. Nicht gefährlich, keineswegs lebensbedrohend, jedoch wirkten sie äußerst negativ auf meine Nerven. Sie verursachten Reize, die mich leicht aggressiv machten. Keine Ahnung wieso.
Richtiger heftiger Regen hingegen, bei dem ich nass bis auf die Knochen wurde, verursachte eher ein Gefühl von „Na und, was macht das schon, ist ja nur Wasser". Präzise gesagt ein Gefühl von überlegenem Trotz oder trotziger Überlegenheit – je nachdem, in welcher psychischen Lage ich mich gerade befand.
Nun ja und wie auch immer, ich duckte mich unter Bäumen und Büschen hindurch zurück unter die Überdachung meines Wohnhauses und ließ mich in die Hängematte fallen, die ich zwischen zwei Holzpfosten installiert hatte und die dort schon so lange ihren Platz einnahm, dass der Efeu, welcher an den Pfosten hochgewachsen war, sich zum Teil auch um die starken Schnüre der Verbindungsseile von Matte zu Holz gewunden hatte.
Ich verschränkte die Arme hinter dem Kopf. Der Regen war allmählich stärker geworden, und ein böiger Wind schaukelte mich zart hin und her. Ich schloss die Augen. Das Letzte, was ich dachte, war: Ist das schön!

Ich wachte auf, da ich fror.
Es regnete immer noch. Nur zarter, leiser als eben.

Was heißt als eben? Ich hatte keine Ahnung, wie viel Zeit vergangen war, seit mich der Schlaf überrascht hatte. Ja, er hatte mich überrascht: schöne Überraschung, wirklich, wundervoll!
Ich fühlte mich ausgeruht und frisch wie selten. Ein Schläfchen in freier Natur ist schon eine herrliche Sache!
Ich schaute auf meinen Arm. Dorthin, wo sich normalerweise meine Uhr befand, aber die Stelle war leer.
Na klar, ich hatte doch eben noch am Computer gesessen, und wenn ich arbeite, ziehe ich die Armbanduhr immer aus.
Es ist wie ein Ritual. Bevor ich mit dem Schreiben beginne, lege ich meine Uhr links neben die Tastatur, eine Kanne frisch aufgebrühten Tees steht rechts daneben auf einem Glasstövchen, und obgleich ich selten während der Arbeit etwas trinke, gehören gewisse sich stets wiederholende Ordnungen zum Zeremoniell.
Diese Tätigkeiten, die ich zu Beginn regelmäßig ausführe, sind die Vorbereitungen der mentalen Konzentration, die im Anschluss folgt – meistens folgt: Nicht jeder kann immer …

Ich erhob mich aus dieser wirklich ganz tollen Errungenschaft Hängematte. Wer die wohl mal erfunden hatte?
Vielleicht irgendwelche Menschen, die von den auf dem Boden lebenden Insekten so gepeinigt wurden, dass sie eine Idee haben **mussten**, um in Ruhe dem Schlafbedürfnis nachzukommen.
Die Bäume waren damals sicher schon besetzt von Tieren, die nicht gerade zu den Freunden der Menschen zählten. Außerdem sind Menschen rein körperlich weniger dazu geeignet, in Bäumen zu schlafen.
Oder war es eine Erfindung der Seefahrt?
Mit der Überlegung, wo ich wohl nachschlagen könnte, um diesem Geheimnis auf die Spur zu kommen, ging ich ins Haus zurück.
Der erste Weg führte mich zu meinem Schreibtisch: 17.45 zeigte die Uhr an.
Ich hatte über eine Stunde lang geschlafen.

Der Computer war noch immer eingeschaltet. Ich setzte mich davor:
Ich lebe in einem Land …, las ich.
Ich lehnte mich zurück. Mit Schreiben war jetzt nichts mehr, das spürte ich, denn in meinem Kopf geisterte eine ganz andere Sache: Was war mit dieser Stimme? War sie doch nur durch meine Müdigkeit, ausgelöst durch den fallenden Luftdruck vor dem Regen, verursacht worden?
Ich hatte schon immer niedrigen Blutdruck und war von daher sehr wetterfühlig.
„Hallo", sagte ich mit leiser Stimme. „Bist du noch da?"
„Natürlich", sagte *es*. „Ich warte." Und die Stimme fügte hinzu: „Aber nicht mehr lange!"
Plötzlich schoss es mir durch den Kopf: Passer domesticus, der Haussperling.
Wieso war mir das nicht gleich eingefallen?
Wahrscheinlich war es wie so oft.
Wenn ich mich selbst unter starken Druck setze, dann geht gar nichts mehr, und diese Situation war ja nun nicht gerade alltäglich. Wann hört man schon eine Stimme, einfach so, völlig unvorbereitet, die einem dazu auch noch freistellt, ihr eine Gestalt zu geben? Eher selten!
Also mir war das auf jeden Fall noch nie passiert, und ich will gestehen, ich hätte auch gerne darauf verzichtet. Soll heißen, es verlangte mich nicht unbedingt nach einer solchen Erfahrung. Wirklich nicht.
Ich wäre sogar heilfroh gewesen, wenn alles nur meiner Fantasie entsprungen gewesen wäre. Entstanden durch Überarbeitung, zu wenig Schlaf, unregelmäßiges Essen oder einfach durch eine spontane Fehlschaltung der Gehirnzellen.
Es haben Leute schon ganz andere Dinge gesehen oder gehört, die im Nachhinein nicht zu beweisen waren, als Unsinn oder Verrücktheit deklariert worden sind oder allenfalls in die Sparte von übersinnlichen Phänomenen gedrückt wurden.

Das Vernünftigste ist sowieso, zu schweigen, wenn einem solche Arten von Dingen über den Weg oder auch nur durch den Kopf laufen.
Nun, ich war alleine. Von daher konnte mir nichts geschehen in Hinblick auf „Vielleicht sollte man die einsperren, die ist ja nicht ganz normal!".
Ich stand auf. Es war mir feierlich zumute: „Ich wünsche mir, dass du in der Gestalt eines Spatzen erscheinst!"
Ich schaute mich um. Durchsuchte den ganzen Raum mit den Augen, konnte aber nichts entdecken.
„Zu schwierig?", fragte ich.
„Zu blöd", vernahm ich die Antwort direkt in mein linkes Ohr.
Ich drehte den Kopf in dieselbe Richtung, und da sah ich ihn. Er – oder vielleicht war es auch eine Sie – auf alle Fälle saß der kleine Vogel auf meiner linken Schulter und schaute mich mit verdrehtem Köpfchen an:
„Na, gefall ich dir?"
Mit einem Satz sprang er auf den Rand des Bildschirms des PC. Nun konnte ich ihn richtig erkennen.
„Eh", sagte ich. „Du bist ja süß!"
„*Du bist ja süß, du bist ja süß*", äffte er mich nach. „Eben hast du aber noch etwas ganz anderes zu mir gesagt. Ihr Menschen seid echt komisch! Wäre ich dir in Gestalt einer Zecke oder einer Stubenfliege erschienen, hättest du mich wahrscheinlich, wie sagt ihr so nett, plattgemacht, stimmt doch?!"
„Du hast also schon Erfahrungen mit Menschen gesammelt?"
„Was glaubst du, weshalb ich seit Hunderten von Jahren Vertreter eurer Spezies immer selbst entscheiden lasse, in welcher Art von Körper ich ihnen erscheinen soll?! Es ist einfach sicherer. Euer Schönheitsideal oder das, was ihr so nennt, ändert sich schneller, als wir uns dem anpassen können."
„Was meinst du mit *ihr*", fragte ich, „gibt es von deiner Sorte denn noch mehr?"

„Mehr", kicherte der kleine Vogel. „Mehr ist gut gesagt. Klar gibt es von uns noch mehr, viel mehr!"

Erst jetzt bemerkte ich, dass ich immer noch stand. Ich ließ mich zurück auf den Stuhl fallen. Plötzlich hatte ich Fragen, Tausende von Fragen. Der Spatz hüpfte auf die Leertaste und wetzte seinen Schnabel an dem Plastikbalken.

„Sag mal", begann ich vorsichtig, „wieso kamst du gerade auf mich?"

„Reiner Zufall! Bild dir bloß nix drauf ein!"

„Ich meine, was willst du von mir?"

„Hab ich dir doch schon gesagt. Ich will deine Illusionen zerstören!"

Ich merkte erneut, dass ich sauer wurde. Aber kann man einem so niedlichen kleinen Vogel böse sein? Schlecht!

„Aber wieso denn das? Was geht dich denn an, was ich tue?"

„Das geht mich gar nichts an, aber gerade deshalb ja. Wenn es schon niemanden interessiert, was du tust, dann wird es Zeit, dass einer kommt und sich um dich kümmert. Dir mit Rat und Tat zur Seite steht. Höchste Zeit."

„Na, vielen Dank. Solche Leute, äh Vögel, haben mir gerade noch gefehlt. Ich hab keinen gebeten, mir zu helfen."

„Eben drum. Es ist nämlich so", der Piepmatz holte tief Luft, „*wir* helfen nur denjenigen, die keinen anderen um Hilfe bitten. Menschen, die versuchen, ihr Leben selbst in den Griff zu bekommen. Die nicht nörgeln und jammern, die nicht andere für ihren Mist verantwortlich machen, sondern die zuerst einmal bei sich selbst schauen, wo es hängt, was sie tun können oder besser lassen. Welchen, die noch einen gewissen Idealismus in ihre Handlungen legen, weil sie überzeugt sind, dass ihr Treiben einen Sinn hat. Eben Lebewesen, die etwas erreichen wollen, aber einen Weg gehen, der sie nicht dahin führen wird, wohin sie gerne möchten."

„Ach, und du weißt, wohin ich gerne will? Ich glaube, bei dir piept's!"

Ich musste lachen.

Der Vogel sprang von der Leertaste hinunter auf die Tischplatte: „Klar weiß ich das“, sagte er mit einem Brustton der Überzeugung, den man einem so kleinen Kerlchen eigentlich nicht zutrauen würde.
„Na, da bin ich ja mal gespannt!“
Ich lehnte mich zurück, so, wie man sich zurücklehnt, wenn man denkt: Nun gut, dann lass die mal machen. Die Körperhaltung sagt bekanntlich einiges über den Charakter aus, die Handlungsbereitschaft und Stärken beziehungsweise Schwächen desjenigen, der, wie das Wort schon beinhaltet, sie verkörpert. Ich war bereit zum Nichtstun. Und um das noch zu unterstreichen, verschränkte ich die Arme vor der Brust. „Also, ich höre!“
„Wie wäre es, wenn du mir erst einmal einen Namen gibst? Ich finde, wenn du mich schon in diesen albernen Körper steckst, dann habe ich zumindest das Recht auf einen Namen! Und bitte einen schönen!“
Dieses Mal hatte ich kein Problem mit einer Entscheidung. Ich schaute den Vogel herausfordernd an:
„Sing-Sing! Ja, das ist dein Name: Sing-Sing!“
„Nicht übel! Gefällt mir!“
„Das freut mich!“
Was mich wirklich freute, war meine Spontaneität und natürlich die Mehrfachbedeutung dieses Namens.
Auf der einen Seite eine hervorragend passende Anrede für einen Vogel, auf der anderen der Name des New Yorker Staatsgefängnisses, wie wir alle wissen. Und irgendwie war ich ja auch gefangen. Von diesem Vogel – oder von meiner eigenen Neugierde? Nun, ich denke, von beiden.
„So, jetzt hast du eine Gestalt und einen Namen, jetzt bist du dran.“
„Hunger“, zwitscherte er mir zu.
„Hunger, ausgerechnet jetzt? Du willst dich nur drücken.“
„Nein. Ein paar Körner, etwas Wasser, und wenn du vielleicht einen Wurm …“

„Einen Wurm. Sonst noch Wünsche? Sehe ich aus, als ob ich Würmer im Kühlschrank habe? Wenn du Fleisch fressen willst, dann geh nach draußen und such dir selbst welche! Ich bin nämlich Vegetarier!"

„War ja nur eine Frage. Körner sind völlig okay."

Wir gingen also in die Küche. Besser gesagt, ich ging in die Küche, und Sing-Sing saß derweil auf meinem Kopf.

„Autsch! Kannst du dir vielleicht vorstellen, dass mir das weh tut? Du hast ja wohl 'nen Vogel!"

Der Spatz hatte mir auf den Kopf gehackt, und obwohl er sehr klein war, verursachte der spitze Schnabel einen gehörigen Schmerz.

Dennoch musste ich schon wieder grinsen, denn wer hier den Vogel hatte, das war noch gar nicht geklärt.

„Und jetzt", fragte Sing-Sing, nachdem wir beide satt waren, „was machen wir jetzt?"

„Nur die Ruhe", antwortete ich faul – schließlich macht Essen müde.

Genüsslich streckte ich gleichzeitig Arme und Beine von mir und schloss die Augen.

Da wir während der Nahrungsaufnahme nicht miteinander gesprochen hatten – wir gehörten wohl beide zu der Art von Wesen, die sich beim Essen auf diese Handlung konzentrieren und dabei nicht auch noch gerne reden wollen –, konnte ich mich in dieser Zeit ganz meinen Gedanken widmen.

Es war schon komisch. Da saß ich nun mit einem kleinen Vogel in der Küche beim Abendessen, als ob es das Natürlichste von der Welt sei, und, was noch merkwürdiger war – es kam mir so vor, als wenn wir das schon immer so gemacht hätten, als ob es nie anders gewesen wäre.

Der ganze Ablauf war so alltäglich. Heißt Routine.

Er bekam Sesamkörner, Sonnenblumenkerne ohne Schale und Haferflocken auf einer Untertasse serviert, dazu einen Eierbe-

cher voll Wasser, während ich nicht viel anderes zu mir nahm, außer eben, dass ich mir Milch über die Körner goss und das Ganze in einer Schale unter Beigabe einer Handvoll von Rosinen zubereitete.
Er pickte, ich führte einen Löffel zum Mund. War es nicht dasselbe? Hin und wieder schauten wir uns an. Er nippte am Wasser, ich schlürfte Milch aus der Schale. Es war ganz einfach ganz normal – ich weiß, ich wiederhole mich.
Ich meine, es ist doch bemerkenswert: Da lebt man seit Jahren glücklich und zufrieden – jedenfalls vermisst man nichts – alleine, hat alles, was man sich wünscht – ich hatte noch nie den Hang zu Konsumgütern –, denkt, so kann es weitergehen, solange es eben geht, kein Gedanke an Veränderung, an Bewegung schon, aber das Umfeld, das Häuschen, der Garten, den man mit all seiner Liebe wieder und wieder bearbeitet, um darin auch positive Kräfte zu sammeln, die einem neue Perspektiven im Schreiben eröffnen – sie sind einfach perfekt. Heißt ein Ort, an dem man sich aufgehoben und zu Hause fühlt. Alles ist also gut, so, wie es ist, weil man auch gelernt hat, die Dinge gelassener zu sehen – ein schöner Zug des Älterwerdens –, weil man in sich eine Art von Frieden aufgebaut hat, der einem Ruhe und Harmonie schenkt. Und dann plötzlich taucht etwas auf, taucht jemand auf, und man spürt eine Steigerung all dessen, wovon man eben noch überzeugt war, dass es nicht zu überbieten sei, weil es eben keine Steigerung der Superlative gibt.
Das ist nicht nur bemerkenswert, das haut einen glatt um. Und an diesem Punkt befand ich mich gerade.
Es war unfassbar! Dieser kleine Vogel hatte mit einem Schlag mein Leben verändert.
Ich ließ ganz außer Acht, dass ich im Grunde überhaupt nicht wusste, wer er war.
Ich hatte schon vergessen, dass **ich** dieser Stimme, die urplötzlich zu mir gesprochen hatte, eine Gestalt gegeben hatte, völlig willkürlich.

Und dennoch oder gerade deshalb fühlte ich jetzt schon, nach so kurzer Zeit des Beisammenseins, eine starke Zuneigung.
Kein Wort oder Gedanke von Misstrauen, kein Abwägen dessen, was ich sagte. Kein vorsichtiges Herantasten, um herauszubekommen, wer da was von mir will …
All diese Dinge, die ich sonst zu meinem Schutz beherzigte, entstanden aus den Erfahrungen, die das Leben unter Menschen einen machen lässt, spielten keine Rolle.
Vielleicht gerade weil mir eben kein Mensch gegenübersaß, sondern nur dieser kleine Spatz zwischen Eierbecher und Untertasse hin und her hüpfte. Konnte denn von so einem Wesen Gefahr ausgehen?
Wie gesagt, der Umstand, dass das, was mich da besuchte, in Wirklichkeit gar kein Vögelchen war, der war mir gänzlich abhandengekommen.
Ich sah, und glaubte!
Normalerweise war ich nicht so naiv, aber die letzten Stunden waren auch nicht gerade etwas, das man unter den Begriff „Normalität" hätte einordnen können. Also, wie auch immer: Ich fühlte mich einfach supergut!
Ich öffnete die Augen. Er war noch da!
Mit einem Mal hatten sich Zweifel in meinem Gehirn ausgebreitet, die ich aber durch das Öffnen der Augen sofort zerstreuen konnte.
Augenblicklich fühlte ich wieder dieses Wohlbehagen, nicht alleine zu sein. So schnell kann man sich an etwas gewöhnen wollen. Der Mensch ist schon ein „seltsam Wesen"!

„Und, hat es dir geschmeckt?", fragte ich höflich und nahm wieder eine muskelschonendere Stellung ein.
„Prima, vorzüglich!"
Eine schnelle Kopfbewegung ließ die Hülse eines Sesamkorns, welche Sing-Sing am Schnabel geklebt hatte, in hohem Bogen weit über den Tisch hinaus fliegen.

„Im Allgemeinen mache ich nach dem Essen einen Verdauungsspaziergang im Garten. Kommst du mit?“
„Gute Idee. Ich wollte sowieso mal gerne ausprobieren, wie es ist, zu fliegen!“
Wir marschierten also nach draußen. Das Tollste an meinem Häuschen, jedenfalls für mich, ist, dass man von allen Zimmern aus direkt in den Garten gehen kann.
Die Abenddämmerung begann sich über die Pflanzen zu legen, die ihre Blütenköpfe zum größten Teil schon geschlossen hatten. Es war Ruhe pur.
„Ist dir schon mal aufgefallen, dass die Abendstille eine ganz andere Art hat als die Stille des frühen Morgens?“, fragte Sing-Sing und flog in das Dickicht einer Tanne.
„Ja, sicher“, antwortete ich. „Ich glaube, das hat etwas mit dem Umstand ‚noch‘ beziehungsweise ‚schon‘ zu tun.“
Der kleine Vogel sprang übermütig vom Zweig, verfehlte knapp den Ast eines Walnussbaums und flatterte etwas unbeholfen zu Boden. Er schaute mich von unten herauf an:
„Du meinst, ‚noch hell‘ beziehungsweise ‚schon hell‘, nicht wahr?!“
„Ja, genau! Die Zeit zwischen Tag und Nacht empfinde ich als eine ganz andere als die zwischen Nacht und Tag. Jede Dämmerung hat ihre eigene Schönheit, ihren eigenen Typus.
Ich glaube, wenn man lange Zeit in einem dunklen Raum verbringen würde, ohne Uhr oder sonstige Orientierungshilfen, und man ginge dann nach draußen, dann wüsste man mit Sicherheit, ob gerade ein Tag anbricht oder die Nacht heraufzieht.“
„Also ich rieche das.“
Ich überlegte kurz. Diesen Aspekt hatte ich noch nie in Betracht gezogen. Ich bin, was die Sinne angeht, seit jeher fixiert auf das, was die Augen mir verraten. Ich schnupperte in die Luft.
Roch es nach Abend? Und wenn dem so war, wie roch ein Abend im Vergleich zu einem Morgen?

„Nun?" Sing-Sing war derweil auf meine linke Schulter geflogen. Er kitzelte mich am Ohrläppchen.
Ich bog den Kopf zur Seite. „Ich riech nix!"
Also ich meine, ich roch keinen Abend. Wie sollte ich auch, da mein Gehirn keine „Duftdefinition" von Tageszeiten vorrätig hatte.
„Du strengst dich ja gar nicht an! Genau so, wie du die Augen auf etwas konzentrieren kannst, um so Einzelheiten von dem Gesamten zu erkennen, genau so kannst du auch deiner Nase befehlen, vorhandene Gerüche zu filtern. Also, was riechst du?"
„Kannst du bitte erst einmal aufhören, mir am Ohrläppchen zu knabbern! So kann ich mich wirklich nicht konzentrieren."
„Tschuldigung!"
Ich schnupperte in die Luft, so, wie es ein Hund tut, der ein durch den Wind getragenes aufregendes Signal empfängt.
„Es riecht nach schwerer Süße", begann ich stolz meine Ausführung.
Sing-Sing lachte. Tatsächlich, er lachte. Damit fiel mir wieder ein, dass es sich dort auf meiner Schulter nicht um einen Vogel handeln konnte. Hat irgendwer schon einmal einen Vogel lachen gehört?
„Und am Morgen riecht es dann wohl leicht sauer, was?"
„Blöder Vogel", gab ich zurück. Am liebsten hätte ich ihn runtergeschmissen, aber er krallte sich fest.
„Pass bloß auf, dass ich nicht gleich sauer werde, und zwar mehr als leicht! Ist sowieso völlig doof, was ich hier mache! Für solche Spielchen hab ich auch gar keine Zeit, damit du es weißt! Ich habe nämlich im Gegensatz zu dir noch zu arbeiten!"

Auf dem Rückweg zum Haus ärgerte ich mich über meine Worte. Wenn ich zwei Sätze zutiefst verabscheue, dann sind es die, die ich soeben von mir gegeben hatte. Standardaussagen, die man schon so oft gehört hat, dass sie einem zum Hals raushängen.

Der Spatz nervte mich. Vielleicht, weil ich es einfach nicht mehr gewöhnt war, jemanden um mich zu haben.
Ich meine, wenn ich am Abend mit all meinen Dingen, die ich tun wollte und deshalb auch tun musste, fertig war, dann ging ich schon des Öfteren die drei Kilometer zum Dorf, um im Gasthaus einen Rotwein zu trinken und um ein bisschen mit den Dorfbewohnern zu quatschen. Das war meist sehr lustig und überaus interessant, denn auf einem Dorf ist immer etwas los. Es ist eine verschworene Gemeinschaft, und was mich seit Beginn meines Lebens hier zutiefst beeindruckt hat: Die Leute helfen sich gegenseitig, wo immer es nötig ist – und das ganz ohne Hintergedanken.
Jeder weiß, irgendwann einmal würde auch er Hände brauchen, die mit anpacken, die ihm unter die Arme greifen, und jeder weiß, dann sind die anderen da.
Man stelle sich dieses Verhalten einmal in einer Großstadt vor … Unvorstellbar!
Dort kämpft man ausschließlich für sich selbst, was morgens damit anfängt, wer sich noch einen Sitzplatz in der U-Bahn oder im Bus ergattern kann, und am Abend mit dem Streit um die Parkplätze in der Nähe der Wohnhäuser endet. Verständlich, dass es wirklich nicht möglich ist, den Tag über dieses „Revierverhalten“ einzuschläfern. Möglich wäre es schon, aber man muss es sich ja nicht unnötig schwermachen. Man hat es schon so schwer genug! Arme Großstädter!

Ich hatte das große Glück, dessen ich mir auch mehr als bewusst war, dass mich die Leute im Dorf recht schnell akzeptiert hatten.
Klar, am Anfang bekam ich die üblichen Blicke zugeworfen, die da sagten: „Was will die denn hier?“ oder auch „Na, lange bleibt die sowieso nicht“, aber nach ein paar Wochen, als ich sie hatte spüren lassen können, dass ich ganz okay bin, dass ich fähig bin, sie zu nehmen, wie sie sind, und von meiner Seite her auch

nicht überheblich und arrogant schien, sondern ebenso bereit war, mir die Finger schmutzig zu machen, wenn es darum ging, einen oder etwas aus dem Dreck zu ziehen, als ich die ersten kleinen Unterhaltungen mit den Frauen beim Bäcker oder im einzigen Lebensmittelladen geführt hatte und ich ihnen auf meine Weise versichern konnte, dass ich die Hände von ihren Männern lasse, da ging es doch schnell bergan, was die Freundlichkeit anbetraf.
Und wenn ein Dorf beschlossen hat, dich, obwohl du so anders bist, zu akzeptieren, dann kannst du das annehmen. Ehrlichkeit kommt bei diesen Leuten noch von Ehre.

Ich war halt „die da oben", obwohl das kleine Häuschen, was ich mir erstanden hatte, weder oben noch unten lag. Alles, was die Landschaft rings umher zu bieten hatte, war hier eben. Ich will es extra vermeiden, „flach" zu sagen.
So hatte sich auch schnell der Eindruck gelegt, ich sei in irgendeiner Weise suspekt. Sicher, sie lachten nicht selten über mich. Es war für sie nicht einfach zu verstehen, dass es Menschen gibt, die sich ihr Einkommen mit Schreibarbeit verdienten. – In dieser Region liest man nicht. Man arbeitet auf dem Feld, in den Ställen, auf den Obstplantagen, und um ein Buch zu lesen, ist man am Abend zu müde. – Aber wenn der Herrgott seinen Segen gegeben hat, dann ist auch diese Art des Broterwerbs hinzunehmen, so, wie man das Wetter hinnehmen muss.
Schön an der Sache ist, dass sich auch über mich lachen, wenn ich anwesend bin. Es ist ein herzliches, ein freundliches Lachen, warm und offen – und manchmal bin ich es, der am meisten über mich lacht.
Jedes Mal, wenn ich in die entfernte Stadt zur Post fahre, um mein neuestes Werk an den Verlag zu schicken, dann wünschen sie mir viel Glück und gute Fahrt, und ich bekomme Listen in die Hände gedrückt, auf der all die Sachen drauf stehen, die ich ihnen aus der Stadt mitbringen muss.

Komme ich dann am späten Abend zurück, werde ich mit großem „Hallo“ empfangen. Alle warten bereits ungeduldig auf ihre Bestellungen.
Schlecht vorzustellen, aber solche Tage sind hier kleine Feste, und ich habe lernen dürfen, diese Stimmung mit den Bewohnern zu teilen.
Ja, hier habe ich einen Ort gefunden, an dem man sich noch über Geringfügigkeiten freuen kann, über Dinge, von denen man in den Städten so satt, so voll, so überflutet ist, dass es keinem auch nur noch ein Lächeln abringt (wie zum Beispiel das Mitbringsel einer schönen Kerze).
Doch, ich fühle mich extrem wohl hier. Erstens bin ich von jeher ein Mensch, der Natur um sich herum braucht, und zweitens brauche ich etwas nicht – und das bekomme ich hier auch nicht: Massen anonymer Menschenwesen.
Schrecklich, dieses Aneinandervorbeilaufen ohne Gruß, höchstens mit argwöhnischen kurzen Blicken, die man sich zuwirft in diesen Städten des Konsums, in diesen Häusersiedlungen, die sich wie Ghettos rund um den Kern der Stadt legen, immer größere Kreise ziehen, immer undurchdringlicher werden, undurchsichtiger. Zwischen denen des Nachts sogar die Polizei Angst hat, hindurchzugehen. Sie fährt mit gepanzerten Wagen über die längst nicht mehr als Straßen erkennbaren Zwischenräume der Behausungen. Aussteigen? Niemals! Augen geradeaus und durch, und damit ist die Pflicht erfüllt.
Die Gesichter fahl und grau, denn die Sonne – die kommt nicht bis hierher. Die kommt noch in die mit hohem Stacheldraht umzäunten Gärten der Reichen, also derer, die es sich leisten können, andere auszusperren – oder sich selbst einzusperren, je nach Standpunkt.
Homo homini lupus – hier findet man die Bestätigung.
Jahrelang pflegte ich Briefkontakt zu einer Frau, die dort wohnte. Nicht in den Vorstadtvillen, nicht in den Slums, sondern genau dazwischen.

Wie sagt man bei uns auf dem Land: Nicht Wolf, noch Schaf, und das ist eine sehr treffende Beschreibung dieser Frau und ihrer gesamten Lebensweise.

Okay, es ist nicht richtig, jemandem seine Durchschnittlichkeit vorzuwerfen. Auch solche muss es geben, damit das System funktioniert. Menschen, die weder auf der Seite der geistigen Führer stehen noch auf der Seite derer, die ihren eigenen Geist haben und die Fähigkeit und sicher auch das Privileg nutzen, sich selbst zu führen. Ausschließlich sich selbst.

Wesen, die nicht auffallen. Nicht positiv, nicht negativ – ich sprach bereits von den Vorteilen dieses Verhaltens …

Die eigentlich – und da höre ich schon wieder den Ankläger in mir: Menschen, die eigentlich nicht existieren.

Natürlich, sie haben einen Pass, sie sind beim Einwohnermeldeamt registriert, schon seit ihrer Geburt, denn sie haben die Stadt nie verlassen. Nicht weil sie nicht könnten, nein, sie sind noch nie darauf gekommen, obwohl sie sich oft, sehr oft darüber beschweren, wie schrecklich es sei, dort zu wohnen.

Diese, ich nenne sie jetzt „Mittelmäßige“, denn auch ihre Maße in Bezug auf alles, was zu messen ist – Gehalt, Wohnungsgröße, Automarke, na, eben alles –, entspricht in der Statistik dem, was als Durchschnittswert angesehen wird. Also diese wogende Masse, die dazu noch stolz darauf ist, dass sie keine Verantwortung hat für das, was geschieht, sie bildet das Gros der Stadtbewohner. Sie, die Dämmwolle zwischen Arm und Reich, die Isolierschicht. Sie, die immer nur hinterherlaufen, dem Konsum, den Träumen. Sie laufen und laufen und bewegen sich dabei, ohne es zu merken, auf der Stelle. Zuerst verlieren sie den Mut, dann verlieren sie die Kraft, und schließlich verlieren sie sich selbst.

Einmal schrieb ich dieser Frau:

Euer Leben kommt mir so vor, als ob Ihr alle auf den Fahrrädern im Fitnessstudio sitzt. Ihr strampelt Euch ab, Ihr schwitzt und kriegt keine Luft. Wenn der Tacho die von Euch erwünschte imaginäre Strecke anzeigt, steigt ihr zufrieden, sprich erschöpft, ab. Ihr meint, etwas getan zu haben, etwas

für Euch, also für Eure Gesundheit. Aber ich frage Dich, was habt Ihr wirklich getan?
Auf der Stelle habt Ihr Euch bewegt – wie immer. Wie tagtäglich, wie während der ganzen Zeit Eures Lebens: Stillstand.
Ich wollte dieser Frau damit nichts Persönliches, ich wollte ihr nur diesen Irrsinn aufzeigen und ihr von meinen Gedanken berichten. Mir gefiel dieses Beispiel als Typisierung der Städtebewohner ganz hervorragend, aber, was machte sie?
Ich hätte es erwarten müssen: Sie machte nichts!
Sie bezog keine Stellung. Sie freute sich nicht mit mir über diesen Gedankengang, sie beschwerte sich nicht, sie tat das, was ich anschließend auch in die Rubrik Mittelmäßigkeit einordnete: Sie meldete sich nicht mehr.
Tja, es gibt Menschen, mit denen kann man sich nicht zusammensetzen, weil man sich mit ihnen nicht auseinandersetzen kann!
Nein, enttäuscht war ich nicht, aber diese Verbindung zu dem, was in den Städten so abläuft, was man aber nur berichten kann, wenn man sich dort aufhält, also wohnt, die fehlt mir schon, und seitdem der Kontakt abgebrochen ist, nehmen auch meine „kleinen Gemeinheiten" gegenüber den Städtern ab, aus denen ich so schöne, freundlich-ironische Anekdoten habe verfassen können.
Ironie ist nicht böse! Ironie ist ein rhetorisches Mittel und hat viel mit Wahrheitsfindung zu tun, wenn man es zulässt.

„Tut mir leid, Sing-Sing", sagte ich, und es war wirklich so. „Sing-Sing? He, wo steckst du denn?"
Mir wurde es mit einem Mal ganz heiß! Er wird mich doch nicht verlassen haben, schoss es mir durch den Kopf. Doch nicht wegen solch einer Lappalie?!
„Keine Sorge, ich bin hier oben", hörte ich die mir bekannte Stimme. Ich schaute hinauf zum Schrank.
„Du glaubst doch nicht, dass ich eingeschnappt bin aufgrund einer solchen Lappalie."
Es ist doch einfach schön, wenn zwei Wesen sich einig sind!

„Weißt du“, begann ich dennoch meine Entschuldigung weiter auszuführen, „ich glaube, es liegt daran, dass ich sehr viel allein bin und …“
„Ist doch okay! Ich hab doch gesagt, dass ich verstehe. Außerdem, was ich da von mir gegeben habe, war ja auch nicht gerade vom Feinsten. Belassen wir es dabei. … Nun, du wolltest doch noch arbeiten. Also, lass dich durch mich nicht stören. Ich bleibe ganz still hier oben sitzen.“
Mit direktem Blick auf den Computer, dachte ich. Ich hasse es, wenn mir einer bei der Arbeit über die Schultern schaut. Ich hasse es wirklich, aber ich wollte nicht schon wieder herummosern, setzte mich vor den PC und tat konzentriert.
Wo war ich gedanklich stehengeblieben? Ich las:
… *in diesem Land ist Neid noch eine Tugend!*
Ah, ja! Dieses Wort bedeutet, dass man nicht fähig ist, zu gönnen.
Ich lehnte mich zurück, um auf die Frage, woraus Neid entsteht, eine Antwort zu finden.
Neidisch sein heißt, etwas bei einem anderen zu sehen, was man selbst nicht besitzt, es aber im gleichen Atemzug haben möchte, und zwar einzig aus dem Grund heraus: weil dieser Mensch es hat!
Nicht, weil es ein eigenes Bedürfnis oder ein Wunsch ist. Nein, sondern nur, weil das Selbstwertgefühl heutzutage sehr stark an materiellen Besitz gebunden ist und sich daraus ableitet: Wieso der, wieso nicht ich? Wo ich es doch eigentlich viel mehr verdient hätte.
Wieder kam ich auf dieses verfluchte Geld!
Lief denn wirklich alles dieser Errungenschaft in die Hände?
Hing denn in unseren industrialisierten Ländern alles und jeder an diesem „Tropf“?
Was nicht teuer ist, hat auch keinen Wert.
Wird das die zutreffende Definition, wenn jemand fragt, was die Spezies Mensch ausgemacht hat, damals, als es sie noch gab?

„Das haben sie aber teuer bezahlt", wird darauf ein anderer antworten, und sie werden herzlich lachen über den Mehrfachsinn ihrer Worte und über die Dummheit, von der wir oder sehr viele, und leider am meisten die, die die Macht haben, denn auch Macht kann man zum jetzigen Zeitpunkt noch kaufen, überzeugt sind, dass es von Klugheit und Überlegenheit zeugt: Geld als das Höchste zu preisen, was es heutzutage zu preisen gibt.
Ich lebe in einem Land, wo sechstausend Kiefern gefällt werden, um daraus eine Achterbahn zu bauen! Ja, sind wir denn noch zu retten?

„Wenn ich mich mal kurz dazwischenschalten darf", kam es vorsichtig vom Schrank.
„Was gibt's?" Meine Stimme war gereizt.
Wenn ich etwas noch mehr hasse als das von mir eben Beschriebene, dann ist es, wenn mich einer oder jemand in meinen Gedankengängen unterbricht! Es war schon schwer genug zu dem, was ich da tun wollte, nämlich eine gesellschaftskritische Aussage festzuhalten, damit auch noch in ein paar Jahren zurückverfolgt werden kann, wieso, warum und weshalb es so kommen musste, wie es kam, mit diesen unverbesserlichen Menschen, gedanklich zurückzukehren.
Alles müssen sie verbessern, auf Verderb komm raus! Sie machen nicht davor Halt, alles kaputtzureden. Nein, sie setzen dieses auch direkt in Taten um, und ich musste an den Satz denken, den ein Student zu mir sagte, als er und seine Kommilitonen aus dem völlig verqualmten Chemielabor gerannt kamen:
Hurra, wir leben noch!
Tja, dachte ich damals, wie oft wirst du diesen Satz noch hören, eh es heißt: *Sorry, das war's dann wohl!*

„Was willst du denn jetzt schon wieder?"
„Hast du das vergessen? Ich bin hier, um deine Illusionen …"
„Ja, ja, ich weiß … kaputt zu machen. … Und wenn ich das nicht zulasse? Lieber kleiner Vogel, oder wer immer du bist, ich wieder-

hole mich gerne: Ich möchte zu dem stehen können, was ich aussage, und ich möchte über Dinge schreiben, die ich wichtig finde! Wer sich ablenken will, der soll es tun. Wer die Augen verschließt – von mir aus. Nur nützen wird es keinem von beiden. Wir leben auf einer Kugel, was heißt: Alles wird uns eines Tages wieder erreichen, egal, wie weit weg wir es uns aus den Augen und dem Sinn treiben! Alles ist Kreisläufen unterworfen. Das ganze Universum besteht aus sich wiederholenden Vorgängen.
Die Erde in ihrer Milchstraße hat Zyklen. Alles, was sich auf ihr bewegt, hat seine Kontinuität. Selbst jeder einzelne Mensch hat seinen Kreislauf. Wenn in Brasilien die Regenwälder gerodet werden, dann verändert sich auch unser Klima. Also, es geht jeden an, was hier geschieht.
Ich für meinen Teil beschränke mich zurzeit auf die ‚Zwischenmenschlichkeiten', also auf das, was zwischen den Menschen steht und sie verhindert, und das ist gut so!"
„Findest du?"
„Ja, finde ich! Und im Übrigen hat das rein gar nichts mit Illusionen zu tun! Eher ganz im Gegenteil: Das ist die Wahrheit!"
„Deine Wahrheit?"
„Jawohl! Meine blöde, kleine Wahrheit, auf die ich auch noch stolz bin, damit du es weißt!"
„Damit gibst du zu, dass alles, was du schreibst, subjektiv ist. Ist dir das bewusst?"
„Natürlich, das eine wie das andere. Ich meine, ich schreibe doch keine wissenschaftlichen Abhandlungen über die Spezies Mensch, ihr Verhalten und ihren Umgang mit sich selbst und mit den anderen Lebewesen dieses Planeten. Was ich schreibe, sind doch die Erfahrungen einzelner, meine oder die von anderen Menschen, die ich in meinem Gehirn mit der mir eigenen Fantasie und Schlussfolgerung mische. Daraus mache ich dann ein Lesebuch. Etwas, das Menschen nehmen können, um sich die Zeit zu vertreiben. Heißt, sich die Freizeit zu vertreiben oder zu gestalten. Gestalten finde ich natürlich schöner, aber das ist

auch nur Wortklauberei. Vielleicht finden sie ja etwas, das ihnen hilft und sie befähigt, eine Gedankenkette zu bilden. Sie Glied für Glied zu erweitern, sich selbst Gedankengänge zu eröffnen und zu spüren, wie irre aufregend es sein kann, im eigenen Kopf auf Gedankenreise zu gehen. Dann brauchen sie auch keine Achterbahn oder sonstige Adrenalin auslösende Kicks, um zu merken, dass sie leben. Und ich leiste sowohl einen Beitrag zum Naturschutz als auch zur Förderung und zum Training des Kopfes. Wenn man nämlich aufhört, zu denken, dann erschlafft die Gehirnmuskulatur genauso, wenn nicht noch viel schneller, als die Muskulatur des Körpers, auf die sie – die Menschen – doch so viel Wert legen. Und das wiederum doch nur, weil es etwas ist, was sie nach außen hin zur Schau tragen können, was demzufolge auch Neid erzeugen kann. Womit ich dann wieder bei meinem Thema wäre. Wohingegen das, was einer im Kopf hat, nicht auf Anhieb zu sehen ist – also nicht so viel hermacht. Denkende Menschen sind meist sehr leise. Denn mit Wissen zu protzen, ist genau das, was einer nicht tut, wenn er was in der ‚Birne' hat."

„Habicht noch mal! Wenn dich dein Enthusiasmus kitzelt, dann bist du wirklich kaum zu stoppen! Ich bin beeindruckt!"

„Das brauchst du gar nicht mit einem solchen Unterton zu sagen. So, ich hoffe, du hast jetzt endlich kapiert, worum es mir geht, und lässt mich jetzt zu meinen Schreibereien zurückkehren. Ich dachte, du hättest gesagt, dass du mich nicht stören willst."

Sing-Sing drehte mir seinen Schwanz zu, was ich als Zeichen seiner Einsicht deutete.

Also, wenn ich mir vorstelle (die Schriftzeichen flossen über den Bildschirm), jeder hätte das, was er braucht, jeder könnte sich auch nehmen, was er nötig hat, dann müsste doch daraus eine Zufriedenheit entstehen, die eine Regung wie Neid oder auch Missgunst gar nicht erst aufkommen lassen würde.

Ein anderer Gedanke schaltete sich dazwischen: Wer ist denn neidisch? Sind es nicht eher die Leute, die sowieso schon mehr haben als andere? Denen es, salopp gesagt, gut geht? Die so ziemlich alles besitzen, was die Konsumpalette bietet, und die dazu auch noch körperlich voll fit sind?
Ist Neid somit eine „Krankheit" derer, die bereits alles haben, sich damit aber nicht zufriedengeben können, weil sie nur sehen, dass da ein anderer ist, der mehr hat als alles?
Und was geschieht, wenn man diese Leute mit der Kehrseite in Berührung bringt? Wenn man sie mit der Nase auf die Welt stößt, die es auch gibt. Nicht bei uns, nein! Weit, weit weg und somit schon kaum mehr real. Aber sie ist da, die Welt des Elends. Wo keiner auf den anderen neidisch ist. Worauf sollte man neidisch sein, wenn keiner etwas hat? Wenn das, was da ist, gerade ausreicht, um den heutigen Tag zu überleben.
Nein, da kann gar keine Regung des Neides erwachsen, denn: Wo nix ist, kann auch nix wachsen!
Demzufolge schloss ich weiter, ist Neid ein … nein, ein Gefühl ist es nicht. Gefühle haben nicht so eine Dauer. Will sagen, sie sind zeitlich kürzer und wechseln häufiger. Es ist schon eher ein Charakterzug. Also, Neid läuft auf der Schiene der Industrieländer, und da läuft er gut, denn diese Schiene ist bestens eingefahren!
Dieser Satz freute mich, und ich rieb mir, die Mundwinkel nach oben gezogen, im Geiste die Hände.
Mein Stimmungsbarometer stieg in Richtung „super". (Ich hoffe, jeder kennt dieses Gefühl, wenn man mit dem, was man geschafft hat, voll und ganz übereinstimmt und es als gelungen ansieht.) So drehte ich mich mitsamt dem Stuhl um einhundertachtzig Grad:
„Hallo, kleiner Spatz, komm mal runter. Ich hätte da was für dich!"
Sing-Sing ließ sich das nicht zweimal sagen und nahm erneut den Platz auf dem oberen Bildschirmrand ein.

„Also, erstens werde ich dir morgen einen schön verzweigten Ast aus dem Garten holen, damit du einen eigenen Sitzplatz hast – jetzt ist es dazu schon zu dunkel. Und zweitens: Hier, für dich, damit du gut schlafen kannst!"
Ich legte ihm das beschriftete weiße Blatt auf die Tastatur. Anschließend stand ich auf, streckte mich mit großer Intensität und machte mich auf den Weg ins Bett: „Ach ja, und wenn du fertig bist, schalte bitte das Licht aus. Gute Nacht!"
Sing-Sing war schon eifrig am Lesen. Ich sah, wie sein Kopf von links nach rechts und von Zeile zu Zeile sprang.
Na, dann bleibt das Licht eben an, dachte ich.

Als ich im Bett lag, ging mir das Gedicht durch den Kopf, welches dieses Wesen nebenan soeben mit, so hoffte ich doch, großer Freude las. Ich hatte ihm damals den Titel *Hommage an einen Baum* gegeben:

Wenn ich aus dem Fenster blicke, steht genau vorn in der Mitte
Ein ururalter Kirschbaum – groß und prächtig: Ein wahrhafter Traum.
Er begleitet mich täglich und durch das Jahr!

Im Frühling erstrahlt er mit weißen Blüten –
Wenn kurze Zeit später die Stürme wüten, dann scheint es zu schneien!
Und schon schnell geht's voran, hängen die ersten Kirschen dran.

Im Sommer, nachdem ich die Süßen gepflückt, ein grünes Wunder doch weiter.
Es rückt der Herbst heran, die Blätter schon gelb.

So manches Mal lehn ich mich an den Stamm.
Er ist für mich da, wenn ich nicht mehr kann.
Wenn mich auch alles nervt und verstört,
Er hat mir Hilfe noch nie verwehrt!

Wenn die Blätter dann fallen – das Jahr immer älter.
Die Rinde nassdunkel – es wird immer kälter.
Dann ruht er sanft im Winterschlaf.

Ich schließe die Fenster, doch nur für kurze Zeit.
Und dann ist es auch schon wieder so weit:
Ich öffne das Fenster und blicke ihn an: Oh schau,
Es sind neue Knospen dran!

Wir sind ungleiche Freunde und werden es bleiben!
Doch Zeit wird für sorgen – uns auf ewig vereinen!
Freu dich doch mit – da gibt's nichts zu weinen.
Denn:

Wir alle werden irgendwann einmal geh'n.
Doch es werden neue Bäume entsteh'n – neue Menschen werden an Fenstern steh'n –
Und „ihren" Bäumen beim Wachsen zuseh'n – sie begleiten und lieben hindurch viele Jahre.
Nur so schafft die Natur neue kräftige Paare!

Sei also nicht traurig, such dir auch einen Traum,
Der dich froh macht, dir Kraft gibt – so wie mir dieser Baum!

Ich war ganz erstaunt, dass ich dieses Gedicht ohne zu stocken immer noch auswendig aufsagen konnte, obwohl es schon eine Ewigkeit her war, dass ich es verfasst hatte. Das Gedächtnis ist schon eine irre Sache!
Ich lag auf dem Rücken, und obwohl ich eben noch hundemüde gewesen war, jetzt war ich hellwach. Wenn man vorhat, zu schlafen, sollte man im Gehirn nicht noch Rezitationen abrufen. Überhaupt, im Bett liegend, sollte man sich freuen, dem Körper Ruhe zu schenken, und an etwas Positives denken, damit man auch schöne Träume hat! Etwas ändern, verändern an sich und

oder an der Welt da draußen kann man im Augenblick dieser Nachtzeit sowieso nicht. Also: Kräfte sammeln für den kommenden Tag und – frei zitiert nach Peter Altenberg – den heiligen Versuch der Natur, die Wunden des Tages zum Verheilen zu bringen, nicht vorzeitig unterbrechen.

Nun, ich unterbrach nichts. Ich konnte erst gar nicht einschlafen. Ich war zu neugierig, was Sing-Sing zu diesem Gedicht sagen würde. Es lag doch genau auf der Schiene, die er so hochgelobt hatte: kein Angriff, keine Vorhaltung, nicht einmal der leiseste Versuch, den Leuten den Spiegel vorzuhalten. Zart, beschaulich, fast besinnlich mit einem Hauch von Wehmut. War es nicht genau das, was dieser Spatz von mir verlangen wollte? Ich sage mit Absicht „wollte", denn etwas zu verlangen, dazu hatte er überhaupt keine Grundlage – von Recht sowieso mal ganz abgesehen!

Ich lauschte mit weit geöffneten Augen in die stille Dunkelheit. Mir fiel erst später auf, wie unsinnig es war, dass ich die Augen aufgerissen hatte. Davon hört man bekannterweise auch nicht besser.

Irgendwann schlief ich dann doch ein. Warten ermüdet, und Warten auf unerfüllte Erwartungen ermüdet nicht weniger. Dies ist übrigens noch ein positives Gefühl, wenn man bedenkt, was alles in einem ausgelöst werden kann, wenn man Erwartungen an jemanden stellt.

Als ich erwachte, war es draußen noch dunkel, aber der Sonnenaufgang konnte nicht mehr fern sein, denn ich hörte die ersten Vögel zwitschern. Welche es waren, wusste ich nicht. Ich hatte mich noch nie mit den Stimmen dieser Tiere beschäftigt. Ich gestehe, ich hatte auch kein Interesse, dies in absehbarer Zeit zu tun.

Ich stand auf. Bei jedem Schritt knarrten die Dielen unter meinen Füßen – blanker Holzboden ist etwas ganz Wunderbares!

Ich schaute um die Ecke ins Arbeitszimmer. Der kleine Vogel hockte, den Kopf zwischen den Flügeln, auf dem Querbalken der

Lehne des Holzstuhls, der mehr als Dekoration in einer der Nischen stand, als um den Zweck einer Sitzgelegenheit zu erfüllen.
Leise setzte ich mich an den Schreibtisch. Um diese Tageszeit kann ich meist sehr gut arbeiten. Aufstehen und erst einmal ein paar Stunden etwas zu Papier bringen (heutzutage muss es ja heißen, etwas auf die Festplatte bringen), noch bevor man irgendwelche Arten von Alltäglichkeiten wie Kaffeetrinken, Waschen oder Anziehen erledigt. Das Gehirn ist frisch und ausgeruht, und die Ablenkungen haben Zeit.
Ich nahm das Blatt mit dem Gedicht von den Tasten, warf dem kleinen Piepmatz, der immer noch fest zu schlafen schien, einen letzten Blick zu – sah echt niedlich aus, so zufrieden, besser so friedlich, so, als ob die ganze Welt ein einziges Paradies sei (komisch, immer wenn ich schlafende Lebewesen betrachte, sogar und auch dann, wenn es sich dabei um Menschen handelt, empfange ich diesen Frieden, dieses „Es ist alles in Ordnung, und es ist gut so, wie es ist"-Gefühl), dann atmete ich einmal ganz tief durch und legte los:

Ja, ich höre schon die Stimmen, die mich in die Kiste der Kommunisten werfen wollen, bestenfalls in die der Sozialisten. Aber ich lass mich nicht werfen. Schon gar nicht in Kisten oder Schubladen! Ich war schon immer vereinslos, parteienlos, jedoch nie gewissenlos!
Es mag ja sein, dass ein Charles Darwin behaupten konnte, dass auch die menschliche Gesellschaft den Naturgesetzen unterworfen sei, nur die Fortführung dieses Sozialdarwinismus nämlich, dass demnach Ungerechtigkeit naturgegeben sei und deshalb richtig – nein, die mach ich nicht mit!
Und genau das ist mit ein Grund, weshalb ich es mir verbitte, irgendwo eingeordnet zu werden. Ich sage es gleich: Ich passe nicht, egal, wie versucht wird, mich zu verbiegen oder hier und da etwas abzupressen, einzudrücken, umzupolen. Gleichheit gibt es nicht, seit das Wort Individuum gefunden worden ist.
So, und da sehe ich so manchen grinsen, der da meint: Ha, jetzt hat sie sich selbst verraten. Erst behauptet sie, Neid könne man dadurch aus der Welt

schaffen, dass man allen das Gleiche gibt, und nun behauptet sie, es gäbe keine Gleichheit.
Ich weiß, es gibt kaum etwas Schöneres, als zu sehen, wie sich jemand in seinen eigenen Schwanz beißt, aber freut euch nicht zu früh, ich komm da wieder raus, denn:
Ich glaube daran, dass die Evolution der Spezies Mensch noch lange nicht abgeschlossen ist, nicht abgeschlossen sein kann. So, wie es ist, ist es nicht richtig. Und gesetzt den Fall, die Menschheit kommt aus dem selbst geschaffenen Dilemma nicht mehr heraus, und es sieht beinahe so aus, dann muss eben eine andere Kraft ihr und somit allen Lebewesen dieses Planeten helfen. Diese Kraft ist die Kraft der Veränderung, die Evolution der Natur, die wohl als Grundgesetz beinhaltet, uns immer besser zu machen. Nein, nicht anzupassen. Gegebenheiten, die der Mensch in Eigenregie zu verantworten hat, haben nichts mit der natürlichen Veränderung zu tun. Ich spreche vom Bewusstsein.
Ist es nicht so, dass sich die Menschen heutzutage im Kreis drehen, sich immer tiefer reinreißen?! Und schlimm dazu: Alle anderen Lebewesen reißen sie mit. Immer näher bewegen sie sich auf den Untergang zu. Sie sehen es, aber sie ändern nichts. Die logischste Frage wäre doch: Wieso?
Die einzige Antwort, die den Menschen nicht allen Verstand abspricht, wäre doch: Sie können es nicht anders, weil eben das Bewusstsein der Masse noch nicht so weit entwickelt ist, wie es vonnöten wäre, um, wie es banal heißt, die Welt zu retten.
Geht man doch davon aus, dass alle ihr Bestes tun. Tut man das? Sollte man das tun?
Oder ist es wieder der Kreis, der wo endet? Sicher, klar, beim Geld. Auch damit wieder beim Neid. Beim „Warum soll es dem besser gehen als mir, dann doch lieber schlechter!“.
Sind die Menschen in diesem Land überhaupt bereit für eine Demokratie (von der behauptet wird, sie sei eine schlechte Staatsform, aber leider gäbe es keine bessere)?
Wie wäre es denn mal so:
Für alle die gleichen Voraussetzungen, was die Grundlagen der Existenz angeht, und ebenso gedankliche Freiheit für alle. Das heißt, da es nicht

mehr darum geht, Konsumgüter zu häufen, weil jeder sich das, was er braucht, einfach nimmt, hat jeder die Möglichkeit, seinen eigenen Fähigkeiten und Talenten nachzugeben, nachzugehen.
Arbeit wäre so nicht mehr eine nötige Last, um Geld zu verdienen, sondern jeder würde um seiner selbst willen arbeiten. Da die Menschen verschieden sind, verhielte sich dies ebenso mit den Tätigkeiten, die sie ausüben. Da es nicht mehr um Geld ginge, wäre urplötzlich die Arbeit des einen genauso viel wert wie die des anderen. Der Wert wäre das Tun.
Arbeiten, die keiner ausüben will, wie zum Beispiel die Beseitigung von Müll, die müsste jeder hin und wieder machen. Somit wäre auch ganz nebenbei erreicht, dass nicht jeder seinen Müll einfach überall hinwirft. Plötzlich hätte man selbst die Verantwortung – und wenn das nicht „zieht“, so sag ich's halt anders:
Wenn jeder einmal dran ist mit Mülleinsammeln, dann kann ihm persönlich nur daran liegen, dass nicht so viel da ist. Denn dann ist er erstens nicht so oft dran und zweitens schneller fertig. Und das wird wohl jetzt jeder verstehen!

„Alles doch schon mal dagewesen! Alles doch nur reine Illusion!“
Nein, ich hatte mir heute Morgen vorgenommen, mich nicht mehr aus der Ruhe bringen zu lassen und, vor allem, mich nicht mehr zu ärgern oder aufzuregen!
„Guten Morgen, Sing-Sing“, sagte ich freundlich. „Ich hoffe, du hast hervorragend geschlafen!“
„Guten Morgen, danke der Nachfrage, ganz ausgezeichnet!“ Der Vogel sperrte seinen Schnabel weit auf und gähnte. „Man kann dich wirklich nicht einen Moment aus den Augen lassen! Es ist ein wunderschöner, warmer Morgen. Es ist leise, ja geradezu still. Es duftet nach Harmonie und Genuss, und was machst du? Du schreibst dich schon jetzt wieder um Kopf und Kragen!“
Der Spatz trippelte, während ich diese seine Worte vernahm, auf dem Rand des Bildschirms hin und her. Es sah lustig aus, wie seine winzigen Zehen sich fest um das Plastik krallten und dabei

ein Geräusch verursachten, als wenn einzelne Reiskörner in schneller Abfolge auf den Boden fallen würden.
Nein, ich hatte meine Vorsätze, wie schon erwähnt, und die Wahrnehmung dieser Nebensächlichkeit, das Konzentrieren auf die Bewegung des Vogels sowohl mit den Ohren wie auch mit den Augen, half mir erheblich dabei.
„Sag mal, hast du Hunger? Und wenn dem so ist, wie wäre es, wenn du in den Garten fliegen würdest, um dein Verlangen zu stillen! Ich tu derweil dasselbe hier drinnen. Ich meine, mein Verlangen stillen, okay?"
Sing-Sing verdrehte seinen Kopf und schaute mich mit einem Auge an. Jedenfalls sah ich nur eines seiner Augen bei dieser Kopfhaltung: „Willst mich wohl loswerden, was?!"
„Ist wirklich großartig, wie du die Situation erkennst! … Richtig! Ich denke, wir könnten mal eine kleine Auszeit unseres Beisammenseins einlegen. Soll ja produktiv sein, sich hin und ab den eigenen, einsamen Wegen hinzugeben." Meine Stimme klang theatralisch, dennoch bestimmt, ja, bestimmend.
„Hör mal, ich bin nicht zum Fressen hierhergekommen, sondern gerade darum, dich auf deinen einsamen, irrtümlichen Wegen zu begleiten. Erinnerst du dich vielleicht daran?"
„Also erstens, das ‚irrtümlich' kannste dir ‚schenken', und zweitens und überhaupt, falls ich deine Hilfe brauche – und ich möchte bemerken, dass ich erhebliche Zweifel habe, ob solch ein Moment überhaupt irgendwann einmal eintritt –, dann kann ich dich ja rufen. Abgemacht?!"
„Du bist sehr hartnäckig, will ich dir mal sagen, und …"
„Raus!"
Das saß, wie man so sagt, und bewirkte in diesem Fall, dass der Spatz eben nicht mehr weitersaß, sondern erschrocken emporflog und in Richtung Tanne verschwand.
„Na endlich", grummelte ich noch vor mich hin, und schon war ich wieder in meine Schreibereien versunken.

Klar, ein Zusammenleben dieser Art ist nicht von jetzt auf gleich hinzukriegen. Das dauert Generationen, bis die „Droge Geld“ oder auch der „Gott Mammon“, wie auch immer, auf jeden Fall diese Macht, die den Menschen anscheinend alles raubt – Verstand, Moral und leider auch das Vertrauen zueinander – ihre Wirkung verloren hat. Wann weiß ich denn, ob es einer ehrlich meint oder ob er in dem, was er mir rät, nur seine eigene Bereicherung in Kopf hat?

Schwierig, sehr schwierig, da irgendetwas auseinanderzuhalten. Nein, nicht schwierig, einfach unmöglich ist das!

Man muss weg von dem „Reich leidet's sich angenehmer“, wie es noch bei Rilke hieß, hin zu „Reichtum hat nichts mit Geld zu tun. Reichtum ist Wissen, Gesundheit; Reichtum ist das, was alle zusammen schaffen, weil jeder das einzig wahre Ziel vor Augen hat: den dritten Planeten dieses Sonnensystems zu bewohnen – und zwar so, wie er vom Weltraum aus betrachtet aussieht: paradiesisch!

Und bitte dann nicht wieder von vorne anfangen, so mit Apfel vom Baum und Schlange …

Ich frage, hängen nicht fast alle Straftaten mit diesen „Papierzetteln“ zusammen? (Was sind Banknoten denn schon anderes? Manchmal hat man ja beinahe den Eindruck, diesen bedruckten Fetzen wäre der Odem Gottes eingehaucht. Wobei ich persönlich dieses Wort am Anfang mit „Ö“ geschrieben in diesem Zusammenhang weit besser finde. Ist doch wahr: Geld = Ödem. Was ist es schon mehr als eine krankhafte Ansammlung?)

Warum sollte jemand noch etwas stehlen, wo er sich doch nehmen kann, was er braucht?

Erpressen? Womit denn?

Morden? Warum denn? Aus Spaß heraus? Nein, an so etwas denke ich jetzt nicht. Der Mensch ist verdorben, aber er ist nicht von Grund auf schlecht!

Wie sangen doch schon einst die Rolling Stones: „You can't always get what you want, but if you try you get what you need.“ Ist das nicht der Schlüssel zu all dem Unfug, der hier geschieht? Es gibt sogar Leute, die diese ganzen Fehler des Systems sehen, aber nicht erkennen, denn wenn man etwas wirklich erkennt – und ich denke, erkennen kommt doch von Erkenntnis –,

dann müsste man doch sofort handeln. Also, wenn das Bewusstsein sich in der Art wandelt, dass der Mensch sich nehmen kann, was er braucht, und nicht den Knoten im Hirn zulässt, der ihm sagt: „Nimm dir, was du willst", dann wäre das doch schon mal ein riesiger Schritt! Und den Rest, den kriegte man dann doch mit Leichtigkeit hin!
Was sind Konsumwünsche denn anderes als Ersatzbefriedigungen für nicht gelebtes Leben?
Darf ich Diogenes zitieren, der als Antwort gab, als er einen Wunsch freigestellt bekam: „Geh mir aus der Sonne!"? Ich meine, so weit muss es ja nicht kommen. Nicht jeder, und da bin ich wieder bei der Individualität, die ich vehement vertrete, nicht jeder hat das „Zeug" oder den Hang zur absoluten Bedürfnislosigkeit, aber ein bisschen mehr Bedürfnis nach den unbezahlbaren Dingen dieser Welt würde doch die Lebensqualität des Einzelnen erheblich steigern. Nur sagen müsste man es den Menschen mal wieder.
Zugeschüttet mit diesem ganzen materiellen Krempel, den sie mit sich herumschleppen, ist es kein Wunder, dass sie mit der Zeit vergessen haben, worauf es ankommt. Sie sehen ja den Wald vor Bäumen nicht mehr. Und wenn sie nicht aufpassen, dann sehen sie auch bald keine Bäume mehr, denn dann gibt es die nur noch in bestimmten, dazu angelegten Gewächshäusern, die man dann am Sonntagnachmittag mit der Familie besucht, um den Kindern zu erklären, wie es damals mal war …
Und um wieder zu meinem Ausgangspunkt zu kommen: Auf wen könnte man noch neidisch sein, nachdem man den „Entzug des Konsumrausches" hinter sich gebracht hat?
Also, ich habe noch nie gehört, dass jemand auf das Wissen neidisch ist, das ein anderer hat. Leider nicht, denn das wäre ja der erste Schritt, alles daran zu geben, sich selbst dieses Wissen und noch viel mehr anzueignen. Das wäre ja richtig prima!
Nein – Neid begründet sich auf materielle Güter, auf eben alles, was mit Geld zu bezahlen ist.
Die Einzigen, die bei meinen Überlegungen natürlich jetzt die Hände über dem Kopf zusammenschlagen und „Teufel und Gomorrha" schreien, sind die, die alle irdischen Bequemlichkeiten ihr Eigen nennen und leider dazu auch noch etwas besitzen, was meine ganze Utopie zum Scheitern bringen wird:

Genau diese Leute haben nämlich die Macht im Lande, in dem man in den Zeitungen lesen muss, dass die Vergewaltigung einer Frau als Arbeitsunfall gelten kann, wenn diese während der Arbeit geschieht beziehungsweise die Beweggründe dafür mit der Arbeit zusammenhingen. Ja, lies es ruhig noch einmal!
Oder wie war das mit dem Mann, der sein siebeneinhalb Wochen altes Kind auf den Kopf schlägt, sodass dieses davon stirbt? Der Mann wird freigesprochen, weil ein Gutachter ihm Beziehungsstress und dadurch freigesetzte Emotionen, die diese Tat verursacht haben, bescheinigt.
Ein Hund aber, ein aus dem Instinkt heraus handelndes Wesen ohne Sinn für Moral oder Gerechtigkeit, der einen Menschen beißt, der wird sofort eingeschläfert, gilt als aggressiv und unberechenbar. Ihm gibt man also die Schuld an seiner Handlung – dem Menschen hingegen nicht.
Schuldig sein kann aber nur jemand, der von seiner Intelligenz her ein Bewusstsein hat für das, was er tut. Erstaunlich, dass in diesem Land Hunden dieses Bewusstsein mehr zugesprochen wird als Menschen. Erstaunlich ist das verkehrte Wort: Es ist entsetzlich!
Bald sind wir so weit, dass wir den Bäumen die Schuld daran geben, dass täglich fünf Menschen mit ihren Kraftfahrzeugen gegen sie fahren und dabei den Tod finden.
Manchmal könnte man glauben, dass irgendeine Substanz ins Trinkwasser geschüttet wird, die allmählich und flächendeckend bei allen die Gehirnsubstanz zerfrisst.

„Na, bist du endlich fertig?"
Der Schreck durchzuckte meinen ganzen Körper. Sing-Sing – ich hatte ihn schon ganz vergessen.
„Was willst du?"
„Mit dir reden!"
„Also gut, bezeichne ich mich mal als gastfreundlich und mache eine Pause. Ich brühe mir nur schnell einen Kaffee auf, und dann gehen wir vor die Tür, okay?!"
Als ich aus der Küche zurückkam, hatte dieser „verdammte" Spatz es tatsächlich geschafft, mein „Geschreibsel" auszudru-

cken. Die Blätter verteilten sich gerade durch den Wind, der ins Zimmer blies, auf dem Fußboden.
„Nimm die bitte mit nach draußen“, sagte Sing-Sing.
Ich sah den Vogel herablassend lächelnd an: „Ah, jetzt kommt der große Rezensent. Na, dann wollen wir mal. Nicht, dass du denkst, ich sei nicht fähig, Kritik einzustecken. Solange sie sachlich und kompetent ist, bin ich immer offenen Ohres …“
Den Rest des Satzes äußerte ich nicht mehr, denn mein Kopf vollendete: … solange sie nicht gerade Spatzenhirnen entwächst.
Ich ließ mich auf dem mit buntgestreiftem Tuch bezogenen Klappliegestuhl nieder. Es war so ein richtig tolles altes Ding von der Art, die früher nur allzu oft in Sketchen benutzt wurden, wenn die Familie an den Strand ging und „Vattern“ nun den „Kampf mit dem Klappstuhl“ aufnahm. Dabei ist es gar nicht schwierig, die Dinger aufzustellen. [Aber man(n) kann sich auch herrlich dumm dabei anstellen.]
Oh ja, was waren wir früher doch noch unschuldig im Geist und mit kleinen Malheuren zum Lachen zu bringen. Schadenfreude der netten Art.
Heutzutage muss es schon richtig fies und gemein sein, damit man die Leute zum Lachen bringt. Es ist auch kein nettes Lachen, kein Lachen über die Ungeschicklichkeit, wie zum Beispiel in den alten Filmen mit Charlie Chaplin, nein, es geht meist mehr als unter die Gürtellinie, und wenn ich mir aus Interesse mal eine solche Sendung im Fernsehen ansehe, dann schäme ich mich hinterher eher, zugeschaut zu haben, als dass ich in irgendeiner Art davon belustigt gewesen wäre.
Sich gegenseitig ein bisschen necken, das macht Spaß, aber diese Bösartigkeiten – man muss schon fast Rachegelüste sagen –, die da durch die Fernsehkanäle laufen, die grenzen für mich schon an Menschenverachtung. Das ist die pure Lust, zuzuschauen, wie ein Mensch niedergemacht wird. Ich denke dabei immer wieder an die Gladiatorenkämpfe im alten Rom: Das Volk braucht Brot

und Spiele … und ein richtiges „Spiel“ ist nur dann fesselnd und amüsant, wenn Blut fließt.
Im übertragenen Sinn ist es heute doch dasselbe. Es fließt zwar kein Blut mehr oder noch nicht, aber es kratzt heftig an der Würde desjenigen, der da zur Schau gestellt wird – und verletzend ist es allemal!
Durch die permanente Abstumpfung, betreffend eigentlich alle Gefühlsregungen, müssen immer heftigere Stöße erfolgen, damit die Befriedigung erreicht wird, und natürlich gilt dies auch für das, woran so manch ein Leser jetzt denkt: Sex.

Die Sonnenstrahlen, die durch den Nussbaum schienen und dabei kleine helle Mosaikteilchen auf meinen Körper warfen, waren noch angenehm zart. Wärmend, doch nicht stechend. Die Morgensonne ist überhaupt die gesündeste, denn sie weckt den Körper und vor allem: Sie schläfert das Gehirn nicht ein.
Sing-Sing setzte sich auf mein linkes Knie. Der Kaffeeduft stieg mir in die Nase, und rings umher blühte Harmonie. Ja, es gibt Augenblicke, und dieser hier war ein solcher, da könnte man zum Poeten werden.
Warum schließt man eigentlich beim Spüren von Genuss so oft die Augen? Damit man wenigstens eine Zeitlang das ganze Elend nicht sehen muss.
Der ständige Kampf ums Überleben in der Natur, wo die Aussage „Fressen und gefressen werden“ berechtigten Bestand hat, und zwar nur dort, der löst bei manchem mehr Ekel oder Mitgefühl aus, als wenn er dem Kampf der Menschen gegeneinander beiwohnt. Sogar oft genug selbst aktiv ist in dieser Art, voneinander zu zehren. Es hat nichts mit Grausamkeit zu tun, wenn eine Waldameise eine Biene so lange attackiert, bis diese nur noch mit den Beinen zuckt, vollgepumpt mit Gift, welches sie lähmt, aber noch nicht ausreicht, um sie zu töten, währenddessen die Ameise sie bereits abtransportiert als Lebendfutter für die Königin.

Grausam ist die Art und Weise, in der wir unsere Tiere halten. Die Transporte zu den Schlachthöfen, das Wort „Fleischproduktion“, welches sagt: Respekt vor den anderen Lebewesen dieses Planeten – niemals!
Das jedoch sind Geschehnisse, die Ekel vor dem Menschen und Mitgefühl für die hilflosen, uns ausgelieferten Mitbewohnern auslösen sollten.
Aber da schreibe ich wieder gegen Mauern.
Und genau das ist es, was ich will: Gegen Mauern schreiben, und es gibt sie überall in den Köpfen, und von da aus bauen wir sie dann auch noch aus Stahl, Beton und Stein, sichtbar für jeden und unüberwindlich für viele. Und ich schreibe dagegen so lange, bis sie umfallen und einstürzen!

Ich blinzelte den kleinen Vogel an: „Nun denn, was liegt an?“
Ich kam mir vor wie eine Monarchin, die zur Audienz geladen hat: erhaben, unnahbar und über allen Dingen stehend. (Auch wenn ich so manchem Herrscher eher unterstelle, dass er neben den Dingen steht.)
„Also, als Erstes möchte ich mich für das schöne Gedicht bedanken, welches du mir gestern Abend zu lesen gegeben hast!“
„Dachte mir, dass es dir gefallen würde“, antwortete ich, war aber, den Kaffeebecher zum Mund führend, auf der Hut. Wenn jemand „Erstens“ sagt, dann kommt danach mindestens noch ein „Zweitens“. Und das verheißt nicht allzu oft etwas Gutes.
Sing-Sing merkte mir meine Achtsamkeit wohl an, denn er sprach weiter: „Du brauchst mich gar nicht so skeptisch anzuschauen. Ich meine das schon ernst.“
„Ja, ja“, erwiderte ich, „das glaub ich eben auch!“
„Weißte, ich versteh das einfach nicht. Einerseits schreibst du so schöne Verse, auf der anderen Seite aber graust es mir, wenn ich deine Prosa lese.“

„Da siehst du es wieder: ‚Zwei Seelen wohnen ach in meiner Brust.' Ist ja nun spätestens seit Goethe ein bekannter Seelenzustand der Exzentriker."

„Du siehst es also ein?"

„Was?"

„Na, dass du nicht ganz normal bist."

„Danke für das Kompliment! Darf ich dir gerade mal etwas aus dem Leben der, wie du sie nennst, ‚Normalen' erzählen? Stand gestern in der Zeitung, und um in meinem Stil zu bleiben:

Ich lebe in einem Land, in dem ein Mann, der ein siebenjähriges Mädchen missbraucht – und ich finde es völlig unerheblich, ob er dies einmal, achtmal, wie er zugibt, oder neunzigmal tut –, zwölftausendfünfhundert Schmerzensgeld bezahlt, und damit ist seine Schuld beglichen. Als kleinen ‚Klaps' auf die Finger kriegt er noch zwei Jahre Haft. Auf Bewährung, versteht sich!

Was ist denn das, frag ich dich. Nein, ich frage mich das und gebe zur Antwort: Das ist der reine Wahnsinn! Das ist die Art, in der hier gehandelt wird, oder soll ich lieber sagen, in der Handel getrieben wird.

Dieser Typ zerstört ein Wesen, ein Kind, ein hilfloses Seelchen, und das Urteil, welches die Justiz in diesem Lande fällt: Er bezahlt dafür Geld, und alles ist in Ordnung. Tut mir leid, da könnte ich anfangen zu schreien, aber es bleibt mir die Luft weg! Und da kommst du und meinst allen Ernstes, ich könnte mich damit zufriedengeben, nette Verslein zu Papier zu bringen? Dinge zu schreiben, wie sagtest du gestern Abend, Dinge, die erfreuen und die kaputte Seelen streicheln? Sag mal, hast du 'ne Meise, oder was?!"

Darauf sagte der Vogel nichts.

Es gibt Dinge im Leben, da fehlen einem die Worte. Die sind so unfassbar für den Kopf, und dabei krampft sich alles, was dem emotionalen Zentrum unterliegt, in einem zusammen. Man möchte heulen und um sich schlagen. Aggressive Trauer, traurige Aggression oder einfach Wut über Ungerechtigkeit und Hilf-

losigkeit, weil man weiß – und in solchen Fällen beginnt man es zu bereuen –, dass man machtlos ist!
„Weißt du“, begann ich leise, und nach einer langen Pause, während der wir uns nicht anschauen wollten, „weißt du, manchmal hab ich das Gefühl, ich könnte mich nicht mehr bewegen, ich müsste erstarren, und zwar nicht vor Ehrfurcht, nein, vor Angst. Wovon reden die Menschen heute? Davon, was sie alles noch brauchen, und davon, wo das alles herkommen soll. Ich frage mich etwas ganz anderes: Wo soll das alles hinführen?
Lieber kleiner Spatz: Nicht **unter** den Menschen zu leben ist schwierig, **mit** ihnen zu leben, das ist schwierig!
Wir leben zwar auf der Oberfläche, aber das rechtfertigt doch nicht diese Oberflächlichkeit, die hier praktiziert wird.
Und dann kommt noch was Herrliches: Dann kommt nämlich der Satz vom Paradies, in das wir eingehen – wenn wir eingegangen sind. Die Menschen werden sich wundern, das sag ich dir. Glaubst du vielleicht, ‚da oben‘ ist es anders?
Wenn diese Menschenseelen hier unten schon das Paradies zerstören, die Erde war nämlich mal eines, schon vergessen?, dann nenne mir einen halbwegs glaubhaften Grund, weswegen sie sich ändern sollten, nur weil sie körperlos geworden sind. Geistlos bleibt geistlos – mit oder ohne Körper.“
Sing-Sing schaute mich lange an, bis er sagte: „Vielleicht hast du recht. Ich meine, nicht mit all dem, was du sagst, aber damit, dass es immer wieder Menschen gibt, sogar geben muss, die die Dinge von einer anderen Warte aus sehen und die auch bereit sind, dafür zu bezahlen. Nicht mit Geld und auch nicht mit ihrem Leben, jedoch mit der Art und Weise, wie sie leben, leben müssen, um bei sich zu bleiben.“
„Ach, kein Grund zur Theatralik, lieber Vogel, an so einem wunderbaren Morgen wie diesem. Hast du das nicht eben selbst gesagt?!
Es ist halt nicht jeder zum Philosophen geboren, und wenn ich so dran denke, wie viele Leute überzeugt sind, dass sie und

zwar nur sie den Weltenschlüssel für alle Probleme gefunden haben, dann kann ich nur lachend sagen: Ja, gut, versucht es weiter, aber, und das ist es, was mir so immanent wichtig ist: Alles, was einer tut, darf nie und zwar wirklich niemals negative Auswirkungen auf andere Lebewesen oder auf diesen Planeten haben. Wenn das jeder bedenkt, und zwar bevor er handelt, wenn das sozusagen zur Maxime der Menschheit würde, dann, ja dann, vielleicht nur dann wären wir zu retten mit allen anderen, die wir jetzt noch bedenkenlos bereit sind, mit in den Abgrund zu ziehen."

„Amen", beendete Sing-Sing mein Glaubensbekenntnis.

„Du kommst einfach zu spät, kleiner Spatz, denn die Erfahrung, nein, meine Erfahrungen haben mich gelehrt: Wenn du dir über eine Sache, die dich betrifft, deine Art zu leben betrifft, sicher bist, dann lass dich nicht überreden, an dieser Sache zu zweifeln. Glaube mir, die anderen wissen nicht, was für dich besser ist! Wenn sie es wüssten, dann wären sie die Ersten, die es besser machen würden. Und mit Sicherheit würden sie es dir nicht auf die Nase binden."

Sing-Sing hüpfte auf den Rand meines Kaffeebechers: „Du bist ein wahrer Menschenfreund", sagte er.

Ich schloss die Augen. Es ist einfach unbeschreiblich schön, mit einem Seelenverwandten gemeinsam in der Sonne zu sitzen, sich alles sagen zu können, was man denkt, und zu spüren, dass man nicht nur Verständnis füreinander hat, sondern sich auch versteht.

Das Sonnenlicht war derweil vom Nussbaum zur Kirsche gewandert, in der die letzten vertrockneten Früchte anzeigten, dass das Jahr sich mit riesigen Schritten auf den Herbst zu bewegte. Der Sommer verging wieder einmal viel zu schnell, und jedes Jahr war es dasselbe. Und jedes Jahr war die Sehnsucht dieselbe, der Wunsch, ach, wäre es doch erst Ende Mai. Lange würde es nicht mehr dauern, dann war die Fantasie das Einzige, was noch blühen würde.

Plötzlich kam mir ein Gedanke, und es war kein schöner Gedanke, sondern einer, der mich erschreckte: „Sag mal, Sing-Sing", begann ich ihn zu formulieren, „was geschieht jetzt?"

„Was meinst du?"

„Ich meine, du kamst doch nicht ohne Grund zu mir. Jedenfalls habe ich dich so verstanden. Und nun? … Also, was ich sagen will …" Es fiel mir schwer, das auszusprechen, was ich dachte, denn obwohl unsere Begegnung erst ein paar Stunden dauerte, merkte ich: Dieser kleine Vogel war genau das, was mir gefehlt hatte.

Die Jahre zuvor war mir nie in den Sinn gekommen, etwas an meinem Alleinsein zu ändern. Ich hatte nie oder sagen wir selten das Gefühl, dass es schön wäre, ein anderes Lebewesen um sich zu haben. Nein, eher das Gegenteil war der Fall. Ich war ja froh, endlich das erreicht zu haben, was ich so lange angestrebt hatte: Eigenverantwortlichkeit, Selbstverwirklichung, handeln, ohne Rechenschaft ablegen zu müssen, keinerlei Einschränkungen in Bezug auf meine Gestaltung der Zeit, ich musste keine Rücksicht nehmen, die Leute im Dorf reichten meinem Verlangen nach Unterhaltung … kurz, mein Leben verlief genau auf dem Weg, den ich bewusst eingeschlagen hatte. Wer kann so etwas schon von sich sagen? Ich war wunschlos glücklich, und war ich einmal traurig, dann nur aus dem einen Grund heraus, weil man eben das eine akzeptieren muss, wenn man das andere spüren will. Es ist das uralte Prinzip von den Extremen, von Yin und Yang und all den Gefühlen, die dazwischenliegen.

Aber ist es nicht so, dass man sich nach etwas, was man nicht kennt, auch nicht sehnen kann?

Ein Mensch, der noch nie im Schnee gespielt hat, der wird nicht auf den Gedanken kommen, dies tun zu wollen. Warum auch …

Die Indianer Nordamerikas hatten mit Sicherheit auch kein Verlangen nach Alkohol, bis die Weißen ihnen dieses Verlangen eingetrichtert hatten.

Also, entweder entsteht Sehnsucht nach etwas aus den Erfahrungen, die man im Laufe seines Lebens gemacht hat, oder sie wird künstlich geweckt: durch Werbung oder sonstige Manipulationsmechanismen.

Wenn man sich nach etwas sehnt, dann beinhaltet dieses Verlangen, dass der momentane Zustand einen nicht oder nicht mehr zufriedenstellt. Sehnsucht heißt Wunsch nach Veränderung, und zwar nach einer ganz bestimmten. Einer, die nur darauf abzielt, diese klar definierte Sehnsucht zu befriedigen.

Es steckt nicht umsonst das Wort „Sucht“ darin. Eine Sucht ist stets ein Zustand, dem man hinterherläuft und wo der eigene Wille und das Wissen zugunsten der Unmöglichkeit, sich zu beherrschen, in den Hintergrund verbannt werden.

Nun, wie auch immer. Ich gab mir in Gedanken einen aufmunternden Schubs und sagte: „Wäre schade, wenn du jetzt schon wieder weggehen würdest!“

„Wieso sollte ich das tun?“, fragte der Spatz.

„Na ja, ich glaube, ich habe dir ziemlich schnell klargemacht, dass ich mich nicht dem beuge, was von mir verlangt wird. Wer immer dies auch möchte.“

„Ach so, du meinst die Sache mit der Illusion, richtig?“

„Ja, du bist gekommen, um meine Vorstellungen zu zerstören, was ich im Übrigen ziemlich impertinent finde. Das Einzige, was ich dir zugute schreibe, ist, dass du mir von Anfang an Klarheit darüber gegeben hast.“

„Nee, da hast du etwas verkehrt verstanden.“

„Ach, jetzt auf einmal.“

„Ehrlich, es geht mir nicht darum …“

Ich unterbrach: „Worum denn dann?“

„Es geht mir darum, dir nahezulegen, dass das Leben immer auch aus Kompromissen besteht, die man eingehen muss, um weiterzukommen.“

„So, Kompromisse nennst du das. Ich nenn das, was du von mir verlangst, Aufgeben. Sich selbst aufgeben zugunsten einer gesi-

cherten Existenz. Ungefähr so: Kindern sagt man, sie dürfen nicht lügen. Bei den Erwachsenen gehört die Lüge aber zum Leben. Was kann man daraus folgern: Erwachsen werden heißt: Lerne lügen."
„Du kommst immer auf Sachen und vor allem, du drehst und wendest alles, wie es dir gerade passt."
Hatte ich nicht eben von dem Hoch und Tief der Gefühle gesprochen?! Also, im Augenblick kamen mir erhebliche Bedenken, ob ich wirklich wollte, dass der Vogel blieb.
Auf der anderen Seite, es gibt kaum Menschen, die einen mehr zur Leistung antreiben als solche, die einen davon überzeugen wollen, dass das, was man tut und vor allem wie man es tut, verkehrt ist.
Also, ich rede von Freunden. Von solchen Menschen, die nicht zum Selbstzweck indoktrinieren, sondern die eine Möglichkeit zur Diskussion stellen, die ihre eigene Ansicht äußern zu dem, was man da tut oder vorhat, und als Sinn in ihren Ablehnungen oder Kritiken steht alleine und ohne Hintergedanken, andere Standpunkte, andere Sichtweisen oder neue Überlegungen kundzutun.
Wenn man diese Art des Umgangs nicht wahrnimmt, weil die Eitelkeit oder die Selbstüberschätzung es nicht zulässt, man sich – und das ist ein fataler Fehler – als Mittelpunkt des Universums ansieht und alle anderen eher als das Drumherum, was eigentlich gar nicht so nötig wäre, denn die Selbstzufriedenheit, ja die Arroganz führt dazu, sich als das einzig Wahre, als das einzig Logische, als das Einzige, was überhaupt den Durchblick hat, anzusehen und sich das vermeidliche Wissen um die eigene Unfehlbarkeit festgesetzt hat wie ein verklebter Marmeladendeckel, dann ist es kaum noch eine Frage der Zeit, bis man den eigenen Stillstand erreicht hat. Abgesehen davon, dass ein solches Auftreten keine Freundschaft auf Dauer aushält.
Ein Mensch, der als Reaktion auf das, was er sagt, einzig und allein Worte der Zustimmung hören will und von Vorneherein

jede abweichende Bemerkung als nichtig betrachtet, der sollte sich lieber mit seinem Schatten unterhalten.
Ich kam mir vor wie jemand, der genau auf Netzhöhe sitzt und einem Tennisspiel beiwohnt. Meine Gefühle waren der Ball, der von einer Seite auf die andere geschlagen wird. Und was tat ich? Ich bewegte den Kopf hin und her und hin und her – von links nach rechts und wieder zurück.
Einerseits empfand ich es als äußerst positiv, dass plötzlich ein Wesen da war, welches Interesse zeigte an dem, womit ich mich beschäftigte. Ich spürte, dass sich meine Gehirnzellen durch dieses Beisammensein anstrengen mussten, und das war gut! Andererseits, und sicher auch durch die Gewöhnung an das Alleinsein, dessen Vorteile ich nur allzu gerne schätze, war ich mir nicht im Klaren, ob ich gewillt war, dem Spatz anzubieten, sich hier bei mir sozusagen ein Nest zu bauen.
Ich weiß auch nicht, wieso mir solche Gedanken durch den Kopf gingen. Ich war normalerweise nicht so auf dem Trip, Dingen Entscheidungen aufzudrängen, die eigentlich gar nicht oder zumindest noch nicht anstanden.
Ich hatte einfach Angst, dass dieser kleine Vogel mich in Kürze wieder verlassen würde, und ich überlegte mir allen Ernstes, ob ich einfach so tun sollte, als ob ich ihm in dem, was er da von sich gab, entgegenkommen sollte. Vielleicht fänden wir ja eine gemeinsame Basis …
„Schlag dir das bloß aus dem Kopf“, hörte ich aus der Ferne.
„Bitte?“
„Eine Welt, wo Geld keine Rolle spielt. Das klappt nie!“
Ich war froh, dass Sing-Sing meine Gedanken unterbrach. Nicht nur, weil ich mir völlig im Unklaren war, was meine Emotionen anging, sondern ganz besonders, weil ich gerade dabei gewesen war, mich auf eine Schiene zu begeben, die mit Sicherheit auf ein Abstellgleis geführt hätte. Ich war kurzzeitig wohl nicht bei Verstand: … so tun, als ob … ich hatte ja wohl ’nen Knall!

„Wieso denn? Wir sehen doch, dass es auf dieser Erde nicht so läuft, wie es laufen könnte. Egal, wo du hinschaust: Alle reden vom Geld, alles dreht sich um Geld, überall fehlt es, weil alle es brauchen außer denen, die genug davon haben, die sich also leisten können, das, was ihnen wirklich fehlt und was nicht mit Münzen zu bezahlen ist, in Geld zu ersticken. – Ich bin überzeugt, dass es mehr unglückliche Reiche gibt, als man denkt.
Kriege werden wegen Geld geführt, aber sie kosten auch Geld, und so wird der gewinnen, der mehr davon hat, obwohl wir heute doch wissen, dass in einem Krieg viele alles verlieren: ihr Leben. Das ist doch völlig bescheuert. Da kann sich doch nichts verändern. Die einen haben es, die anderen „geiern" danach, diese machen Schulden, begeben sich damit in Abhängigkeit von wieder anderen, die das dann ausnutzen und Forderungen stellen. Geld regiert die Welt, und wo immer du hinkommst, heißt es: Ja, wenn Sie sich das leisten können … Und was ist damit gemeint? Gemeint ist: Du kannst alles haben, wenn du es bezahlen kannst.
Da pochen sie, und es sind die unterschiedlichsten Menschen, die das tun, sie pochen also auf das Recht, dass alle Menschen gleich sind.
Na prima, da stellt sich nur eine Frage: Wann ist das so? Also sicher nicht zu Lebzeiten!
Wenn es heißt: Jedes Problem ist mit Geld zu lösen, dann könnte man doch daraus ableiten:
Ohne Geld gäbe es auch keine Probleme."
Diese These gefiel mir ungeheuerlich. Zumindest so lange, bis dieser blöde Spatz erwiderte: „Was du jetzt gesagt hast, ist genauso unhaltbar, unbedacht und idiotisch wie falsch."
„Ach ja?"
„Geh doch mal nicht vom Zahlungsmittel Geld aus, sondern von denen, die es benutzen. Du kannst nicht dem Geld die Schuld für das weltweite Chaos geben. Die Menschen sind es, die den Mist machen! Nimm ihnen das Geld weg. Und dann?

Veränderst du damit auch nur eine Spur im Bewusstsein der Leute?“
Ich dachte einen Augenblick lang nach: „Doch, ich glaube, das wäre möglich. Sie hätten dann doch nichts mehr, auf das sie ihr ganzes Handeln ausrichten könnten. Ich meine, sie müssten sich neue Ziele suchen, andere Beweggründe finden und ihrer Arbeit einen innovativen Sinn geben. Man arbeitete nicht mehr um des lieben Geldes willen, sondern darum, etwas zu bewerkstelligen, etwas zum Wohle aller beizutragen und nicht zuletzt, um sich selbst zu verwirklichen. Das wäre doch gigantisch, super! Ebenso würde der ganze Konkurrenzdruck wegfallen …“
„Halt, der nicht! Oder glaubst du allen Ernstes, dass die Rivalität unter den Menschen ausschließlich wegen des Geldes stattfindet? Das wäre ja einfach. Nein, das Problem ist, die Menschen sind nicht einfach. Sie sind höllisch kompliziert, und genau deshalb klappt dein Experiment auch nicht. Man muss, wenn man unbedingt will, denn ich denke, es ist sowieso ein niemals zu verwirklichendes Unterfangen, aus dem Raubtier Mensch ein friedliches Wesen zu machen, die Lage der Menschheit komplexer betrachten.
Individuen neigen dazu beziehungsweise sie sind prädestiniert dazu, sich ständig irgendwelchen Wettkämpfen zu stellen. Den Herausforderungen an sich selbst und mehr noch den Streitereien mit anderen. Wer ist besser, schneller, klüger, erfolgreicher, schöner und so weiter. ‚Sich messen an‘ – das ist ein sehr wichtiger Charakterzug der menschlichen Spezies.“
„Da hast du recht, Sing-Sing. Menschen haben den Hang dazu, alles in Kategorien einzuordnen: Messen, Messungen vornehmen, alles in Maße einteilen, in Maße. Nicht wie so schön wäre ‚in Maßen‘. Nachmessen, bemessen, selbst die Zeit und der Raum werden fein säuberlich zerhackt, gegliedert und eingeteilt. Für alles und jedes wird eine bestimmte Dauer festgesetzt, und auch wenn jeder anders denkt und fühlt …“
Der Spatz korrigierte: „Anderes!“

„Stimmt! Also wenn jeder, basierend auf der ihm gegebenen Eigenart und Prägung, apropos Prägung, da sind wir ja wieder bald da, wo ich hin will. Also, wenn man jedem Menschen eine Persönlichkeit unterstellt oder zuteilt oder gewährt, wie auch immer, dann ist es doch klar, dass ein jeder auch seine eigene Position innerhalb dieser ganzen Messungen beansprucht. Einen Punkt, der ihm sagt, wo er sich gerade befindet, und zwar nicht nur räumlich, sondern auch im Unterschied zu den anderen Menschen betreffs seiner Leistung." Ich verzog das Gesicht als ob ich gerade in eine Zitrone gebissen hätte. „Damit habe ich mir jetzt selbst widersprochen!"
„Wenigstens hast du es gemerkt." Die Stimme des Vogels klang versöhnlich.
„Gut, also zurück."
„Wieso zurück? Ich denke, du bist genau auf dem richtigen Weg. Zumindest kommst du auf diesem weiter. Wenn du nämlich siehst, dass die Menschen von sich heraus den Drang verspüren, alles, ich sag jetzt mal alles, was ihnen das Leben bietet, in Stückchen zu zerlegen – dann verdaut es sich auch besser –, und dieses vorrangig aus dem Grund tun, um ihren eigenen Standpunkt festlegen zu können, denn der scheint jedem Menschen unglaublich wichtig zu sein, dann kommt er nicht drum herum, wenn er seinen eigenen Stellenwert verändern will, zu kämpfen, und das heißt, ein anderes Individuum herauszufordern, um den Platz desjenigen einzunehmen, sofern man den Kampf gewinnt.
Und ich komme jetzt auch gerne zu ‚deinem' Geld zurück. Dieses spielt natürlich ebenso eine Rolle, eine wichtige, keine Frage, aber nicht die Hauptrolle. Eine eben unter vielen. Schaff das Geld ab, und die Menschen werden sich ruck, zuck einen Ersatz suchen. Und sei sicher, sie werden einen finden.
Ist doch völlig egal, was es wäre: Knöpfe zum Beispiel, oder irgendetwas anderes. Von mir aus Steine, Hauptsache, man kann es zählen. Hauptsache, das Gleichgewicht ist wieder hergestellt, was da

heißt: Ich habe so und so viel, der hat so und so viel, und daraus resultiert: ich bin reicher, oder wieso hat der mehr als ich?
Dreh es, wie du es willst. Dem Menschen unterliegen gewisse Verhaltensweisen eben genauso, wie wir das jeder Tiergattung zugestehen, und eines von vielen Dingen, welches die Spezies Mensch ausmacht, ist der Hang zum Sammeln und, im gleichen Zug wichtig, der Hang, mehr noch das Bedürfnis, das Gesammelte mit dem, was der andere gesammelt hat, zu vergleichen. Daraus ergibt sich dann, ich sag es mal ganz böse: seine Stellung innerhalb des Rudels.
Dieses Wissen, wo er sich befindet, das gibt ihm eine ungeheure Sicherheit. Es schafft Klarheit im Umgang mit seinesgleichen, denn er weiß genau, wo er befehlen darf und wo er zu gehorchen hat."
„Das klingt ja so, als ob der Mensch nur in bestimmten Strukturen leben kann – leben will."
„Ja", sagte Sing-Sing. „Und die Strukturen, die hat die Menschheit sich selbst geschaffen."
„Weißt du, wie sich das für mich anhört? Als ob die Menschen ganz bewusst, also mit Verstand und Vorsatz, so leben und handeln, wie sie es tun."
„Sag bloß, du zweifelst daran? Du willst doch nicht deiner eigenen Art unterstellen, sie wüsste nicht, was sie tut?!"
„Jetzt hast du mich aber ganz prima in die Enge manövriert! Wenn unser Gespräch ein Schachspiel wäre, würde ich den König umlegen und dir gratulieren. Egal, welchen Zug ich auch mache, dein nächster setzt mich ins Matt."
„So ist es", zwitscherte der Vogel, und wenn ich mich nicht ganz irrte, schwang in diesen Worten ein triumphaler Klang von Überlegenheit mit.
„Ich muss mal gerade aufstehen", sagte ich. „Such dir bitte einen anderen Platz."
Sing-Sing sprang auf einen dünnen Zweig des Hibiskus, den ich erst letztes Jahr gepflanzt hatte und der wirklich noch sehr

klein war. Aber so ein Leichtgewicht wie dieses Vögelchen trug er schon spielend.
Ich streckte mich in voller Länge und gähnte mit weit aufgerissenem Mund. Ah, das tat gut!
„Und du meinst wirklich, die Chancen stehen so schlecht", nahm ich das Gespräch wieder auf. Es ließ mich nicht los. Meine Vorstellung, dass die ganzen Fehlverhalten der Menschen einzig und allein auf das Geld zurückzuführen seien, also auf die Art und Weise, was sie damit zustande brachten beziehungsweise was sie damit eben nicht zustande brachten, war mir bis eben noch so schlüssig gewesen. Egal, woran ich dachte, immer landete ich letztendlich bei diesem Tauschmittel, dem die Menschen verfallen sind und dem sie einen Wert beimessen, der einfach alles andere in den Hintergrund drängt.
„Du fragst mich, ob die Menschen noch zu retten sind? Ausgerechnet mich? Ich weiß es nicht, und ich muss dir gestehen: Es ist mir auch völlig gleichgültig. Du kannst sowieso nicht verallgemeinert von der Menschheit reden, und schon gar nicht irgendwelche Lösungen anbieten, die für alle gelten könnten. Die Menschen machen so etwas nicht mit. Glaube mir, das ist vergebliche Liebesmüh oder einfach Zeitverschwendung. Das Einzige, was man tun kann, ist, bei sich selbst zu schauen, wie man es mit diesen ganzen Dingen hält, die man seinen Mitmenschen vorwirft. Würdest du von dir behaupten, du seist perfekt?"
„Nee, natürlich nicht! Aber ich halt mir zugute, dass ich an mir arbeite …"
Der kleine Ast, auf dem der Spatz jetzt hin und her sprang, wippte heftig auf und nieder: „Gezwungenermaßen, oder?!"
„Nein, so kannst du das nicht sagen. Ich will halt bestimmte Verhaltensweisen, die ich an mir kritisiere, bestimmte Dinge, die mich an mir nerven, stören oder die mir meinetwegen auch nur lästig sind, weil ich keine Notwendigkeit in ihnen sehe, die möchte ich ablegen oder in einer Weise verändern, der ich posi-

tiver gegenüberstehe. Kurz, ich muss mit mir zusammenleben, also will ich mich auch mögen können."

„Aber ist das nicht dasselbe, von dem ich eben sprach, nämlich dass jedes Individuum eine Stellung innerhalb der Gemeinschaft sucht und braucht?"

„Nein", antwortete ich. „Das sehe ich anders. Was ich an Persönlichkeitsarbeit betreibe, das mache ich doch nicht für irgendwen, sondern ausschließlich für mich selbst. Mir ist doch völlig egal, was ein anderer darüber denkt, solange ich in mir drin spüre, dass ich richtig handle."

Sing-Sing verdrehte den Kopf: „Immer?"

„Okay, nicht immer – aber genau dahin will ich kommen."

„Glaubst du denn, dass ein Mensch von Vornherein weiß, was richtig, was nicht ganz so richtig und was falsch ist?"

„Du meinst, ob ein Mensch die Weisheit und die Wahrheit mit der Muttermilch trinkt? Schön wär's! Nein, natürlich nicht. Es kommt darauf an, in was für einem Umfeld er aufwächst, wobei erst einmal die Familie eine Rolle spielt. Je älter der Mensch wird, desto größer werden die Räume, in denen er sich bewegt, und in diesen Räumen trifft er auf die unterschiedlichsten Menschen, die ihm die verschiedensten Möglichkeiten aufzeigen in Bezug auf das Verhalten sowie den Umgang miteinander. Der Mensch wird nach und nach diverse Verhaltensmuster annehmen, diese seiner Eigenart unterstellt verändern oder auch ganz wieder ablegen. Im Laufe der Jahre, heißt, je älter er wird, sollte sich sein eigenes Wesen herauskristallisieren, sprich sein Ego, was ihm hilft, in der Gesellschaft, in die er durch Zufall hineingeboren worden ist, seinen eigenen Weg zu finden."

„Schön gesagt! Das wäre also der Idealfall. Aber wieso klappt das bei so vielen nicht?"

„Gute Frage!"

„Ja, schau dich doch an."

„Wieso mich? Ich finde mich ganz gut gelungen, wenn ich das mal so ganz unter uns aussprechen darf."

„So, meinst du?“
„Ja! Ich tu keinem was, vor mir braucht niemand Angst zu haben, ich lebe mein Leben. Leise, still und versuche …“
„… und versuchst, den Menschen den Spiegel vorzuhalten“, beendete Sing-Sing.
„Und, was ist daran so verkehrt? Wir befinden uns in einer so schnelllebigen Zeit. Es geschieht etwas, die Leute sind entsetzt, verärgert oder traurig, und egal, was und wie auch immer – keinen Monat später ist alles vergessen. Jeder sagt noch schnell, wie betroffen ihn dieses oder jenes macht, und schon sind wir beim nächsten Unglück, beim nächsten dummen Zufall oder mitten in neuen Katastrophen. Nimm die Sache mit dem BSE, dessen Folgen wirklich jeden, der Fleisch isst oder bis dahin gegessen hat, betreffen kann. Was war das für eine Aufregung. Und jetzt? Die Sommerzeit ist da, und alle sitzen lustig und fidel vor der Holzkohle oder dem Elektrogrill und warten auf ihr Würstchen oder Steak. Ja, ‚Rinderwahn noch einmal‘, kannst du mir ein solches Verhalten erklären? Und wenn ich schon davon rede, dann will ich dir meine ganz persönliche Betroffenheit schildern …“
„Schon gut, ich weiß, was jetzt kommt!“
„Nämlich?“
„Jetzt kommt die Sache mit dem Töten der gesunden Rinder, weil die Länder in Europa den Fleischpreis stabil halten wollen, stimmt's?!“
„Genau! Vierhunderttausend Tiere werden abgemetzelt, Beginn März 2001! Aber glaube bloß nicht, dass der Öffentlichkeit nach der Bekanntgabe dieser Grausamkeit auch nur noch ein einziges Bild darüber geliefert wird. Nein, das geschieht alles im Verborgenen. Das ist für die Allgemeinheit doch zu blutrünstig. Nicht, dass da noch einer ein schlechtes Gewissen bekommt oder am Ende noch Alpträume.
Weißt du, so Sachen, die bringen mich an den Rand der Verzweiflung, und da komm ich nur wieder weg, wenn ich schreibe. Die Ignoranz der Leute beschreibe, dieses Scheuklappenverhal-

ten zu Papier bringe, in der Hoffnung, dass es hilft, nicht zu vergessen.
Wenn man etwas vergisst – und das Schlimme ist, die Menschen vergessen negative Ereignisse viel schneller als schöne Dinge, obwohl sie das immer leugnen –, dann ist die Möglichkeit so groß, dass sich grausame Geschehnisse der Menschheitsgeschichte wiederholen. Und davor habe ich Angst!"
Ich holte tief Luft: „Siehst du, kleiner Vogel, ich schreibe also gar nicht **für die Leute**, sondern **gegen meine Angst**."

Während der ganzen Zeit über war ich auf und ab gegangen, wie ein Schauspieler auf der Bühne, der einen Prolog hält. Ja, das menschliche Dasein war aber auch ein Drama. Von einem Schlamassel in den nächsten, und bloß kein Fettnäpfchen auslassen.
Ich setzte mich auf den Boden, den Rücken an die Kante des Liegestuhls gelehnt. Ich war erschöpft!
Obwohl dieser Tag erst wenige Stunden alt war, hatte mein Kopf schon ein mächtiges Pensum hinter sich gebracht. Trotz alldem oder gerade deshalb fühlte ich mich sehr wohl! Zugleich erstaunte mich der Satz, den ich zuletzt von mir gegeben hatte.
Es war mir noch niemals vorher so klar geworden, weshalb ich dieses Leben so führte, wie ich es tat. Ich hatte mich auch noch nie gefragt, wieso ich dieses tat und nichts anderes. Wie es dazu gekommen war, dass ich, eigentlich mit jedem Schritt, den ich seit Kindheitsbeinen an getan hatte, mich weiter aus der Gesellschaft entfernte. Am Anfang sicher nicht mit der Absicht, dieses zu tun, dafür fehlen einem lange der Weitblick, der Durchblick und die Übersicht, aber in der Rückbetrachtung sah ich die Kontinuität, mit der ich diesen, meinen Weg gegangen war. Mit einem Mal lief mein ganzes kleines, bisheriges, unbedeutendes gelebte Leben vor meinem geistigen Auge ab. Ich sah plötzlich Menschen, an die ich seit Jahrzehnten nicht mehr gedacht hatte, und mir fielen Episoden ein, die alle verschieden waren, jedoch

eines gemeinsam hatten: Sie hatten mich immer weiter weg geführt, raus aus dieser Gemeinschaft „Mensch".

Ich fühlte mich immer schon als Beobachter dessen, was um mich herum ablief, und schon lange machte ich mir meine Gedanken dazu. Wie ein Völkerkundler, der eine Zeitlang bei einer ihm fremden Kultur lebt, seine Studien betreibt, das Verhalten in den verschiedensten Lebenslagen und Begegnungen dieser Menschen notiert. Ohne subjektive Bewertung, ohne sich selbst dort einzubringen, ohne den Wunsch zu haben, dazugehören zu wollen.

Hat man genug Material gesammelt, hat man genug gesehen, hat man einiges verstanden, zu anderen Dingen überhaupt keinen Zugang bekommen, weil einem jegliches Verständnis dafür fehlt – man kommt eben von woanders her. Dann packt man seine Sachen und zieht weiter. Das ganze Leben ist sozusagen eine Forschungsreise.

Ich kannte nie das Gefühl „Heimweh", an welchem so viele Kinder erkranken, wenn sie zum Beispiel in den Ferien mit einer Jugendgruppe verreisen. Ich kenne dieses Gefühl bis heute nicht, denn da, wo ich sorgenfrei einschlafen kann, da ist mein Zuhause. Das bedeutet nicht, dass ich an diesem Ort hängenbleiben will. Nein, es ist vielmehr so, dass ich mir keine Gedanken darum mache, wie lange ich da oder dort verweile. In der Weise, wie ich mich verändere, verändert sich auch das Umfeld, welches ich brauche, um meine momentanen Vorstellungen zu verwirklichen.

Heißt es nicht, dass **alles** schon einmal da gewesen ist? Mag ja sein, nur **ich** habe noch **nicht alles** gesehen. Irgendwie lässt sich so mein unruhiger Geist beschreiben.

Ich bin nicht fähig, mich auf Dauer zufriedenzugeben. Egal, auf welchem Gebiet ich mich bewege. So lange mein Herz schlägt, treibt es mich weiter. Manchmal nur in andere gedankliche Sphären, manchmal muss ein ganz konkreter Wechsel des Aufenthaltsortes stattfinden.

Ein jeder sagt irgendwann einmal zu sich selbst: So geht es doch nicht weiter! Doch es ändert sich nichts, weil er selbst nichts verändert. Man sagt es einmal, zweimal, dann denkt man es noch ein paar Mal, und dann, dann sagt man sich: Es muss so weitergehen. Und ein paar Jahre später, da heißt es dann: Ach, es wird schon weitergehen. Und tatsächlich, es geht weiter, so lange man lebt – irgendwie.

Gut, wen das befriedigt, wer darauf wartet, dass das Schicksal agiert, der warte wie Godot. Ich für meinen Teil halte es da so: Das Schicksal kann meine Todesstunde bestimmen, aber bis dahin werde ich, was die Gestaltung meines Lebens betrifft, ein oder zwei Wörtchen mitreden.

Ich stellte mir diesen Gedanken bildlich vor und musste schmunzeln.

„Ist doch egal, wo man langgeht. Das Ziel ist eh klar und bei allen dasselbe. Also, warum soll man nicht vorher ein bisschen experimentieren“, sagte ich laut.

„Ja, ja“, antwortete der Vogel. „Zu bedenken wäre vielleicht nur ab und zu, dass man etwas vorsichtiger beim Mischen der Zutaten ist, sonst könnte es leicht zur Explosion kommen.“

„Dafür kann ich ja dann wieder das Schicksal verantwortlich machen“, lachte ich. „Du weißt doch, in Schuldzuweisungen sind wir Menschen einsame Spitze!

Da fällt mir gerade ein: Da du doch so gerne Gedichte magst … warte, ich geh mal was holen.“

Als ich aus meinem Arbeitszimmer zurückkam, saß Sing-Sing auf dem Rand meines leeren Kaffeebechers. Ich setzte mich neben ihn.

„Was haste denn da?“, fragte er.

„Das hier? Das ist mein Gedichte-Büchlein. Schön, nicht wahr?!“

Der Einband der dicken Kladde, die ich in den Händen hielt, war aus dunkelbraunem Leder. In der Mitte des Deckels befand sich als Emblem ein Segelschiff, eine Barke aus Zeiten der Hanse. Sie war aus hellbraun gefärbtem Leder und hob sich ab wie ein Relief. Ich wusste nicht mehr, woher ich dieses hübsche Stück hatte. In der Erinnerung besaß ich es immer schon. Und so sah es auch aus. Das Leder war ganz speckig und abgegriffen. Die Seiten, viele schon vollgeschrieben, ebenso viele noch leer, waren im Laufe der Jahre vergilbt. Vielleicht war das Papier auch schon von Beginn an auf alt gemacht Wie es auch war, dieses Büchlein war einer der wenigen Schätze, die ich auch als solchen ansah. Normalerweise war es mir völlig egal, wie die Verpackung von irgendetwas aussah. Auf den Inhalt kam es mir an. Aber dieses gebundene Buch, welches mir überlassen war, um es mit Buchstaben meiner Wahl zu füllen, war so liebevoll gearbeitet, sodass allein das In-die-Hand-Nehmen, das Streichen über das Leder, über die vielen kleinen Buckel und Wellen (denn das Schiff befand sich unter vollen Segeln auf dem weiten Ozean) und das Betrachten des bis ins Detail modellierten Zubehörs wie Taue, Anker und Rahen einen fesseln konnten oder zum Träumen einluden. In der Winterzeit war es mir schon oft so ergangen, dass ich, das Büchlein in der Hand haltend, auf dem Schaukelstuhl neben dem Kamin saß, und meine Gedanken reisten auf den Weltmeeren umher. Ich ein Pirat, natürlich einer von den Guten, ein Robin Hood des Ozeans. Ich suchte die Abenteuer, und ich fand sie, klischeehaft, romantisch, spannend wie im Film, und doch: Die eigenen Tagträume sind immer etwas Besonderes.

Auf die erste Seite hatte ich mit schwarzer Tusche ein Mandala gezeichnet.

Ursprünglich kommen diese Kreis- oder Vieleckbilder aus der indischen Religion, wo sie als Hilfsmittel zur Meditation genutzt werden. Im 20. Jahrhundert hat Carl Gustav Jung diese Art Kunstwerke von seinen Patienten anfertigen lassen als Symbole der Selbstfindung.

Wenn ich den Drang habe, eines zu Papier zu bringen, tatsächlich ein Mandala zu gestalten, so ist dies stets ein innerer Befehl meiner Seele, wenn ich sie wieder einmal längere Zeit rücksichtslos behandelt hatte, und dann vereinen sich beide Aspekte. Auf der einen Seite bleibt die Zeit stehen, das heißt, der ganze Druck, der von diesem „Herrscher über die Menschheit" ausgelöst wird, der verschwindet, und das eröffnet eine ganz neue Intensität im Tun.

Wenn man etwas richtig tut, Herz und Geist in der Handlung tief verwurzelt sind, nichts mehr eine Rolle spielt außer dem, womit man sich gerade beschäftigt, wenn man keinen Hunger hat und keinen Durst, wenn sozusagen das ganze reale Leben keine Bewandtnis mehr hat, keine noch so kleine Sucht einen ablenken kann, weil man seinen Körper verlassen hat, in ganz andere Sphären gleitet und dadurch eine Leichtigkeit und Zufriedenheit am puren Sein erfährt, dann spürt man, nein, man weiß es, dass die Zeit, diese vom Menschen künstlich hergestellte Einteilung des Lebens absolut unwichtig ist. Das kann dann der Beginn einer wunderbaren kräfte- und energieschenkenden Meditation sein.

Auf der anderen Seite ist für mich das anschließende Betrachten dessen, was ich zustande gebracht hatte, stets mit wertvollen Erkenntnissen in Bezug auf mein tatsächliches Befinden verbunden. Dieses Versunkensein in die Kreation, von der ich vorher nicht wusste, wie das Ergebnis ausschauen wird, weil man aus dem Gefühl heraus malt und den Verstand nur dazu benutzt, den Pinsel oder Stift zu führen, legte mir oft Erstaunliches aus meinem Innern vor die Augen.

Nur allzu gerne betrügt man sich selbst in der Frage, wie es um einen steht. Man macht sich was vor. Man tut so als ob, man zeigt Stärke nach außen hin, obwohl man eigentlich schwach und zart, ja zerbrechlich ist. Auch umgekehrt versucht man, andere zu täuschen, und das Schlimmste, wenn man lange genug Theater spielt, glaubt man es am Ende selbst noch.

Ich schloss mich da nicht aus, aber ich habe zum Glück diese Art, meine wirkliche psychische Verfassung aufzuzeigen, und wenn man sich sicher ist, wie es um einen steht, dann kann man diese Wahrheit anderen Menschen gegenüber auch in positiver

Weise nutzen. Man weiß, wann man sich besser ins Alleinsein verzieht oder wann man unter die Leute geht. Und vor allem weiß man, was man da oder dort will!

Auf der dem Mandala gegenüberliegenden Seite stand in schwarzer Schrift:

Zeitwind – Lebenswunden – Traumsteine
WAS IST DASEIN?

Ich suchte eine Weile:
„Ah, hier ist es! Das wollte ich dir vorlesen, denn es passt zu dem, worüber wir eben sprachen. Ich habe ihm den Titel *Letzte Warnung* gegeben:

Wenn die Traurigkeit sich über dich legt wie ein welkes Blatt, das den Boden bedeckt;
Wenn selbst das Atmen dir schwerfällt, weil dich die Dunkelheit zu erdrücken scheint;
Wenn du da, wo du bist, nicht sein willst, aber da, wo du dich hin wünschst, auch nicht wärst;
Wenn sich nur noch dein Mitleid konzentriert, und zwar ausschließlich auf dich selbst;
Wenn Glück und Freude Flügel wachsen, aber nur, um dir aus dem Herzen zu gleiten –
Und auch ansonsten geht dir alles fliegen;
Wenn deine Sehnsüchte nur noch dazu gut sind, dass du sie ertränkst;
Wenn dich nichts mehr erreicht, weil auch nichts mehr aus dir herauskommt,
Dann frag dich doch mal, ob der Satz **The show must go on** *nicht vielleicht einfach Scheiße ist?!*

Ich klappte das Buch zu, behielt es aber in den Händen.
„Weißt du, was mich interessieren würde?“, fragte Sing-Sing. „Was erwartest du eigentlich vom Leben?“

Ich schaute eine Weile den Schattenspielen zwischen Sonne und den Blättern zu.
„Eine einfachere Frage hättest du mir nicht stellen können, was?!

Also, erwarten tue ich im Grunde gar nichts, denn das würde bedeuten, dass ich selbst untätig wäre. Es gibt Grundvoraussetzungen, die das Leben bieten kann: Als Erstes denke ich da mal an Gesundheit. Etwas, was der Mensch so lange als normal hinnimmt, bis er plötzlich einmal krank wird. Erst dann wird ihm bewusst, dass die Gesundheit das Größte ist, was er besitzt. Das Dumme ist nur: Ist er genesen, passiert das, was immer passiert: Er vergisst wieder.

Ich glaube, das Vergessen ist der mächtigste Feind des Menschen. Jedes Mal, wenn ein, wie er es nennt, Schicksalsschlag ihn ereilt, dann verlässt er die Oberfläche, auf der er es sich bequem gemacht hat. Plötzlich spürt er ganz andere Tiefen in sich. Sozusagen unberührtes Land, und er macht sich auf, weg von den Verlockungen des Konsums. Alle materiellen Güter sind unwichtig, und er weiß, dass er an nichts hängt außer eben am Leben. In diesen wichtigen Phasen des Lebens entscheidet sich sein Weg. Ich meine, wohin er geht und wer ihn begleitet. Ich weiß ja nicht, wie genau du die Menschen kennst, aber lass dir gesagt sein: Erst in solchen Extremsituationen erfährt man, auf wen Verlass ist, sprich: wen man seinen Freund nennen darf. Viele bleiben meist nicht übrig, aber man braucht auch nicht viele Freunde. Man braucht wahre.

Krankheit, Gebrechen und Tod – davor fliehen die meisten Menschen mehr als vor dem Teufel. Wir haben verlernt, damit in natürlicher Weise umzugehen. Viele Tiere verstehen es besser, und je weiter sich der Mensch von der Natur entfernen wird, desto komplizierter wird sein Verhalten diesen Begebenheiten gegenüber werden.

Das Einzige, was dann noch bleibt, ist, dass man Menschen findet, die man sehr, sehr gut bezahlen muss und die sich dann um solche ‚aus der Norm Fallenden' kümmern. So, wie man zu Jesu Zeiten die Leprakranken aus den Städten eliminiert hat, ihnen irgendwo einen Ort zugeteilt hat, an dem sie zu bleiben hatten, bis der Tod kam, um sie abzuholen, so wird es in nicht allzu ferner Zukunft wieder geschehen, wenn die Menschen in dieser Art Ignoranz verbleiben.

Die Menschen beteuern: Ja, natürlich, Kranke, Behinderte, Sterbende, Alte, Schwache, wir gehören alle zusammen. Was sie aber meinen, ist Folgendes: **Die** gehören alle zusammen, und vor allem, die gehören dahin, wo **wir** sie nicht sehen müssen. Natürlich sagen sie es anders. Da wird von altersgerechten, behindertengerechten, krankengerechten, sterbegerechten und ähnlichen Einrichtungen gesprochen, wo diese Art von Menschen doch viel besser versorgt sind, als wenn sie unter uns ‚Normalen' blieben.

Erstens frage ich mich, was in diesem Zusammenhang das Wörtchen ‚gerecht' zu suchen hat. Mich packt der Ekel angesichts so vieler Selbstgerechtigkeit derer, die sich – und zu bedenken wäre, dass es nur eine Frage der Zeit ist, wann sie selbst aussortiert werden – als Gönner und Spender der verschiedensten Abschiebelager betiteln … Und wie stolz sie darauf sind. Unfassbar!

Und daraus ergibt sich dann meine zweite Frage, nämlich: Wieso entrüsten sich so viele bei dem Thema Forschung an embryonalen Zellen? Das wäre doch die Lösung von all dem Übel! Und die Moral?

Also, Moral ist schon immer etwas, was man verändern kann, je nachdem, wie man es gerade braucht – daran kann es nicht hängen! Nee, sicher, daran nicht!!"

„Du bist wirklich eine Gurke", äußerte sich der kleine Vogel. „Ich frage dich, was du von deinem Leben erwartest, und was kriege ich zu hören? Eine Abhandlung zum Thema: Die unbegrenzte Oberflächlichkeit der Spezies Mensch."

„Ja, sorry, du hast recht. Ich bin ein wenig abgedriftet", lachte ich, „aber zu diesem Themenkomplex, den du da gerade formuliert hast, könnte man sich dumm und dusselig reden!"

„Danke, es reicht", antwortete der Spatz. „Zumindest habe ich jetzt eines gelernt."
„So, schön", freute ich mich. „Und was wäre das?"
„Wenn ich dir noch einmal eine Frage stelle, dann werde ich mich hüten, allumfassende Dimensionen anzusprechen."
„Leben ist halt das, was man daraus macht, und eben nicht das, was man sich davon erwartet. Wäre dir eine solche Antwort lieber gewesen?
Das Motto: Man kommt, sieht, geht und glaubt, dagewesen zu sein. Wie die Touristen auf Kreuzfahrten es tun, wenn sie in sieben Tagen zehn Städte besuchen. Ich glaube, nein, ich weiß es: Man sollte seinem Leben etwas mehr abverlangen!"
„Und wo bleibt der Spaß?"
„Was ist denn das für eine blöde Frage! Wer hat denn jemals behauptet, das Leben sei ein Spaß? Das Leben ist Arbeit, und zwar vorrangig die Arbeit an sich selbst. Die sieht keiner, dafür kriegst du auch nichts – höchstens Schwierigkeiten.
Du fragtest mich eben, welche Erwartungen ich an das Leben habe. Ich habe keine. An nichts und niemanden außer an mich selbst. Und da ist das Wort ‚Ansprüche' auch besser gewählt. Ich hasse es, einen Tag, ach, was rede ich, ich hasse es, nur eine Stunde zu vertrödeln. Weiß ich denn, wie viele Stunden mir danach noch bleiben?
Stell dir vor, du verschwendest eine Stunde, du machst eine Stunde lang irgendetwas, von dem du hinterher sagen musst: Die Zeit hätte ich mir auch sparen können.
Zeit kann man aber nicht sparen. Sie vergeht unaufhörlich, egal, was wir in ihr tun oder lassen. Es gibt keine Konten, auf die man sie einzahlen könnte, damit man später einmal mehr hat. Nein, Zeit läuft kontinuierlich davon, und wenn wir nicht den Moment nutzen, dann ist sie schon Vergangenheit. Zeit muss man sofort ausgeben, denn nur so steigert sich ihr Wert."
In diesem Moment kam mir ein neuer Gedanke:

„Weißt du, ich glaube, alle Sachen, die wirklich wichtig sind, die muss man ausgeben, damit der Wert sich vergrößert. Hey, lass uns das mal auf seine Richtigkeit hin überprüfen! Was fällt dir als Erstes dazu ein?"
Sing-Sing sprang vom Tassenrand auf den Boden: „Liebe", zwitscherte er.
„Ja, die gehört sicherlich dazu. Liebe muss man ausgeben. Heißt, einem anderen Lebewesen schenken. Man kann sie nicht aufheben. Sie ist ein Gefühl und hat die spezifischen Eigenschaften aller emotionalen Regungen. Ist sie da, angeregt durch was auch immer, kann man sie nutzen oder verdrängen. Sie für später aufheben – das geht nicht."
„Das klingt aber mächtig abstrakt", sagte der kleine Vogel.
„Wir wollten ja auch Beweise für meine These finden, da muss man halt etwas theoretischer an die Dinge herantreten. Aber wenn du gerne einen unmittelbaren Bezug zur Realität haben möchtest, eh wir weitersuchen, dann hätte ich da ein kleines Gedicht …"
„Oh ja, super, ein Liebesgedicht! Darauf bin ich jetzt aber gespannt!" Sing-Sing machte ein verklärtes Gesicht und landete mit einem Satz auf einem meiner angewinkelten Knie. „Leg los, ich höre …"
Ich schaute den Spatz an und musste lachen: „Wenn du dich jetzt sehen könntest! Wie ein liebeskranker Gockel! Aber gut. Ich weiß zwar auch nicht, warum ich dir dieses Vertrauen schenke … – ah, Vertrauen, das gehört auch auf unsere Liste –, aber du sollst es haben, eines meiner Liebesgedichte.
Ich nahm mein Büchlein, welches in der Zwischenzeit auf meinem Bauch geruht hatte, erneut zur Hand, blätterte ein paar Seiten vor, dann wieder zurück.
„Voilà, das hab ich gesucht. Es trägt den Titel: *Heute wie jeden Tag.*

Heute hast du mich zum Lachen gebracht!
Heute hab ich durch dich gespürt, dass ich lebe!
Heute ist mein Herz vor lauter Übermut neben mir her gesprungen!

Heute haben wir zusammen getanzt – und der Natur so unsere Achtung erwiesen!
Heute habe ich den Sonnenaufgang gesehen, weil du mich rechtzeitig geweckt hast!
Heute hast du mich begleitet und hättest mich beschützt – so wie ich dich beschütze!
Heute hast du mir vertraut, und ich vertraue dir!
Wir haben uns satt gegessen – ansonsten hungrig auf jede neue Erfahrung!
Heute ist der schönste Tag in meinem Leben, denn heute spüren wir das Glück gemeinsam!
Heute wie jeden Tag!

Ich hob den Kopf. Das Vögelchen hatte die Augen geschlossen.
„He, kleiner Spatz, ich bin fertig!"
Sing-Sing atmete tief durch: „Ich weiß, aber ich wollte die Wirkung noch ein wenig nachhallen lassen. Das Gedicht hat mir nämlich richtig gut gefallen! Ist nicht so kitschig oder gesäuselt wie so manche anderen Liebeserklärungen. Tatsächlich, es ist eine Erklärung an die, an deine Liebe. Toll, wer das Glück haben durfte, solche Worte von dir geschenkt bekommen zu haben. Obwohl es nicht für mich geschrieben ist, bin ich ganz gerührt! Genau so sehe ich dieses Gefühl Liebe auch. Es geht nicht darum, Besitzansprüche zu stellen, sondern in gleichberechtigter Weise zu geben und zu nehmen, je nachdem, wann wer es braucht. Man rechnet es nicht gegeneinander auf. Liebe ist kein Geschäft. Es ist, wie wir schon eben sagten, ein Geschenk, und ehrliche Geschenke erkennt man daran, dass nicht nur der Beschenkte Freude erfährt, sondern ebenso der Schenkende. Verrätst du mir, für wen du diese Zeilen geschrieben hast?"
„Nein, das mach ich nicht, du neugieriger Vogel, nur so viel: Es gibt Leute, die fürchten sich davor, ihre Liebe zu verschenken, weil sie sagen: Immer, wenn ein von mir geliebtes Wesen stirbt, dann stirbt auch ein Teil von mir, und das verkrafte ich auf Dauer nicht.

Ich habe da einen ganz anderen Standpunkt, denn ich sage: Wenn du nicht bereit bist, deine Liebe zu verschenken, egal, welche Befürchtungen in dir aufsteigen, dann bist du sowieso schon tot!"
„Gut gesagt", lobte Sing-Sing.
„Danke!"
„Aber willst du mir vielleicht doch verraten, für …"
„Nein!"
„Dann eben nicht, vielleicht später …"
„Vertrauen, so sagte ich eben, gehört auch zu den Dingen, die man ausgeben muss, damit sie größer werden können. Im Übrigen, es hat nichts mit Misstrauen zu tun, wenn man gewisse Dinge für sich behält. Man muss nicht alles erzählen. Manche Dinge gehören einem selbst, und zwar nur einem selbst. Es sind Ereignisse, Begebenheiten und auch Erfahrungen, die so persönlich sind, als ob sie nur für dieses eine, ganz spezielle Individuum geschehen, welches sie erlebt."
„Okay, ich hab es ja verstanden! Bleiben wir also bei unseren Überlegungen von vorhin. Offenheit und Ehrlichkeit …"
„Freude auch", fiel ich ein.
„Ja, geteilte Freude ist doppelte, sagt ja schon der Volksmund."
„Und wie ist das mit dem Leid?", gab ich zu bedenken.
„Geteiltes Leid ist doppeltes Leid, hihi."
„Da hast du gar nicht mal so unrecht. Überleg doch mal, und nehmen wir als Beispiel: Man ist total traurig, weil jemand, den man ganz doll mag, in eine andere Stadt gezogen ist. Wenn ich demjenigen das jetzt mitteile, wie mies es mir geht, dann leidet der wahrscheinlich mit mir. Somit verdoppelt sich das schlechte Gefühl. Behalte ich aber meine Traurigkeit für mich, suche einen Weg, alleine damit klarzukommen, dann braucht derjenige, der wegzieht, kein schlechtes Gewissen zu haben oder sonst ein negatives Gefühl, sondern kann sich auf seinen Umzug freuen. Es stellt sich sowieso die Frage, warum man Begebenheiten, die einen runterziehen, also Leid verursachen, viel lieber mitteilt als Dinge, die einen erfreuen."
„Das kommt aber immer darauf an", antwortete der Spatz.

Ich fuhr unbeirrt fort: „Doch, das ist so! Frag jemanden, wie es ihm geht. Neunzig Prozent der Leute werden dir antworten, dass es ihnen schlecht geht, und dann kommt die lange Abhandlung, wieso und weshalb und überhaupt. Wenn jemand aber antwortet: ‚Danke, gut', dann ist es meist damit getan, und du wirst keinen Roman darüber zu Ohren bekommen, wieso und weshalb es ihnen gut geht. Das behalten sie doch lieber für sich. Vielleicht haben sie Angst, dass man ihnen das augenblickliche Hochgefühl nicht gönnt?"

„Du bist wirklich kein Philanthrop!"

„Wie sollte ich die Menschen lieben? Liebe muss man sich verdienen!"

„Aha! Weißt du, was du da gerade gesagt hast? Wenn du dabei bleibst, dass man sich eine Zuneigung verdienen muss, darunter fallen nämlich auch Vertrauen, Offenheit und all die anderen Dinge, von denen wir eben sagten, dass sich ihr Wert darin steigert, wenn man sie ausgibt, dann stehst du aber jetzt an einem ganz anderen Punkt."

„Ja, sicher. Es ist ja nun auch einmal so, dass man nicht wahllos seine positiven Emotionen an andere verschenken darf, denn das könnte richtig böse Folgen für einen selbst haben. Man muss schon mit Bedacht auswählen, und das heißt eben, dass man auch sehen muss, wer das eigene Vertrauen verdient. Es geht leider nicht, jedem, den man trifft, sein Herz auszuschütten und ihm bis in die tiefsten Tiefen der eigenen Psyche Einblicke zu gewähren. Wer das tut, ist naiv oder dumm. Hat also, was das Leben und den Umgang mit anderen Menschen betrifft, noch keine Erfahrungen gemacht."

„Keine schlechten Erfahrungen", vervollständigte Sing-Sing.

„Klar, keine schlechten, aber es ist nicht zu leugnen, dass – und um dich nicht zu verärgern, sag ich jetzt fünfzig Prozent –, also dass fünfzig Prozent der Erfahrungen, die du im Laufe eines Lebens machst, schlecht sind. Das ist doch bei allen Sachen so. Die ausgleichende Gerechtigkeit, eben fünfzig Prozent."

„Aber wer fängt denn an?“
„Wie?“
„Na, ich meine, zwei Leute treffen aufeinander …“
„Ja, und?“
„Also, der eine schenkt dem anderen sein Vertrauen. Aber nur das hat ihn die Erfahrung gelehrt, wenn der andere sie sich verdient hat. Der andere steht aber an demselben Punkt. Er sagt sich: Ich kann meinem Gegenüber kein Vertrauen schenken, solange dieser es sich nicht verdient. So werden beide, wenn sie nicht so, wie du sagst, dumm oder naiv sind, abwarten, um den Zeitpunkt herauszufinden, wann sie ihr Vertrauen verschenken dürfen. Möglicherweise wird die Situation stagnieren, weil keiner der beiden den ersten Schritt wagt.“
„Nee, so geht das nicht! Du kannst einen zwischenmenschlichen Umgang nicht in einer solchen Weise theoretisieren. Da spielen so viele verschiedene Faktoren eine Rolle: Sympathie, die man dem anderen entgegenbringt, um nur einen zu nennen, weil sich die Energien anziehen – manchmal sogar schon, bevor man begonnen hat, sich kennenzulernen. Man trifft jemanden und findet ihn auf Anhieb prima!
Es ist ja auch nicht so, dass man nur darauf wartet, wann man seine Gefühle ausgeben kann. Das passiert im Laufe des Beisammenseins – oder auch nicht. Manchmal dauert es Jahre, bis eine Basis von Offenheit oder Vertrauen entsteht, und die entsteht dadurch, dass man etwas Leben gemeinsam verbringt. Dann sieht man oder eben auch nicht, ob man dem anderen etwas anvertrauen kann oder es besser für sich behält. So ist es, glaube ich, richtiger.
Man lauert nicht bei der ersten Begegnung darauf, wann man den anderen mit seinen positiven Gefühlen zuschütten kann. Das wäre ja echt entsetzlich! Man überlegt das nicht, man plant es nicht, sondern es geschieht einfach. Eben weil viele Umstände zusammenwirken. Daher kann es ja auch sein, dass man im Nachhinein feststellen muss, dass man sich geirrt hat. Daraus kann man wiederum lernen, beziehungsweise man wird lernen,

denn lernen tut man meist aus negativen Erfahrungen heraus viel besser als aus positiven.
Ach, kleiner Kerl“, seufzte ich, „du hast ja gar keine Ahnung, wie kompliziert der Umgang von Mensch zu Mensch ist.“
„Also, wenn ich das so höre, folgere ich daraus, dass jemand, der eine Beziehung zu einem anderen Menschen sucht, eines mit Sicherheit sein muss …“
„Und das wäre?“, fragte ich.
„Lebensmüde muss er sein.“
„Du meinst, müde seines eigenen Lebens?“
„Nein, ich meine, risikobereit, ein wenig verrückt oder absolut selbstsicher.“
„Klar, ein Risiko ist immer dabei, eben weil man sich täuschen kann oder auch täuschen lässt – aber was will der Mensch denn machen?! Er hat ja nur seine eigene Spezies, um zu kommunizieren. Alle anderen Lebewesen versteht er ja sowieso nicht. Aber dabei fällt mir etwas ein: Wir hatten noch gar nicht geklärt, woher du eigentlich kommst und wer du bist.“
„Ist das denn für dich von Bedeutung?“
„Na ja, nicht direkt von Bedeutung, aber neugierig bin ich schon!“
„Neugierde“, sagte der Spatz. „Neugierde gehört nicht in unsere Gruppe. Diese steigert sich nicht, wenn man sie ausgibt. Diese wird nur gesteigert, wenn man im Ungewissen gelassen wird. Man kann zwar daran arbeiten, dass das Gefühl der Neugierde nicht mehr relevant ist, aber wenn das Gefühl da ist, dann gehört es in die Kategorie der ‚interaktiven‘, was heißt, man ist darauf angewiesen, dass sie befriedigt wird. Entweder von einem anderen Menschen oder von Büchern, in denen man die Antworten zu seinen Fragen findet.“
„Das musst du aber nochmals unterscheiden. Es gibt Neugierde, die eben aus dem Wissensdrang heraus resultiert, was bedeutet, dieser Mensch will lernen, irgendetwas zu verstehen. Dann ist Neugierde ein prima Motor.

Und es gibt die Neugierde, wofür man auch ein anderes Wort setzen kann, nämlich Sensationslust. Man will also nicht aus den Erfahrungen anderer lernen, sondern man will sich amüsieren, vergnügen, halt der typische Voyeurismus, und ich glaube, diese Art der Neugierde ist die, die am weitesten verbreitet ist. Aber denk nicht, dass ich nicht merke, wie du versuchst, abzulenken."
Sing-Sing schaute mich lange an, bis er sagte: „Also hör mal. Du hast mir eine Gestalt gegeben, du hast mir einen Namen gegeben, und du weißt nicht, wer ich bin?"
„Woher sollte ich denn?"
„Na, dann überleg mal scharf! Ich werde dir das jedenfalls nicht abnehmen!"
„Gut", ich versuchte es anders, „wenn du mir sagst, wer und woher du bist, dann sag ich dir, für wen ich das Liebesgedicht geschrieben habe. Ist das ein Deal?"
„Schau an, man will ein Geschäft mit mir machen, ein mieses, kleines Menschengeschäft. Nee, wirklich nicht!"
„Du kannst mich mal! Dann lassen wir das eben!"
Ich musste eingestehen, dass ich mich ertappt fühlte, und das behagte mir überhaupt nicht.
Ich stand auf, nahm die ausgedruckten Blätter, die ich diskret unter den Liegestuhl platziert hatte – mir stand nämlich von Anfang an nicht der Sinn danach, mit diesem kleinen Ungeheuer über meine Arbeit des heutigen Morgens zu sprechen –, steckte sie zwischen mein Gedichte-Büchlein und machte mich, in der anderen Hand den leeren Kaffeebecher, auf in Richtung Küche.
„He, und ich?"
„Du darfst jetzt machen, was du willst! Schön, nicht wahr?!"
Meine Stimmlage hatte sich zwischen Ironie, Ärger und auch dem Gefühl eines verlorenen Kampfes, na, zumindest einer Runde in dieser Schlacht, eingependelt.
Ich weiß auch nicht, warum Menschen dazu neigen, aus einem noch so schönen Beisammensein irgendwann einen Wettkampf zu machen. Ist wahrscheinlich artspezifisches Verhalten.

In der Küche stopfte ich mir mehrere Schokoladenkekse in den Mund. Den Rest der Packung nahm ich mit ins Arbeitszimmer. Heftig kauend überflog ich schnell die letzten Zeilen dessen, was ich geschrieben hatte. Ich war ja lange noch nicht fertig. Ich schluckte ein paarmal, bis ich die Krümel alle durch die Kehle transportiert hatte, und kam mir dabei vor wie ein Reptil, welches seine Nahrung verschlingt, ohne sie vorher zu zerbeißen. Jedenfalls würgte ich in ähnlicher Weise, machte einen Absatz und ließ meine Finger über die Tastatur flitzen.

Ich lebe in einem Land, in dem den Politikern das Lachen immer noch nicht vergangen ist!
Wieso kann man das Gefühl haben, sie gäben nicht ihr Bestes? Politik zu machen, ist doch nicht so etwas, wie einen Pullover zu stricken. (Wenn einem das Muster nicht gefällt, dann ribbelt man es eben wieder auf.) Haben diese Leute etwa auch nur das eine im Sinn: Geld zu verdienen? Sicher, in diesem Beruf verdient man so einiges, immer seltener gehören allerdings Lob und Anerkennung dazu. Wo sind die Persönlichkeiten, die es mal gab? Egal, ob man das Programm dieser Partei unterstützte oder nicht, zumindest gab es früher Programme, und man wusste als mündiger Bürger, wen man wählen wollte, und vor allem warum.
Heutzutage ist alles nur noch ein „Einheitsmatsch“. Allzu oft im wahrsten Sinne des Wortes!
Wenn ein Politiker im Fernsehen interviewt wird, muss man schon die Fußnoten lesen, die einem verraten, zu welcher Partei dieser Mann oder diese Frau gehören. Reden tun sie alle das Gleiche, und sagen tun sie alle dasselbe: nichts!
Bald wird man dahin kommen, die Leute nach ihrem Aussehen zu wählen. Das heißt, der gefällt mir oder die hat immer prima Klamotten an. Obwohl, was das Outfit angeht, schwimmen diese Herrn und Damen Abgeordnete auch so ziemlich im selben Bach – und den runter!
Es gab mal einen schönen Aufkleber, da stand drauf: „Bevor du sprichst, bitte Gehirn einschalten“. Damals dachte ich, das sollte für alle gelten. Tja,

wie man sich doch in frühen Jahren, wenn man sich noch als Idealist beschimpfen lässt – und das nicht ohne Stolz –, irren kann!
Kein Grund zur Aufregung, wenn die Nation langsam, aber sicher einen Rechtsdrall bekommt. Irgendeinen Neigungswinkel muss man ja schließlich haben. Sie kippt vielleicht auch wieder einmal nach links. Das ist wie bei einer Wasserwaage: Es kommt immer auf den Untergrund an.
Irgendwie muss man ja Geschichte schreiben, und sei es nur, damit dieses Fach in den Schulen auch weiterhin Bestand haben kann.
Nicht, dass es noch dazu kommt, dass unsere Enkel sagen: Ja, früher bei euch gab es noch ein Schulfach Geschichte, bei uns hat sich das gewandelt. Bei uns heißt das jetzt Märchenstunde!
Im Wahlkampf verbreitet jeder seine Fantasien, wer's glaubt, wird nicht einmal selig, sondern ist selbst schuld, und nach der Wahl kann man stets behaupten: So habe ich das ja nicht gemeint! Man darf aber auch nicht alles auf die Goldwaage legen, was man hört …

„Man sollte auch nicht alles schreiben, was man denkt", kam es von hinten.
„Aber denken, bevor man schreibt. Das sollte allerdings auch für das Sprechen gelten", konterte ich. Ich drehte mich zu dem kleinen Spatz um: „Sag mal, hast du Lust auf einen Spaziergang? Ich könnte gut etwas Bewegung gebrauchen."
„Ja, super!" Der Spatz flog ganz aufgeregt um mich herum.
„Warte, ich pack noch etwas zu essen und Wasser in den Rucksack, und dann machen wir eine kleine Tour. Vielleicht finden wir ein schönes Plätzchen für ein Picknick!"
„Picknick, Picknick!", freute sich Sing-Sing, und während ich einige Leckereien im Rucksack verstaute, pickte und nickte er, die Worte immer wieder lustig singend, auf dem Rahmen der Tür herum.
So hatte ich ihn noch nicht gesehen. Bis zu diesem Zeitpunkt war dieser Vogel immer so ruhig, distanziert, fast möchte ich erwachsen sagen, doch jetzt sprang beziehungsweise flatterte er wie ein junger Hund vor mir her. (Auch wenn der Vergleich mit einem Welpen nur im übertragenen Sinn standhalten kann.)

„Nimmst du deine Gedichtsammlung mit? Dann kannst du mir unterwegs etwas vorlesen, falls wir Lust dazu haben."
„He, gute Idee!"
Der Spatz hatte mich mit seiner Euphorie angesteckt, und so zogen wir unheimlich gut gelaunt los.

Zuerst flog Sing-Sing ein Stück neben mir her, dann war er plötzlich verschwunden, bis ich ihn hoch zwischen den Wolken wieder entdeckte. Ein kleines, tragbares Fernglas ermöglichte es mir, ihn wenigstens mit den Augen zu begleiten, und ich beneidete ihn ob seiner Fortbewegungsart. Was wäre ich gerne mit ihm zusammen dort oben herumgeflogen – denn über den Wolken scheint schließlich immer die Sonne!
Bevor ich allerdings einen steifen Nacken bekam, drifteten meine Blicke wieder auf meine eigene Höhe, und was ich da alles erspähte, war auch nicht übel. Auch wenn ich diesen Weg schon zigmal gegangen war – wenn man die Augen aufhält und sehen will, dann entdeckt man immer wieder Neues. Die Erde dreht sich ununterbrochen, und auch alles auf ihr ist in ständiger Bewegung, Entwicklung und Veränderung.
Die Menschen hier im Dorf gehen nicht oder nur selten einmal spazieren. Die meisten arbeiten eh ständig draußen, und damit erübrigte sich das „nur so" in der Natur bewegen. Das ist eher etwas, was die Städter tun, nachdem sie den ganzen Tag über in den Büros eingesperrt sind. Das allabendliche Joggen für die Gesundheit, manchmal auch eher gegen sie, auf jeden Fall Freizeitgestaltung im Grünen, sofern die Batterien im tragbaren Fernseher, zumindest aber im MP3-Player, noch funktionieren: Krach muss sein. Daran ist man als Stadtbewohner nun einmal gewöhnt.
Wenn man hier unterwegs ist, trifft man niemanden, denn hier gibt es nichts, was die Menschen anlockt. Kein Restaurant, nicht mal eine Imbissbude, wo man ein Eis bekommt. Nichts außer Wiesen, Bäume, Steine und den Bach, den wir

bald erreichen würden und an dem man herrlich entlangwandern kann.

Links und rechts des Pfades, welchen ich eingeschlagen hatte, begleitete uns eine Vielfalt an Wildblumen: wilde Möhren, gewöhnlicher Natternkopf, Rainfarn und Goldruten. Dazwischen Schafgarbe, wilde Malven, Margeriten, Hornklee, jede Menge Giersch, wunderschöne große Nachtkerzen, die ihre Blüten aber erst am Abend öffnen würden, Wegwarten in Blau und Weiß, Beifuß und wilder Thymian. Ja, hier war die Welt noch in Ordnung – jedenfalls, was die Farbenpracht der Wiesen anging.
Kurz nachdem ich hierhin gezogen war, begann mein Interesse für die „wilden Schönen". Ich besorgte mir Literatur, um ihre Namen kennenzulernen, und auch, um mich mit dem Wissen ihrer Heilkräfte zu beschäftigen. In den ersten Jahren brachte ich eigentlich von jedem Spaziergang Pflanzen mit, denen ich dann in meinem Garten ein neues Zuhause gab. Erstens machte es total viel Spaß, und zweitens konnte ich sicher sein, dass für die Pflanzen auch auf meinem Stückchen Land der geeignete Boden war, buddelte ich sie doch in der Umgebung aus. So entstand rings um mein Häuschen herum ein Paradies für Wildblumen. Im Frühjahr beginnt es mit Schneeglöckchen, Wiesenschaumkraut, kriechendem Günsel und Gundermann, später kommen dann der Mohn, die Kornblumen und viele verschiedene Arten des Pippaus. Im Augenblick herrschte der Blut- und Gilbweiderich, der Alant setzte Knospen an, die Königskerzen blühten neben Zypressen-Wolfsmilch, und diverse Kräuter, Waldgeißblatt und Zaunwinden kletterten um die Wette, bis spät im Herbst der wilde Wein hinter den Sonnenblumen erstrahlen würde.
Auch heute hatte ich meinen Klappspaten dabei, der ebenso wie das Fernglas und ein Taschenmesser zu meinen ständigen Begleitern gehört.
Was hatten sich die Leute vom Dorf amüsiert, wenn ich diese ganzen Pflanzen mitbrachte, wo sie doch eh überall in der Nähe

wuchsen. Sie selbst benutzen ihre Wirkungen in Form von Tees oder zum Desinfizieren der Ställe. Auf den Fensterbrettern ihrer Häuser stehen den Sommer über dunkle Flaschen mit Blüten, Wurzeln oder Blättern, eingelegt in Wein oder Öl. Sie trocknen und sammeln die Geschenke der Erde. Sich diese Pflanzen einfach nur ihrer Schönheit wegen in den Garten zu holen, das finden sie einfach spaßig.

In der Zwischenzeit waren wir (Sing-Sing saß im Augenblick auf meiner linken Schulter) an dem Abhang, der zum Bach hinunterführte, angekommen. Hier war Schatten, und da es schon nach Mittag war und die Sonne ganz schön wärmte, waren wir froh, die nächste Zeit unter Bäumen gehen zu können. Der Bach plätscherte (wieso sagt man eigentlich „lustig“?) über die Steine hinweg. Ich hockte mich nieder, rutschte auf den Sohlen bis zum Ufer, und schon stand ich mit nackten Füßen im kalten Nass.
Der Spatz nahm gleich ein Vollbad. Spritzte und plusterte die Flügel, und wenn das Wasser nicht so kalt gewesen wäre, hätte ich sicher mitgemacht.
Als meine Beine so unterkühlt waren, dass ich sie kaum noch spürte, kletterte ich zurück nach oben und suchte mir einen halbschattigen Platz. Ich streckte mich aus, Beine in die Sonne, Körper und Kopf im Schatten: Super!
Den ganzen Weg bis hierhin hatten wir nicht miteinander gesprochen. Es tat gut, die Stimme zu schonen und nur den Klängen der Natur zu lauschen. Vogelgezwitscher war dabei wenig zu hören, denn während der Wärme des Mittags hielten diese fast alle in den Baumkronen Siesta. Aber das Summen der Insekten, das Rauschen des Windes (und wirklich, irgendwie klang es lustig, das Wasser, welches sich zwischen den Steinen und den teilweise bis zum Grund herabhängenden belaubten Zweigen seinen Weg bahnte), diese „Gesänge“, die, wenn man zuhörte, sogar einen Rhythmus spielten – sie verführten zum Tanzen oder zum Träumen.

Einige Kilometer begleitete uns das Bussardpärchen. Die zwei beobachte ich schon sehr lange. In diesem Jahr haben sie zum ersten Mal keine Jungen bekommen. Normalerweise kreisen sie jetzt schon zu viert am Himmel, und immer wieder habe ich das Gefühl, dass die zwei Alten mir, ja ganz speziell mir, und das mit vollem Stolz, ihre neue Brut vorstellen. Ich lobe sie dann und rufe ihnen zu, wie prächtig ihre Kinder sind. Ja, ich weiß, sie verstehen meine Worte, und so freuen wir uns gemeinsam. Nur eben in diesem Jahr blieben sie alleine, was ich mit Sorge feststellte.

In der Zeit der Eiablage hatte es sehr viel geregnet, und der Sommer hatte lange auf sich warten lassen. Vielleicht hatten die Jungvögel diese ungewöhnliche Kühle nicht vertragen, nicht überlebt. Ich wusste nicht, was geschehen war, aber es machte mich traurig, und die Schreie der beiden Altvögel brachten nicht wie sonst diese triumphale Freude zum Ausdruck, sondern es hörte sich tragisch an. Anklagend, ja fast verzweifelt.

Aber wer weiß, was ich mir da einbilden wollte. Ich schließe mich nicht aus, wenn ich behaupte, dass wir alles in der Natur nur allzu gerne vermenschlichen. Dabei bleibt der tatsächlich natürliche Umgang mit unseren Mitbewohnern dieses Planeten leider oftmals auf der Strecke. Ich bemühe mich zwar, seit mir dieser Umstand bewusst geworden ist, um Besserung, aber wie schwierig es ist, vom hohen Ross der Eitelkeit herunterzusteigen, das brauche ich hier nicht weiter auszuführen. Das weiß jeder. Also, zumindest hoffe ich das!

Plötzlich fühlte ich, wie mein Hemd an einer Stelle nass wurde. Ich hob den Kopf und sah erstaunt auf meinen Bauch. Weil er so leicht war, eben so wie ein paar Knöchelchen mit vielen Federn drum herum, hatte ich nicht bemerkt, dass Sing-Sing es sich dort gemütlich gemacht hatte. Den Kopf zwischen den Flügeln gesteckt, atmete er tief und gleichmäßig.

Es war ein so rührender Anblick, ich bekam Tränen in die Augen. Tränen vor Wohlbehagen, vor Glück oder einfach, weil es

mir hier genau an dieser Stelle und jetzt in diesem Moment so unbeschreiblich gut ging!
Ich senkte meinen Kopf wieder zur Erde. Eine Träne lief aus meinem Augenwinkel in Richtung Ohr. Es kitzelte, aber ich hütete mich davor, sie mit der Hand wegzuwischen. Nein, ich wollte den kleinen Kerl auf keinen Fall durch eine Bewegung, die ihn hätte erschrecken können, wecken, und ich wollte auch mir diese Harmonie des Augenblicks nicht zerstören.
Eine Weile schaute ich noch durch die Bäume hindurch in die ziehenden Wolken. Dann schloss auch ich die Augen und ließ mich von dem monotonen und von daher fast meditativ wirkenden Wasserrauschen hinwegtragen zum Frieden des Schlafes.
Es gibt nicht viele Orte unter freiem Himmel auf dieser Welt, wo man sich, ohne Furcht oder Bedenken zu haben, zum Schlafen niederlegen kann. Hier war so ein Ort. Aber wo genau er sich befindet, das wird mein Geheimnis bleiben. Ich wünsche nur jedem, dass auch er einen solchen Platz sein Eigen nennen kann!

Langsam tauchte ich wieder aus dem Reich der Träume auf. Es war wirklich so, als ob ich aus tiefem Wasser langsam und allmählich zurück zur Oberfläche schweben würde. Erst nach und nach wurde mir die herrschende Schwerkraft erneut bewusst. Ich ließ die Augen noch geschlossen, denn ich wollte diesen Zustand der Leichtigkeit so lange wie irgend möglich genießen.
Als meine Motorik dem Gehirn wieder völlig unter Kontrolle stand, blinzelte ich zu der Stelle auf meinem Bauch, auf welchem es sich der Spatz bequem gemacht hatte. Mein Hemd war leer und auch getrocknet. Der Vogel war weg. Schade! Ich streckte mich genüsslich von den Fingern bis zu den Zehen und gähnte dabei mit aufgerissenem Mund, soweit die Kiefer dieses zuließen.
„Ahhh, herrlich!“
Als ich es mir im Schneidersitz gemütlich gemacht hatte und gerade dabei war, den Proviant aus dem Rucksack zu packen – wenn

man nämlich in wirklich frischer Luft gut geschlafen hat, dann hat man hinterher enormen Hunger, außerdem hatte ich seit gestern Abend bis auf die paar Kekse nichts gegessen –, kam auch Sing-Sing von irgendwoher.

„Na, du Schlafeule", begrüßte er mich.

„Selber Schlafeule. Wer hat denn damit angefangen?! Magst du vielleicht ein Stück Apfel?"

„Oh ja, gerne!"

Da saßen wir also nun ganz in Schatten eingetaucht, aßen Obst und Müsliriegel und meinen so geliebten Mohnkuchen. Ich mochte Mohnkuchen, seit ich denken konnte.

Da war es wieder, dieses unbeschreiblich schöne Gefühl, mit einem Freund zusammen zu speisen. Alleine isst man nur.

Satt waren wir, faul und zufrieden.

Nachdem ich alles, was an Resten noch übrig war, im Rucksack verstaut hatte, marschierten wir weiter. Jedoch nicht ohne mir ein erneutes Mal Füße und Gesicht mit dem kalten klaren Wasser des Baches zu erfrischen.

Viele verschiedene Vogellaute begleiteten unseren Weg zu dem Hügel im Wald, auf dem ich nur allzu gerne verweilte.

„Sag mal, Sing-Sing, verstehst du eigentlich das, was deine Artgenossen da so von sich geben?"

„Manches schon, anderes nicht", bekam ich zur Antwort. „Es ist wie bei euch Menschen:

Den einen versteht man, den anderen nicht, und manche kann man einfach nicht verstehen!

Also im Ernst, jede Vogelart besitzt, du hörst es selbst, ihre eigene Sprache. Es ist also wirklich wie bei den Menschen. Wenn jemand viele Fremdsprachen gelernt hat, kann er mit vielen verschiedenen Völkern kommunizieren. Ansonsten bleibt nur, es mit Händen und Füßen, also bei uns Vögeln sagt man mit Flügeln und Füßen, zu probieren. Na ja, manche Gesten sind überall dieselben. Drohgebärden zum Beispiel oder Ausdruck von Freude: Wenn dir ein Australier signalisiert, dass er dir gleich in

die Fresse schlagen wird, dann verstehst du das auch, ohne dass du Englisch kannst, und wirst nicht denken, dass er vorhat, dir einen Kuss zu geben. Bei den Vögeln ist das ähnlich. Revierverhalten oder Futteranspruch – so etwas versteht man artübergreifend. Ansonsten eben multikulturell. Also ich beherrsche außer *Spatzig* auch noch *Storchig* und *Mauerseglerisch*. Wenn diese Rastlosen im Frühjahr aus dem Süden kommen, gibt's viel zu erzählen und zu berichten, und die Storys sind zum Teil so unglaublich, so verrückt, da macht es schon großen Spaß, zuzuhören!"
„Das kann ich mir vorstellen! Ja, die Zugvögel, wie ich sie so oft beneide, wenn sie ihre Zelte hier abbrechen, um den Winter in wärmeren Gefilden zu verbringen. Das ist übrigens auch ein Traum von mir!"
„Was? Zugvogel zu werden?"
„Quatsch! Ein Häuschen im Süden zu haben, um der kalten, Kräfte verzehrenden, dunklen Jahreszeit zu entkommen."
„Falls man die Reise dorthin überlebt", bemerkte der Spatz.
„Na ja, meine Chancen würden wohl ganz gut stehen. Mich würde keiner auf meinem Weg ins Winterquartier abschießen oder in Netzen fangen."
„Sei dir da mal nicht so sicher."
Ich schaute den Vogel an: „Du hast recht! Heutzutage sollte man mit solchen Äußerungen vorsichtig sein!
Aber was mich stutzig macht, ist Folgendes: Wieso beherrschst du Fremdsprachen der Vögel, wo du doch gar keiner bist? Also, ich habe dir doch irgendwie zufällig diese Gestalt gegeben, wenn ich mich recht entsinne, und jetzt redest du, als ob du schon immer ein Spatz gewesen wärst. Also, so ganz ehrlich scheinst du zu mir nicht zu sein, oder wie soll ich das verstehen?"
„Na, ist doch piep-einfach! Ich bin ja nun einmal kein Zauberer, also auch nicht fähig, eine Gestalt anzunehmen, die es gar nicht gibt. Ich muss schon nehmen, was da ist. In dem Moment, wo du dir gewünscht hast, dass ich als Spatz erscheinen soll, musste ich in den Körper eines Spatzen eintauchen. Diesen Vogel gab

es natürlich schon, bevor ich sozusagen meinen Geist zu seinem Geist habe wandern lassen. Demzufolge habe ich das Wissen dieses kleinen Wesens selbstverständlich noch zu meinem eigenen dazu, und dieser Sperling, in dem ich jetzt hocke, der kann halt diese zwei Fremdsprachen. Hättest du dir ein anderes Lebewesen als Erscheinungsform gewünscht, hätte ich jetzt zum Beispiel die Identität eines Krokodils oder eines Elefanten, dann hätte ich jetzt eben deren geistiges Eigentum zu dem meinigen hinzu. Ist doch klar, dass es da manches Mal zu Identifikation oder Vermischungen kommt. Ich habe halt im Augenblick nur diesen Körper zur Verfügung, und ich muss in und mit ihm leben. Wenn ich ihn wieder verlasse, dann soll dieses Vögelchen ja keinen Schaden erlitten haben, sondern sein Leben einfach so weiterleben können wie zuvor. Klar?"

„Hm, so ist das also", erwiderte ich, aber so ganz befriedigt war ich mit Sing-Sings Ausführungen nicht.

Vor uns lag der Eingang zum Wald, und dieser Anblick war dafür verantwortlich, dass ich mich mit den Erklärungen des Vogels vorerst abfand.

Durch den Stand der Sonne hatte sich eine Licht-Schatten-Grenze gebildet, die den Schein erweckte, dass wir uns auf ein tiefes, schwarzes Loch zu bewegten. Je näher wir ihm kamen, desto größer wurde meine Fantasie. Gleich würden wir von diesem riesigen, unergründlich dunklen Maul des Ungeheuers verschlungen werden. Ein warmer Schauer lief mir über den Rücken, angenehm!

Meine Vorstellungskraft war schon seit meiner Kindheit enorm, und wenn ich wollte, konnte ich Dinge sehen, die fernab jeglicher Realität lagen. Übrigens, dieser Hang zum Idealismus hat mir im Laufe meines Lebens viele Dinge erleichtert, weil: Manchmal ist die Wirklichkeit wirklich unglaublich.

Als ich den ersten Schritt ins Dunkle getan hatte, hielt ich die Luft an. Jetzt würde *es* seinen Schlund schließen, und wir wären verloren …

„Ah, schön kühl“, riss mich der Spatz aus meinem Tagtraum.
Mir fiel dazu nur eins ein: Spielverderber!
Sing-Sing flog ein Stück voraus, wartete aber „brav“, bis ich ihn wieder eingeholt hatte, um dann erneut einen Vorsprung herauszufliegen. So bewegten wir uns weiter in den Tannenwald hinein. Es wurde immer dusterer. Nadelwälder sind gerade im Sommer faszinierende Ausflugsziele! Überhaupt, Spaziergänge in der Natur, egal zu welcher Jahreszeit, sind immer „Streicheleinheiten für die Seele“!
Die Sonne wanderte weiter nach Westen, und wir wanderten mit. Dort, wo durch Altersschwäche oder einen Blitzeinschlag eine Lichtung zwischen den Nadelbäumen entstanden war, blühten Fingerhüte. Kleine Oasen auf dem ansonsten braunen Boden. Ich nahm ein Tütchen aus der Tasche und pflückte einige noch nicht aufgesprungene Samenkapseln. Ich wusste genau die richtigen Stellen in meinem Garten, wo ich mich im nächsten Jahr an diesen verschiedenfarbigen Pflanzen erfreuen würde.
Große Hummeln brummten zornig, wenn sie nicht tief genug in die Blüten kamen. Man sah ihnen die Kraftanstrengung an, bis sie sich zu den Staubgefäßen vorgearbeitet hatten.
Der Rückweg war nicht weniger beschwerlich. Sie wollten sich lieber erst in den Fingerhüten drehen, um dann nach vorne losfliegen zu können. Dafür waren sie aber viel zu dick, und so mussten sie sich praktisch rückwärts aus den Blüten hinausfallen lassen und dann, damit sie nicht auf den Boden fielen, womöglich noch auf den Rücken, was eventuell ihr Todesurteil hätte bedeuten können, sofort mit voller Kraft die Flügel in Bewegung setzen. Ihre pelzigen Körperchen waren übersät mit Blütenstaub, und ich hatte den Eindruck, dass sie auch mit diesem zusätzlichen Gewicht, was sie belastete, ganz schön zu kämpfen hatten.
Aber anstatt dass sie nach dem ersten Besuch dieser nicht allzu hummelfreundlichen Nahrungsquellen ihr Schnäuzlein voll hatten – der Energieverbrauch beim Hinein- und Hinausflug

stand doch in keinem Verhältnis zu dem, was sie an Nektar dort ernteten –, steuerten sie sofort nach geglücktem Austrittsmanöver den nächsten Fingerhut an, und die Aktion begann von vorne.
Einige waren nicht zu belehren und versuchten, sich jedes Mal beim Verlassen zu drehen. Nicht einmal, nein, drei-, viermal, bis die Kraft sie verließ und sie eher aus Erschöpfung hinausfielen als aus Absicht. Andere hingegen hatten nach dem dritten Blütenbesuch den Dreh raus, das heißt, sie versuchten eben nicht mehr, sich zu drehen, und hatten so mehr Energiereserven zum Start nach kurzem freien Fall.
Ich beobachtete diese Insektenarbeit geraume Zeit. Wenn ich es nicht mehr aushalten konnte, dann half ich auch schon einmal einem der Tierchen, indem ich an dem Pflanzenstiel rüttelte, sodass die Hummel schneller die Orientierung wiederfand. Manchmal schien es mir nämlich, als ob sie nicht mehr wussten, wo der Ausgang war, denn anstatt nach hinten, bohrten sich ihre Köpfe immer wieder in Richtung Blütengrund, bis sie erschöpft und mit pumpenden Leibern innehielten. Kurze Zeit später nahmen sie genau dieselbe Tätigkeit wieder auf. Die Abstände, in denen sie sich dann ausruhen mussten, kamen immer schneller, und ich hatte große Bedenken, dass sie sich extrem verausgabten und letztendlich an Überanstrengung sterben könnten. Da musste ich einfach etwas tun!
Sing-Sing beobachtete mich mit teilweise wohlwollendem, aber auch mit einem Blick, dem man die Geste Kopfschütteln hätte zuordnen können, bis er dann doch nicht mehr den Schnabel halten konnte:
„Sag mal, was treibst du da eigentlich?“
„Das siehst du ja wohl! Ich helfe den Hummeln.“
„Sonst geht’s dir aber noch gut, oder?!“
Zuerst wollte ich ihm etwas ganz anderes entgegnen, doch dann fiel mir auf und auch gleichzeitig ein, dass der Vogel recht hatte. Was trieb ich da eigentlich?

Da war es wieder, dieses ständige, zugegebenermaßen fürsorgliche, indes doch völlig unsinnige Einmischen in das Leben anderer Wesen, nur weil man denkt …, weil man meint …, weil man doch …
Es braucht eben seine Zeit, bis man sich eingesteht, eingestehen muss, dass es auch ohne uns Menschen ganz gut läuft. Vielleicht sogar viel besser?
Paradox gesagt: Menschlicher?!!
„Ach, nur so mehr aus Spaß", stotterte ich.
Irgendwie war mir mein Verhalten peinlich, und zwar weil mir jetzt durch die Frage des kleinen, „blöden" Vogels bewusst wurde, dass ich mich eben noch als Retter der Natur gefühlt hatte. Sozusagen als das Beste, was den Hummeln passieren konnte. Ein Glück, dass ausgerechnet ich gerade vorbeigekommen war, um ihnen ihr Leben zu erleichtern. Was hätten sie nur ohne mich gemacht …?
Kurzum und ehrlich, was ich getan hatte, war völliger Schwachsinn, und ohne Sing-Sing wäre ich nicht darauf gekommen – und das war mir das Peinlichste.
„Wollen wir mal weitergehen?", fragte ich, ohne den Anschein von Unbehagen nach außen hin zu zeigen.
„Wenn du es verantworten kannst, deine niedlichen pelzigen Freunde allein zu lassen, gerne."
Nein, ich ging erst gar nicht auf diese „Stichelei" ein. Was sollte ich mich rechtfertigen? Das hätte mein Versehen nur noch schlimmer gemacht.
Ich lud also den Rucksack erneut auf die Schultern und ging los, ohne mich noch einmal umzusehen. Nicht nach dem Spatzen und schon gar nicht nach den Hummeln. So war diese Situation am schnellsten erledigt.
Sing-Sing flog lustig zwitschernd neben mir her. Landete das eine Mal auf meinem Kopf, dann wieder auf einem Ast, flog hierhin und dorthin, bis er müde wurde und sich hechelnd, ja, Vögel hecheln auch bei Hitze, auf seinem Lieblingsplatz meiner linken Schulter niederließ.

Schön ist das schon, dachte ich. Tiere, die fliegen können, brauchen sich nicht nach Wegen zu richten. Auch das ist ein nicht zu verachtender Umstand von Freiheit.
So kamen wir dann endlich an den Hügel, von dem ich dem Vogel schon vorgeschwärmt hatte und auf dem ich sehr oft viele, viele Stunden verbrachte. Mitten im Nadelwald, wie eine Art Ringwall, umgeben von großen, alten Eichen. Sicher war das in früherer Zeit einmal eine keltische Kultstätte oder ein Hexentanzplatz. Auf jeden Fall ist hier irgendetwas Mystisches geschehen, natürlich!
Ich hatte versucht, es in Erfahrung zu bringen, aber niemand konnte mir Auskunft geben. Es war wie bei vielen Dingen: Irgendwann gerät es in Vergessenheit. Die, die es wissen, sprechen nicht mehr darüber, weil es keinen mehr interessiert, und wenn dann doch jemand kommt, der Fragen stellt, dann ist es zu spät. Die Wissenden sind gestorben. So bleibt nur die eigene Fantasie, die einem die Geschichten der „vergessenen Orte" erzählen kann.
Gerade im Herbst, wenn die Sonne am Nachmittag schon an Kraft verloren hat und durch die Farben alles etwas unheimlicher ist als im Hochsommer, dann ist es hier oben besonders urig.
Manchmal bleibe ich sitzen, bis der Nebel durch die Tannen heraufgezogen kommt, fühle mich umschlungen von Geisterhänden, umgarnt von Spinnfäden des Altweibersommers wie von Netzen der Waldfeen. Wenn sich dann die Feuchtigkeit langsam auf meinen Körper legt wie der Atem der Trolle, dann dauert es nicht mehr lange, bis ich den ersten Kobold hinter einem Stamm entdecke. Wir schauen uns an, wie es eben Wesen tun, die aus zwei verschiedenen Welten kommen: neugierig, interessiert und doch mit gehörigem Abstand. Was weiß man schon, wie das Gegenüber reagiert.
Kobolde haben eine immense Ausdauer, was das Stillstehen angeht. Ähnlich den Katzen, die stundenlang in Reglosigkeit verharren können. Mir schlafen leider immer die Beine ein, und verändere ich meine Position, schwupp, ist er weg, und da hilft kein „Bleib

doch, ich tu dir nix". Wer weiß, wie oft er das schon gehört hat, geglaubt hat und dann feststellen muss, dass man ihn fangen will. Nein, Vorsicht ist angesagt im Umgang mit diesen Menschen.
Das Symbol der gespaltenen Zunge, welches die Indianer als charakteristisch für den weißen Mann gewählt hatten, war schon treffend. (Und um das zu erfahren, braucht man nicht einmal ein Kobold zu sein.)
Hier, an diesem Platz, wo wir uns gerade befanden, entstand auch eines meiner Gedichte, welches ich sehr gerne mochte und welches den Titel *Rückzug des Lichts* trägt:

Die Bussardfeder noch nass auf dem leeren Weizenfeld.

Spinnweben von Tau benetzt, in denen sich der Nebel fängt –
wunderschöne Todesfallen.

Morgenrot hinter Wolken.

Der Mond hoch oben – vergessen
von der vergangenen Nacht.

Verlassene Nester in ruhenden Bäumen.

Morgengesänge der Zurückgebliebenen.
Die andern längst auf dem Weg zum Süden.

Die Schritte leiser – die Gedanken angepasst
der abgeernteten Umgebung.

Die Vorbereitungen auf den Winter – der kommt.
Der kommt immer!

Viel vergessen – das niemals!

Ein Reh schaut mich an.
Wir nicken uns zu.
Wir wissen:
Es ist Herbst!

Bei Gelegenheit musste ich das Sing-Sing zu lesen geben, aber jetzt war keine Zeit dafür, denn als ich mich langsam von meinen Erinnerungen verabschiedete, kam urplötzlich heftiger Wind auf. Ich schaute nach oben. Durch das Blätterdach war der Himmel nicht zu erkennen. Eines jedoch war zu erkennen: Es wurde zunehmend dunkler, und das in einer Weise, die nichts mit beginnendem Abend zu tun hatte. Nein, da zog ein Gewitter heran – und wir hatten nicht darauf geachtet.
Tja, da waren wir nun, mitten im Wald, auch noch umgeben von Eichen, denen man doch bekanntlich bei Gewitter aus dem Weg gehen soll, ohne den geringsten Schutz, weder hatten wir passende Kleidung noch etwas, wo wir uns hätten unterstellen können, und gleich ging es los. Sch…!
„Wieso hast du nicht darauf geachtet? Du als Vogel hättest das doch spüren müssen!"
„Ach, ich als Vogel, und was ist mit dir als Mensch? Du hättest ja auch was spüren können, oder?!"
Ich war gereizt, und ich glaube, der Spatz nicht minder, denn in dem Maße, wie das Unwetter sich über uns zusammenbraute, steigerte sich auch unsere Angst – und Angst macht bekanntlich aggressiv.
Doch schnell hatte ich meine Beherrschung wiedererlangt: „Tschuldige, war nicht so gemeint! Ich befürchte nur, gleich werden wir ziemlich nass!"
„Nass, das ist das Wenigste", antwortete Sing-Sing. „Meine Befürchtungen tendieren mehr dazu, vom Blitz erschlagen zu werden, oder wir werden unter einem umstürzenden Baum, herabfallenden Ast oder was weiß ich begraben."
„Nun mal sachte", versuchte ich ihn zu beruhigen.

Wenn man selbst aufgeregt oder leicht panisch ist, hilft es einem sehr, wenn da noch ein anderer ist, auf den man beschwichtigend einreden kann. Außerdem hatte ich irgendwie auch die Verantwortung für diesen Vogel übernommen. Es lag eben in meinem Charakter, Kleines, Zartes und Hilfloses meinen beschützen zu müssen.
Da mir selbst noch nie jemand Schutz und Zuflucht angeboten hatte, ganz zu schweigen von der Möglichkeit, die es gibt, dieses einfach zu tun, ohne große Worte vorauszuschicken, hatte es sich eben so ergeben, dass ich derjenige wurde, der seine Arme schützend über allem ausbreitete, was dessen bedurfte.
Wenn man immer stark sein muss, dann wird man auch stark!
Wie heißt es doch: Übung macht den Meister, oder anders formuliert: Wenn man etwas **will**, dann erreicht man das auch. Die einzige Voraussetzung: Man kann es **alleine** schaffen und ist nicht auf die Hilfe anderer angewiesen, und somit relativiert sich das, was man wollen kann, da man darauf besteht, es erreichen zu **müssen**.
Ganz kurz könnte man sagen: Übernimm dich nicht!
„Vielleicht wird es gar nicht so …"
Doch da krachte der erste Donner, und in diesem Moment begriff ich, was die Worte bedeuten, wenn man sagt, einer sei „wie vom Donner gerührt".
Kaum verlor sich der Schreck, kam es mir so vor, als ob wir uns in einem Kreis von Autos befänden, die alle im gleichen Augenblick ihre Halogenscheinwerfer eingeschaltet hätten. So grell war der Blitz! Für Sekunden verwandelte sich alles rings umher, so, als ob man das Negativ eines Films betrachtete: Ein grandioses Schauspiel!
„Hey, hast du das gesehen? Wahnsinn!"
Doch Sing-Sing hatte nichts gesehen. Er war unter die Lasche des Rucksacks gekrochen und hockte dort nun wirklich wie ein verängstigter, kleiner Vogel.
„Du brauchst keine Angst zu haben, ich bin doch bei …"

Das letzte Wort konnte nicht einmal ich selbst mehr hören, so laut donnerte es erneut.
Das gab auch mir langsam den Rest, und ich lief, den Rucksack fest umklammernd, so schnell ich konnte den Hügel hinab. So, als ob alle bösen Mächte des Waldes hinter mir her seien.
Und dann kam der Regen. Nein, von Regen war da nicht mehr zu sprechen. Es schüttete wie aus Kübeln. Gedanken an Sintflut oder gebrochene Staudämme hätten aufkommen können, wenn ich bildliche Vergleiche gesucht hätte, aber ich suchte momentan wirklich etwas anderes, nämlich einen Ort, wo wir dieses Gewitter einigermaßen heil überstehen konnten.
Wer suchet, der findet … gesetzt den Fall, es ist etwas da.
Hier war nichts außer Tannen, die mit ihren Ästen nach uns schlugen und mich einige Male auch so heftig erwischten, sodass ich laut aufschrie. Doch meine Schmerzschreie verhallten zwischen Sturmgetöse und Donnerknall.
Völlig durchnässt, mit zum Teil im Gesicht festgeklebten Haaren, die mir die sowieso schon geringe Sicht versperrten, mit laufender Nase, klammen Fingern und Striemen an Armen und Beinen hockte ich mich zuletzt unter eine der mächtigen Tannen und lehnte den Kopf erschöpft an ihren Stamm. Den Rucksack zwischen Oberschenkeln und Körper, vom Spatz war nur die Schwanzspitze zu sehen, blieb nur eins: Warten! Abwarten und hoffen, wohl wissend, dass dieses Wetter irgendwann wieder aufhören würde.
Auch durch die geschlossenen, brennenden Augen gewahrte ich die Blitze. Der Donner – von wegen, die Engelchen spielen mit Kegeln, wie uns als Kindern die Furcht vor Donner genommen wurde … Das, was sich im Augenblick abspielte, hörte sich eher nach Häusersprengungen an oder als ob Bomben einschlügen.
Obwohl, wie sich detonierender Sprengstoff anhört, weiß meine Generation in diesem Land glücklicherweise nicht. Derzeit wer-

den hier nämlich keine Bomben abgeworfen – ist doch schon mal was, oder?!
Aber Frieden … Frieden ist etwas ganz anderes!!

Endlich ließ der Regen nach. Es wurde leiser. Der Donner war weitergewandert, und nur ab und an blitzte es noch zaghaft. Der Wind beruhigte sich. Der Himmel hatte sich verausgabt.
Auch wir waren fix und fertig!
Sing-Sing lugte unter der Rucksacklasche hervor: „Puh, noch einmal gut gegangen“, lautete sein Kommentar. Er hüpfte auf mein Knie und schüttelte sich: „Na, alles klar?“, fragte er.
„Danke, alles bestens!“ Ich atmete tief durch. Mein Körper war steif, und Gänsehaut verbreitete sich vom Hals bis in die Waden. Ich kroch unter den von Wasser triefenden Ästen hervor. „Das war nicht schlecht“, kommentierte ich das Geschehene.
Hier und dort begannen die Vögel schon zu pfeifen. Ein gutes Zeichen, dass es wirklich vorbei war. Wie schnell sich die Natur beruhigt!
Wo ich auch hinsah, dampfte es wie aus einer Waschküche, und schon kam wieder die Sonne hervor.
Ich hatte keine Uhr dabei und wusste weder, wie spät es war, noch wusste ich, wie lange wir hier gehockt hatten. Mein Zeitgefühl war verschwunden. Die Stille rauschte in den Ohren.
„Also, ich hab genug für heute! Was hältst davon, wenn wir nach Hause gehen?“, schlug ich vor.
„Keine schlechte Idee! Bloß raus hier!“
So machten wir uns auf den Weg.
Wir redeten kein Wort miteinander – das Erlebte hatte uns sprachlos gemacht. Wir waren froh, als wir aus dem Wald in die immer noch wärmende Sonne traten. Das tat gut!
„Kurze Pause, okay?!“
Ich setzte mich auf die Wiese, was keine Folgen hatte, da meine Hose sowieso klatschnass war, und schaute in die Sonne. Dabei fand ich auch meine Sprache wieder:

„Gewaltig“, formulierte ich meine Gedanken zu einem Wort.
„In der Tat“, bestätigte mich der Vogel.
„Das machen wir mal wieder“, lachte ich das Lachen eines Überlebenden.
„Ohne mich! Mir hat das an Naturgewalten für den Rest meines Lebens gereicht! Mir zittern ja jetzt noch die Füße! Schau!“
Tatsächlich, der Spatz bibberte am ganzen Körper.
„He, komm mal her“, sagte ich, setzte das Kerlchen behutsam auf die Innenseite meiner linken Hand und streichelte es zart: „Alleine wär's viel schrecklicher gewesen! Geteiltes Leid ist doch halbes!“
Sing-Sing schaute mich an, ohne etwas zu erwidern, und gerade darin lag die Zustimmung!

Als wir das Häuschen wieder erreicht hatten, wurde es doch schon spürbar Abend. Den Spatz hatte ich immer noch in der Hand, und mit Sicherheit war das schöner als die Taube auf dem Dach. Er war wirklich fertig mit den Nerven. Behutsam setzte ich ihn auf ein dickes, weiches Kissen und ging duschen.
Während mir das lauwarme Wasser über den Körper lief und ich eine tiefe Entspannung fühlte – die Stresssituation floss sozusagen mit dem Wasser an mir hinunter in den Abfluss –, dachte ich plötzlich an mein Büchlein, welches noch immer im Rucksack lag. Hoffentlich war es nicht durchgeweicht. Das wäre echt schade gewesen. Mit frischen, trockenen Klamotten und der Lust auf ein gutes Mahl, müde, aber glücklich öffnete ich den Rucksack. Hurra! Dank des Lederdeckels war es trocken geblieben. Die Seiten waren ein bisschen von der Feuchtigkeit gewellt, aber das konnte man schnell beseitigen. Ein paar Tage zwischen dicke Bücher gepresst – und aller Schaden wäre behoben.
Fazit: Alles Wichtige war gesund und heil aus dem Unwetter zurückgekehrt, na also!

Als ich den Topf mit den Spaghetti abgeschüttet hatte und die heiße Käsesoße duftend auf dem in Kerzenlicht getauchten Tisch stand, war Sing-Sing wieder voller Leben und Frohsinn.

Er zog sich eines der langen, dünnen Teigstäbchen aus der Schüssel und kämpfte mit ihm wie mit einem lebenden Wurm.

Das ganze Essen über hatten wir viel Spaß. Nach so viel Aufregung war dies das beste Mittel, um wieder auf Normalstand zu gelangen. Als Nachtisch gab es Schokoladenpudding mit Vanillesoße. Das hatten wir uns verdient!

Es war doch schon immer so, dass Krieger, die unverletzt aus einer Schlacht zurückkehrten, ein Festmahl zu ihren Ehren erhielten. Irgendwie kamen wir uns ähnlich vor.

„Und“, fragte mein kleiner, gefiederter Freund, als wir satt und mehr als zufrieden ins Schlafzimmer gezogen waren, „krieg ich noch ein Gute-Nacht-Gedicht?“

„Ich hab das Büchlein doch nicht hier. Es muss erst richtig trocknen.“

„Hast du nicht vielleicht eins im Kopf?“

Ich stöhnte: „Jetzt noch, nach dem Tag! Also …“ Tatsächlich fiel mir dann doch noch eines ein.

Der Vogel hatte es sich auf dem Kissen, welches ich in einiger Entfernung auf Kopfhöhe neben mich ins Bett gelegt hatte, damit ich mich des Nachts nicht aus Versehen auf ihn drehen konnte, gemütlich gemacht. Ich zog mir die Decke bis unters Kinn, schaute noch einmal liebevoll zu ihm hin, verschränkte die Arme auf meinem Bauch und begann:

Es gibt Tage, die sind schön –
Es sind Tage, die schnell vergeh’n!
Dann sind da Tage, die zieh’n sich hin, weil ich sonst wo, nur eben nicht bei mir bin.
Tage voll Sonne, Wärme und Licht –
And´re, da mein ich, dass alles zerbricht.

Doch ist es erstaunlich, verrückt und auch wichtig,
Denn nur so kann ich sagen: Ich lebe richtig!

Ich fühle das Sein und alles drum rum
Wer das verpasst, ist mehr als dumm!
Denn was es auch bringt, was es auch werde,
Schnell ist's vorbei …
Über mir dann die Erde.
Die Spuren von mir vom Wind bald verweht.
Doch ich hab gesagt:
Ich habe gelebt!

Schon halb im Schlaf flüsterte Sing-Sing: „Ja, so wie wir heute!" „Wirklich, es war ein fantastischer Tag und …" Doch da hörte ich schon ein leises Schnarchen.

Ich erwachte wie gewohnt sehr früh, blieb aber noch liegen, schaute aus dem offenen Fenster ins Grüne, wo die Sonnenstrahlen schon über die Blätter tanzten, und versuchte, mich an meine Träume der vergangenen Nacht zu erinnern.
Wüste Dinge hatte mir mein Unterbewusstsein geschickt, aber an die Details kam ich nicht mehr dran.
Komisch ist das! Wo sind die Erinnerungen? Ist das vielleicht ein Beweis dafür, wie viel Tiefe man in sich hat? Tiefen, die man nicht erreicht, so sehr man sich auch bemüht.
Die Erlebnisse, die dort einlagern, müssen aber doch Einfluss auf unser Denken und Wirken haben. Sie sind doch ein Teil von uns. Genau so, wie die Gedanken und unser Handeln in der wachen Realität Einfluss auf unser Dasein haben.
Irgendwann einmal wird das Unterbewusstsein sie wieder freisetzen. Wahrscheinlich dann, wenn wir sie am wenigsten erwarten oder brauchen können.
Ich wusste zwar noch, dass Gespenster und Gnome eine Rolle gespielt hatten, dass ich riesige Flüsse überqueren musste, dass Vogel-

schwärme Bücher über mir abgeworfen hatten und dass jedes Mal, wenn mich eines der Bücher traf, ich vor Schmerzen laut aufschrie, was aber nicht zu hören war, weil die am Ufer stehenden Kobolde auf dicke Pauken schlugen und somit jegliche anderen Laute zunichte machten, aber wohin ich da wollte, und überhaupt, welche Zusammenhänge diese Teile besaßen, das war weg.
Ein Blick zur Seite, der Vogel schlief noch.
Wer war also die Schlafeule von uns beiden?!
Normalerweise hätte ich mich sofort an den Computer gesetzt, aber es lag in dieser Jahreszeit auch noch etwas anderes an, nämlich die Früchte der Natur zu ernten, damit man im Winter sich an ihrem Genuss erfreuen konnte und durch die sonnendurchfluteten Beeren die warmen Erinnerungen zurückkehrten. Nur so ließ sich der Winter einigermaßen überstehen.
Die wilden Mirabellen hatte ich bereits zu Marmelade und Kompott verarbeitet. Nun war es Zeit für Brombeeren und Holunder, bis dann die Pflaumen an die Reihe kamen.
Ich packte also meine Behälter in den getrockneten Rucksack, schrieb Sing-Sing eine kurze Nachricht, die ich auf dem Küchentisch deponierte, und ging los, ehe die Hitze einsetzte.
Die Wiesen waren klatschnass, also marschierte ich barfuß. Die Turnschuhe hängte ich an den Riemen zusammengeschnürt über die Schulter. Fehlte nur noch, dass ich ein Liedchen vor mich hin pfiff. Nein, viel schöner war es, wenn andere pfiffen und sangen: Amsel, Drossel, Fink und natürlich die Eichelhäher, die Laute von sich geben, die den menschlichen so ähneln, dass ich immer wieder darauf hereinfalle und denke: Ah, da ist auch schon jemand unterwegs.
Hier suchte ein Fuchs nach Mäusen, dort grasten Rehe, und die Kaninchen sprangen und spielten zwischen allen hindurch. Die ganze Idylle in Sonnenschein getaucht, der den Nebel „aufsog“ (jedenfalls schien es so) wie ein Schwamm das Wasser.
Es gibt Zeiten, da verliert sich mein Bewusstsein, dass wir im 21. Jahrhundert leben.

Solche Naturwunder, solchen Frieden und Harmonie betrachten zu dürfen: ein großes Privileg! Nicht anders hat es wahrscheinlich ein Caspar David Friedrich gesehen, ein van Gogh oder ein Herr von Goethe.
Bei solchen Erlebnissen ist man der Mutter Erde näher als gewöhnlich, und meine lautlosen Schritte erhöhten noch meine Freude, denn ich, obwohl Mensch, das heißt der Feind all dieser Kreaturen, ich störte nicht.
Es ist ein wahrhaft, fast möchte ich sagen heiliges Gefühl, wenn man erfahren darf, dass man mal **nicht** von den anderen Bewohnern dieses Planeten als Störenfried angesehen wird.
Ich zog meinen Notizblock aus der Tasche und schrieb:
So weit ist er, der Mensch, schon gekommen: Er hat sich so ziemlich allen anderen Lebewesen zum Feind gemacht und behauptet jetzt nun auch noch, dass er sich schützen muss vor diesen aggressiven Bestien, die überall lauern.
Und damit nicht genug. Nein! Auch in seinen eigenen Artgenossen sieht er allzu oft nur Feinde – und manchmal ist er sich selbst der größte! Wohl nach dem Motto: Viel Feind – viel Ehr!
Ja, wirklich! Es gibt Zeiten, da verliere ich fast das Bewusstsein!

Nachdem meine Sammelarbeit erledigt war – die Brombeerhecken beschenkten mich in diesem Jahr aber auch im Überfluss –, setzte ich mich, um vor dem Rückweg etwas auszuruhen, unter einen Apfelbaum. Mein Magen knurrte mich an, und so aß ich einige Beeren, schaute ins Land und fühlte mich frei wie ein Vogel. Apropos Vogel, ob Sing-Sing wohl schon aufgestanden war? Der Gedanke, gleich nach Hause zu gehen und dort von jemandem begrüßt, vielleicht sogar freudig erwartet zu werden, der war schon wundervoll!
Wie lange war es her, seit ich solch ein Gefühl hatte mein Eigen nennen können? Eine kleine Ewigkeit!
Ich wischte meine von Brombeersaft gefärbten Hände im feuchten Gras hin und her, dann am T-Shirt trocken.

Wie gut, dass ich stets ein Blöckchen bei mir trug. Ich nahm den Stift zur Hand und begann:

Manchmal heißt ja nur mitunter.
Manchmal tut es doch noch weh.
Wenn ich in den Garten seh',
Auf die Bank, auf der wir saßen.
Auf den Tisch, an dem wir aßen.

Wenn ich Fotos schau von Zeiten.
Ich geb's zu:
Es gibt bei Weitem viele Dinge, die erinnern
Mich an dich in diesen Zimmern:

Im Regal gar manches Buch.
Auch im Schrank so manches Tuch.
Eins aus Wolle, eins aus Nessel.
Eines liegt noch auf dem Sessel …

Geschenke, die ich einst bekommen …
Ach, hätt'st du sie doch mitgenommen!

Wenn ich draußen steh im Wald,
Wenn der Winter lang und kalt.
Wenn ich dann nach Hause gehe,
Im Spiegel mein Gesicht ansehe.

Mir plötzlich einfällt, was ich wollte, und dass es doch so kommen sollte!
Dass es nicht schlecht ist, wie es ist!
Mich frag, wer wen wohl mehr vermisst?

Dann bin ich froh und wieder munter, denn:
Manchmal heißt ja nur mitunter!

Mit dem Schreiben verhält es sich nämlich so: Urplötzlich schießt ein Gedanke vorbei, und wenn man nicht sofort die Möglichkeit wahrnimmt, ihn auf Papier festzuhalten, dann ist er weg. Meist für immer.
Man ist nie darauf vorbereitet. Er kommt mitten in einem Gespräch, auf der Straße, oder wenn man gerade den Abwasch macht. Er überfällt einen ohne jede Vorwarnung, ohne Rücksicht zu nehmen auf das, was man gerade tut. Manchmal drängt er sich sogar mitten in der Nacht zwischen zwei Traumphasen.
Aus diesem Grund hatte ich stets Papier und Stift in der Nähe. Im Haus überall verteilt. Wenn ich nach draußen ging – und war es auch nur in den Garten –, auch dann trug ich diese Utensilien bei mir. Erstes Gebot: Egal, was ich für Klamotten trage, Taschen sind ein Muss!

Als ich das Gedicht noch einmal durchgelesen hatte, war ich froh, dass ich auch heute diese Angewohnheit hatte nutzen können.
Wieso mir gerade unter diesen Umständen, sprich „Harmonie pur", solche Erinnerungen gekommen waren?
Es geschieht sehr oft, dass gerade dann, wenn ich mich, wie sagt man, „pudelwohl" fühle, dass dann meine Emotionen (die nicht immer mit dem, was ich denke, in Zusammenhang stehen) in leichte Schwermut abrutschen.
Es ist wie an Heiligabend. Die zarte Wärme der Kerzen, das Glitzern und Funkeln der weihnachtlichen Dekoration, der Duft nach Tannengrün, Tee und Gebäck … diese Zeit, in der es so früh dunkel ist und kalt, all das zusammen so wunderschön und friedvoll … Melancholie liegt über allem und vermischt sich sanft mit den Texten der Weihnachtslieder.
Ich habe das Glück – denn eigentlich ist es ein schöner Seins-Zustand, wenn man ihn zu nehmen weiß und nicht weiterzieht hin zur Depression –, diesen temperierten Typus nicht nur im Advent zu erfahren.

Allmorgendliche Wanderungen, das Erleben von Sonnenauf- oder -untergang, Nebelfelder inmitten bewaldeter Hügelketten, das ruhende Sich-Versenken beim Beobachten grasender Tiere, ebenso wie die Betrachtung der Werke eines mir gedankenverwandten Malers, dieses und vieles mehr bringen mich wieder und wieder in diese Sphäre zwischen Ehrfurcht und Niedergang, und mit Sicherheit sind es Momente wie diese, in denen ich eine starke Zuneigung zum Tod und seiner Endgültigkeit empfinde.
Nicht, dass ich sagen will, der Tod sei lebenswerter als das Leben selbst. Diesem Satz wird ein gesunder Mensch nur in Augenblicken zustimmen, in denen sich in ihm falsche Gedankenketten (die in der Aneinanderreihung zu diesem Trugschluss führen) aufgereiht haben. Was sogar, wenn die Umstände dann auch noch mitspielen, in Selbsttötung enden kann.
Ich glaube, viele Menschen würden ihre Tat bereuen und, so es ginge, diese ungeschehen machen.
So lang ist ein menschliches Leben doch nicht, als dass man es nicht durchstehen könnte – vielleicht sollte man sich sogar noch ein wenig mehr vornehmen, als es nur „durchzustehen".
In dieser Stimmung des „Etwas-mehr-in-sich-versunken-Sein als üblicherweise" – denn was ist Melancholie anderes als ein „An-sich-selbst-Herantreten"?! –, da bleiben Gedanken an die Toten nicht aus. An die, die sich einfach davongestohlen haben, obwohl man sie doch geliebt hat! Diese Egoisten!
Nun bleibt nichts, außer sie weiter zu lieben. Wirklich nichts!

Wenn ich an einen Verstorbenen denke, ist die aktuell ablaufende Zeit irrelevant.
Denn in dem Moment, wo ein Lebewesen tot ist, bleibt die Zeit stehen: Seine Zeit.
Denke ich nun an ihn, lebe ich in dieser „stehengebliebenen Zeit", weil es nur und ausschließlich eine gemeinsame Vergangenheit gibt.
Ich lebe zwar weiter, doch alles, was ich seit der Sterbestunde erfahre oder tue, hat nichts mehr mit uns beiden zu tun, sondern nur noch mit meinem Dasein.

Und das ist auch der Grund, weshalb man, auch wenn das geliebte Wesen schon jahrelang tot ist, in der Erinnerung an es das Gefühl hat, es seien erst ein paar Stunden her, seit man sich das letzte Mal gesehen hat.

Ich schaute über die grüne Wiese: Grün macht glücklich! Und dann hörte ich mich fragen: „Wenn man doch davon ausgeht, dass wenn man an die Toten denkt, diese sich darüber freuen, wieso ist man selbst dabei dann so oft traurig?"

„Das kommt daher, weil der Mensch ein Egoist ist", sagte eine Stimme über mir.

Merkwürdig, ich erschrak nicht. Ich war nicht verwundert oder überrascht. Nein, es war eher so, als ob ich genau aus diesem Grund hier saß. Nämlich damit er, Sing-Sing, mich finden konnte.

Ich hatte nicht bewusst auf ihn gewartet, jedenfalls dachte ich das. Und doch, als ich seine Stimme vernahm, war es so, als ob wir uns vorher an diesem Baum verabredet hatten.

Ich wusste einfach, dass er kommen würde. Anders lässt sich mein Gedanke, der sagte „Na endlich" nicht erklären.

Ich freute mich unheimlich, riesig, total! Egal, welches Adjektiv ich anführte, keines konnte meine augenblickliche Hochstimmung getreu wiedergeben.

Die deutsche Sprache ist so arm an Wörtern, die Wertschätzungen definieren, die also einem anderen sagen: „Es ist wundervoll, dass es dich gibt." Anscheinend braucht dieses Volk nicht viele solcher Wörter, die Anerkennung, Freude oder Dank ausdrücken. Die Nachfrage regelt das Angebot – hier wie sonst wo.

„Du sagst ja gar nichts", unterbrach der Spatz meine Gedanken und flog vom Baum hinunter. „In deinem Fall deute ich das als Zustimmung, richtig?!"

„Was? Ach, ich war gerade ganz woanders …"

„Also", der Vogel sah mich keck an, „ich wiederhole: Der Mensch ist ein Egoist!"

„Ja, habe ich jemals etwas anderes behauptet?", antwortete ich.

„Du bist nicht bei der Sache“, stellte Sing-Sing fest, womit er nicht unrecht hatte.
„Was? Ach so, ja“, ich war einen Augenblick lang abgedriftet, „tschuldige.“
„Hab ich gemerkt! Aber für dich probiere ich es gerne noch einmal.“
„Danke für die Großzügigkeit!“
Ich musste lachen.
„Du hast gefragt, warum man oft traurig ist, wenn man an Tote denkt, obwohl die sich ja wohl darüber freuen.“ Etwas leiser fügte er hinzu: „Was im Übrigen noch zu beweisen wäre“, bevor er mit normaler Lautstärke fortfuhr: „Und ich antwortete darauf, zu glauben, dass es daran liegt, dass der Mensch von Natur aus egoistisch ist. Er denkt also nicht an die Toten um **ihretwillen**, sondern stellt sich selbst mal wieder in den Mittelpunkt und trauert um **seinen** erlittenen Verlust.“
„Das ist aber nur die halbe Wahrheit“, erwiderte ich.
„Wieso, schau doch mal – andauernd stirbt irgendwo ein Mensch, aber das macht einen nicht traurig. Man nimmt es hin, weil es eben der Lauf der Welt ist beziehungsweise Leben und Sterben eine Einheit bilden, sie gehören zusammen wie Tag und Nacht. Wie Positiv und Negativ. Soweit also alles im Gleichgewicht.
Jetzt stirbt aber jemand, den man sehr gerne hatte, und schon fließen einem die Tränen aus den Augen. Ich frage dich, warum dieses Mal?“
Ich überlegte kurz: „Na, weil man eine persönliche Bindung an dieses Geschöpf hatte, welche nun mit dem Eintreten des Todes zerrissen wird. Und Trennungen tun weh!“
„Aha, da haben wir es! Zu einer Bindung gehören mindestens zwei, richtig?“
„Ja, denke schon.“
„Gut! Nun stirbt die eine Seite der Verbindung. Was macht die andere?“

„Na, sie trauert!"
„Aber warum? Erzähl mir jetzt nicht, sie sei traurig, weil die eine Seite nicht mehr auf dieser Welt lebt. Erzähl mir nicht, dass es auch nur einen Lebenden gibt, der mitleidet, ich meine, der wirklich mit dem, der tot ist, gemeinsames Leid erfährt.
Wenn du mir das plausibel machen willst, dann sag ich dir direkt ins Gesicht, dass du lügst, denn Tote und Lebende können gar nicht mehr zusammen leiden. Das bedingt schon die Sache an sich.
Also komme ich zu der Folgerung, dass erstens ein Toter nicht leidet, denn um leiden zu können, bedarf es des Lebens, und zweitens, dass der hier noch Verweilende leidet, weil er, ohne selbst darauf Einfluss nehmen zu können, diese Verbindung aufgeben muss. Und dieser Verlust ist es, der ihn traurig macht. Er kann selbst nichts tun, um den Tod zu verhindern. Er ist dem Geschehen ausgeliefert – und das ärgert ihn!
Menschen ärgert alles, was außerhalb ihrer eigenen Macht steht. Und tatsächlich, der Tod zeigt ihnen ihre Machtlosigkeit. Und das ist in Wirklichkeit der Verlust, den sie erleiden! Darüber weinen sie!"
„Was du da gerade behauptest, ist richtig böse, weißt du das?!"
Der Vogel zog sein linkes Bein nach oben, sodass es gänzlich in seinen Federn verschwand:
„Ach, das sagst du ausgerechnet du. Wenn ich dich mal kurz daran erinnern darf, was du so alles von dir gibst, aufschreibst, über die Menschen im Allgemeinen und so weiter, und dieses dann auch noch der Öffentlichkeit zumuten willst …
Wenn ich aber mal ein wenig philosophiere, am Morgen unterm Apfelbaum, wo es keiner hört außer dir, ich rechne doch auf deine Verschwiegenheit, dann kehrst du den Moralapostel hervor, spielst dich zum Anwalt deiner Spezies auf und warnst: Vorsicht, denn *semper aliquid haeret*."
„Eben, *immer bleibt etwas hängen*, und zwar nicht bei denen, die Bösartigkeiten verbreiten, sondern immer bei denjenigen, die

den üblen Nachreden, dem Tratsch und Verleumdungen ausgesetzt wurden.
Da heißt es dann nicht mehr, um in der lateinischen Sprache zu bleiben, *in dubio pro reo*, dann heißt es eher: im Zweifel für den Ankläger!"
„Schön, dass du mir dieses Stichwort in den Mund legst", freute sich Sing-Sing. „Wer hat denn behauptet, dass Wahrheit in diesem Land vom Standpunkt desjenigen abhängt, der sie gerade benutzt? Dass man sich hier je nach Geldbeutel Wahrheit kaufen kann, und zwar eine, die einem den besten Nutzen bringt? Dass es so viele Wahrheiten wie Menschen gibt, weil Wahrheit der Individualität untersteht und nicht einer übergeordneten Moral?"
„Okay, ich gebe es zu, es waren meine Worte. Aber sie stehen doch in einem anderen Zusammenhang."
„Ach, ja? Bei den Menschen kommt es wohl immer darauf an, wo sie sich selbst gerade befinden, und danach drehen sie sich dann alles so, dass es passt, oder wie?!"
„Nein, natürlich nicht! Was ich meine, ist, wenn ich so eine Äußerung tue, wie du gerade zitierst, dann mache ich dies, weil ich eine bestimmte Intension damit verfolge."
„Das macht jeder!"
„Was?"
„Eine Intension mit dem verfolgen, was er tut oder sagt. Daraus leitet sich alles Mögliche ab, aber mit Sicherheit nicht der menschliche Wille und Wunsch zur einzig wahren Wahrheit. Nicht solange diese auch negative Folgen für ihn haben könnte."
„Das ist doch paradox! Da läuft doch etwas nicht richtig, wenn einem Menschen aus dem Umstand, dass er die Wahrheit sagt und nach ihr lebt, unter Umständen negative Folgen entstehen können. Irgendwie bin ich ganz durcheinander! Gib mir doch mal ein anschauliches Beispiel, damit ich dir wieder folgen kann."
„Kannst du haben, pass auf: Ein Mensch begeht einen Mord. Stell dir vor, es wäre jetzt so: Dieser Mensch bekundet nach erfolgreicher Durchführung in der Öffentlichkeit, dass er dieses

Verbrechen begangen hat. Soll man ihm etwa Straffreiheit gewähren oder ihn womöglich noch ehren dafür, dass er die Wahrheit gesagt hat? Das wäre ein ‚Spaß'! Ich meine, da wäre was los auf dieser Welt."

„Das ist aber der Extremfall."

„Ja, ist doch egal. Es ging ja nur darum, ein Beispiel dafür anzuführen, dass Wahrheit für den Einzelnen nicht nur positive Auswirkungen haben kann. Man müsste das sowieso von einer ganz anderen Warte aus beginnen."

„Was von wo aus?"

„Na, Wahrheit kann einfach nicht der Ausgangspunkt einer freien und friedlichen Gesellschaft sein. Sie kann ein Teil von ihr sein, aber erst nachdem alle möglichen anderen Sachen funktionieren. Das ist wie mit dem Geld."

„Du meinst, wenn man das Geld abschafft, verändert sich nichts, weil die Menschen sich sofort ein Surrogat suchen. Und unter welchen Gesichtspunkten die Verbrechen hier stattfinden, ob nun mit oder ohne Wahrheit, das wäre einerlei?"

„Ja", sagte der Spatz, „so könnte man es zusammenfassen, und damit wären wir wieder mit den Rädern im tiefen Sand gelandet, um es bildlich auszudrücken."

„Es ist tatsächlich nicht so einfach", bestätigte ich.

„Also, was machen wir da?"

„Frühstücken gehen?"

„Super Idee! Es wäre auch illusorisch, mit leerem Bauch die Welt zu retten! Aber was machen wir mit deiner Traurigkeit?"

„Na, die nehmen wir mit, so wie die Brombeeren und die Erinnerung an einen wundervollen Sommermorgen."

Nachdem wir uns, zurück im Häuschen, satt gegessen hatten – es gab wieder Körner für alle –, drängte mich das Pflichtgefühl doch wieder an den Computer.

Normalerweise ist es so, dass ich das Schreiben wie eine Droge empfinde. Ich muss es einfach tun! Seit aber dieser Vogel hier

war, machte es viel mehr Spaß, sich mit ihm auszutauschen, anstatt mithilfe der Tastatur meine selbst entwickelten Gedanken zu Papier zu bringen.
Einem meiner Grundsätze folgend, der da lautet: „Disziplin ist nicht alles, aber viel“, ging ich dann doch ins Arbeitszimmer, setzte mich an den Tisch, machte einen großen Absatz und schrieb:

Kommunikation ist schon eine bedeutende Art. Wenn nicht überhaupt die wichtigste, um den Kontakt zum Miteinander nicht zu verlieren.
Wir sitzen nämlich alle, solange wir auf diesem Planeten existieren, im selben Boot. Und wahrlich, es ist nicht so einfach wie damals bei Noah (von jeder Sorte zwei). Nein, in unserem Boot sind von jeder Sorte viele, und das macht die Sache verzwickt. Doch auch in jedem Fall spannender!

Ein Windhauch wehte durch die offene Tür zum Garten über mich hinweg. Es roch schon nach Herbst. Ich lehnte mich zurück und verschränkte die Hände über meinem Bauch. Was hatte der Spatz gesagt? Er würde es riechen, ob es Abend oder Morgen wäre? Und welche Düfte hatten in diesem Moment die Behauptung in mir aufgestellt, dass es nach Herbst roch?
Wie riecht dann der Frühling, der Sommer, der Winter?
Der Winter – eine Jahreszeit, in der alle Sinne, alle Gefühle, alle Energien auf „Notversorgung“ geschaltet waren.
Weiß, kalt, tot, schoss es durch meinen Kopf. Alles zieht sich zusammen: die Innereien, der Himmel, jeder Einzelne.
Der Geruch des Winters: klare Luft? Ha, wo denn das? Nein, im Winter roch es nach dem Rauch aus den Schornsteinen. Nach verbranntem Holz und Kohlen. So dreckig, dass einem das Atmen genauso schwerfällt wie alles Übrige auch. Ich hasse den Winter! Der Garten verwaist, die Schritte, als ob man Blei in den Stiefeln trägt. Fast frieren einem die Augen ein.
Es soll ja Menschen geben, die eine Wanderung bei strahlender Sonne durch den vom Schnee bedeckten Wald als etwas ganz

Wundervolles ansehen. Soll es geben. Hat man mir gesagt! Für mich eines der wenigen Dinge, die ich nicht nachvollziehen kann.
Wieder erreichte mich ein Lüftchen und half mir, die tristen Gedanken an die nahe Zukunft verfliegen zu lassen.
Der Herbst: Am Anfang kaum wahrzunehmen (der Sommer hat zu viele Spuren hinterlassen, in denen man noch wandeln kann), bunt. Das letzte Aufbäumen, bevor die Pflanzen sich ihrer Blätter entledigen. Ein Sturm weiter läuft man schon durch die langsam verfaulende Pracht auf dem Boden. – Ah, daher auch der süßliche Geruch! Dünger für die nächste Generation – aber doch kein Trost. Hass – Liebe! Die Jahreszeit, in der ich am tiefsten den Zyklus des Werdens und Vergehens empfinde. Selbst hin und her gerissen zwischen der Freude am Überfluss an Farben, Überfluss an Früchten und der Trauer darüber, dass jede Nacht nun länger ist als die vorherige.
… *wer jetzt allein ist, wird es lange bleiben*, gingen mir Rilkes Worte über die Lippen.
Herbst, die Zeit zum Dichten – die Zeit für Geschichten:

Noch hängen Blätter an den Bäumen,
Doch viele verfaulen schon wieder im Gras!
Der Wind in Böen vertreibt Sommerträume,
Der Regen fällt leise und macht alles nass!

Du sagtest einmal, du magst den Herbst gerne,
Mir geht da anderes durch den Sinn.
Der Himmel verhangen – keinerlei Sterne,
Wieder Zeit, um zu fragen, wer ich bin.

Bald zieh'n die Vögel hinab in den Süden,
Alles wird stiller, leerer, verblasst –
Und ich sitze hier, mit all diesen Lügen
Von Liebe, von Tod über Lebenslast.

Die Kälte, schon nagt sie an den Knochen –
Im Sommer war's warm, da dacht' man nicht dran –
Es reicht einfach nicht, jetzt Tee zu kochen,
Den Fernseher, Computer, die Kerzen an.

Die Natur macht langsam die Trickkiste zu!
Nun heißt es, eigene Fantasien spielen zu lassen –
Der eine sammelt Äpfel, der andre die Ruh –
Vieles unfassbar, manches zu fassen –
Zum Beispiel die Hände, die nach Hilfe sich strecken.
Vielleicht auch die Chance, sich selbst zu entdecken?

Die kürzeren Tage bringen mehr Raum –
Zu denken, zu fühlen, man merkt es kaum –
Ein paarmal gesungen, das eigene Lied,
Und schon wird man spüren, dass es erneut hinaufzieht –
Das Frühjahr
Mit Düften, Helle und Wärme –
Schön, dass ich irrte,
Denn:
Auch ich hab ihn gerne

Zwei Dinge wurden mir erst bewusst, als ich plötzlich die Stimme des Vogels vernahm. Erstens, dass ich soeben diese Verse auf den Bildschirm gebracht hatte – niemals zuvor hatte ich ein Gedicht auf den PC geschrieben. Das wäre doch dasselbe gewesen, als ob man Bier aus einem Sektglas getrunken hätte (ich meine, dass kann wohl mal machen … aus Versehen …). Und zweitens, dass Sing-Sing auf meiner Schulter saß. Wie lange schon? Keine Ahnung!
„Ho, ho, was lese ich denn da? Das ist ja ganz was Neues."
Als ob mich jemand bei etwas Verbotenem ertappt hätte, saß ich mit einem Ruck kerzengerade. Ich suchte nach der Möglichkeit einer Rechtfertigung. Immer wieder derselbe Fehler!

„Was weiß ich. Der Wind hat mich eben an etwas erinnert“, sagte ich, wobei mir die Röte langsam wieder aus dem Gesicht floss.
„Wieso entschuldigst du dich? Ist doch super, so eine Jahreszeiteninspiration! Hast du eigentlich schon einmal daran gedacht, eine Gedichtsammlung herauszugeben? Auf der einen Seite ein Foto – du machst doch so tolle Bilder –, und auf der anderen ein passendes lyrisches Werk.“
„Fängst du schon wieder damit an! Ich dachte, ich hätte mich zu diesem Punkt klar geäußert. Schon vergessen?!“
„Aber es liegt dir doch im Blut, das …“
„Du blutest auch gleich, wenn du nicht sofort den Schnabel hältst! Weißt du eigentlich, wie viele Gedichtbändchen es heutzutage gibt? Ich sag's dir: Hunderttausende. Mit Fotos, eines schöner als das andere. Mit Versen und Sprüchen, die dir das Herz überfluten. Keine Gelegenheit wird ausgelassen: für Freunde, für stille Stunden, fürs Poesiealbum, zum Geburtstag, zu Weihnachten oder sonstigen Feierlichkeiten, zur Meditation, über die vier Jahreszeiten, Gedichte gegen Traurigkeit oder um sie zu kompensieren, Blumensprüche, Gedichte für jeden Tag oder eine Nacht. Egal, was du suchst, du wirst etwas finden. Ich frage dich aber: Was willst du damit anfangen?“
„Nichts, einfach …“
„Eben! Nichts! So sehe ich das auch“, unterbrach ich den Spatz.
„Nein, ich meine einfach, die Freude am Genuss zu erleben. Nicht jeder hat die Chance, wie du hinaus in die Natur zu gehen und dort die Freude der Stille, die Harmonie des puren Seins oder den Genuss dessen zu erfahren, was dieser Planet einem alles bieten kann, wenn man sich die Zeit nimmt und sich dem eigenen Bewusstsein öffnet.“
„Ach nein, hat nicht jeder? Doch, kleiner Vogel, jeder hat die Chance! Nur den meisten ist das zu viel Arbeit! Man müsste sich ja bewegen. Hinaus aus der guten Fernsehstube, weg von Computerspielen und allen diesen Apparaten, die einem das Leben so angenehm, so leicht machen. So, dass man kaum mehr mit-

kriegt, dass man einen Körper besitzt. Von Geist will ich jetzt gar nicht reden.
Die Leute haben heutzutage doch so viel mehr Zeit, aber finde mal jemanden, der das zugibt. Eher lügen sie dir das Rot vom Himmel."
„Das Blaue!"
„Von mir aus auch das Gelbe. Ist doch wurscht! Sie müssen kein Holz hacken, sie drehen einfach an einem Knopf, und schon wird's warm. Sie brauchen nicht mehr jagen zu gehen, keine Früchte zu ernten oder für den Winter zu konservieren. Sie marschieren in den Supermarkt, und dort finden sie alles, was sie brauchen. Sogar den kleinen Plausch mit gleich Schwach- oder sonstigen Sinnigen, während zu Hause die Waschmaschine und der Trockner laufen.
Man muss nicht mehr denken können. Hauptsache, man kann Gebrauchsanweisungen lesen oder, um auf deine groteske Idee zurückzukommen, Gedichte konsumieren, die suggerieren, dass man sich der Kunst widmet, und die einen, anstatt über sein eigenes Tun und Dasein nachzudenken, in irgendwelche Scheinwelten, Scheinheiligkeiten driften lassen, und man so mit klimpernden Lidern oder Augenaufschlag gen Himmel für den Bruchteil einer Viertelstunde glaubt, nun hätte man die Weisheit gefressen. Ich sage es dir gerne und zum letzten Mal, lieber Freund: Lass mich mit solchen Dingen zufrieden!" Aufgebracht funkelte ich den kleinen Vogel an.
„Ist ja gut", beschwichtigte Sing-Sing. „Ich frage mich nur, warum du immer gleich so ausrastest?! Ich tue doch gar nichts anderes, außer dir meine Anerkennung in Bezug auf deine Lyrik zu zollen und mir zu wünschen, dass andere auch einen Zugang zu ihr erhalten."
„Du willst den Grund wissen, warum ich mich aufrege?" Meine Finger tippten Buchstaben auf den Schirm: „Hier, lies! Und danke, dass du mich erinnert hast, woran ich arbeite!"

Ich lebe in einem Land, in dem sich viele für außergewöhnliche Komponisten halten, ohne selbst auch nur eine Note lesen zu können!
Ich muss dort leben, wo viele vieles in Bewegung setzen und erst später, erheblich später die Folgen erkennen, die da wären, dass der ganze Berg abrutscht.
Zu guter Letzt besser zu schlechter, nachdem sie ihre fehlgeschlagenen Projekte noch schnell von der Steuer abgesetzt haben, tun sie dem gleich, heißt: Sie setzen sich selbst ab, irgendwohin, wo sie entweder unbehelligt leben können, weil sie genug zur Seite geschafft haben, um es sich leisten zu können, oder dorthin, wo sie einen neuen Versuch starten, bis auch das dann den Bach runtergeht.
Doch wer nicht wagt, der nicht gewinnt! Wobei es keine Rolle spielt, keine spielen darf, auf wessen Kosten die Chose abläuft. Mit Moral und Gewissen wird man nie ein Bonze.

„Oh Mann“, beschwerte sich Sing-Sing, „jetzt bist du wieder ganz in deiner alten Rolle, dabei dacht ich eben …“
„Falsch gedacht, lieber Vogel! Ist nichts mit heile, heile Entlein.“
„Gänschen!“
„Ja, ja, verbessere mich nur. Ist mir völlig egal, welches Schnabeltier.
So blöd, sich seiner eigenen Lebensgrundlagen zu entledigen, ist sowieso nur der Mensch. Was bedeutet, dass sich diese Spezies nicht artgerecht verhält oder zynisch ausgedrückt: nicht artgerecht gehalten wird.
Irgendwer muss sie doch darauf aufmerksam machen. Nicht, dass es später heißt: Warum hat uns das denn keiner gesagt? Hätten wir das gewusst …“
Der kleine Spatz hüpfte übermütig auf den Rand des Computerbildschirms: „Nee, bleib nur bei deinem Entlein. Ich sehe schon, in manchen Dingen bist du einfach unverbesserlich!“
„Das nehme ich jetzt glattweg als Kompliment!“
„Ich sag ja: unverbesserlich!“
„Weißt du, wann ich beginne, solche Sachen zu schreiben, wie du es gerne hättest?“
„Ich weiß: niemals.“

„Nein! In dem Moment, wo es alles das nicht mehr gibt, über das zurzeit gesagt wird: ‚Das gibt's doch nicht.'"
Sing-Sing kratzte sich mit der Kralle hinterm Ohr: „Ich sag doch: niemals. Aber", fügte er hinzu, „ich gebe nicht auf!"
„Dito! – Übrigens, dass wir uns darüber einig sind, dass wird uns beide Kraft und Energie geben, um all die Herausforderungen zu meistern, die das Leben an uns stellt. Der Passiven gibt es zur Genüge!" Ich streichelte das Kerlchen mit dem Zeigefinger über seine weichen Kopffedern: „Und weil du mich jetzt zum vermehrten Male so nett aus meiner Arbeit gerissen hast, lese ich dir auch noch etwas vor, was ich vor ein paar Tagen aufgeschrieben habe. Da war ich nämlich schon einmal in der gedanklichen Gegend."
Ich suchte nach einem bestimmten Zettel, denn ich war mir noch nicht sicher, ob ich dieses hier zu meiner Gedichtsammlung hinzufügen wollte. Es war im Grunde kein richtiges Gedicht, eher ein Ratschlag, Vorschlag, eine Bitte? Irgendwas in dieser Richtung.
„Ah ja! Wie gut, wenn man Ordnung in seinem Chaos hat! Hier ist es! Die Überschrift lautet:
Passiv und Aktiv

Wenn du des Nachts in den Himmel schaust, und du siehst keine Sterne,
so bist du dir dennoch gewiss: Sie sind da!
Du musst nur warten, bis sich die Wolken verzogen haben!

Ebenso solltest du dir über die Kraft in deinem Innern gewiss sein.
Nur, in diesem Fall musst du nicht warten. Du kannst deine Kraft mit deinem Willen zum Vorschein bringen!

Jedoch, manch einer schaut lieber in den Himmel als in sich selbst –
oder liegt es an der Faulheit zum Handeln?

Etwas zu tun, ist nicht schwieriger als zu warten!
Probier es doch mal!"

„Da hast du es wieder, immer schreibst du den Leuten vor, was sie tun sollen und, noch viel schlimmer, was sie falsch machen. So schaffst du dir keine Freunde."
„Das will ich ja auch gar nicht. Unter uns, kleiner Spatz, mir ist es egal, was die Leute über mich denken, und solange ich nicht den Anspruch habe, dass sie meine versteckten, gut gemeinten Tipps auch befolgen, solange ist doch alles im Lot. Ich meine, ich hab mal irgendwo gelesen, dass Orson Welles gesagt haben soll: ‚Ratschläge zu geben, ist dumm. Gute Ratschläge zu geben, glatter Selbstmord', und das find ich doch bezeichnend! – Ein Satz, den ich mir zu Herzen genommen habe.
Ich bin nicht dazu da, die Menschheit zu belehren. Dafür weiß ich selbst viel zu wenig. Aber die paar Dinge, die ich so lerne von anderen, aus der Natur oder durch den Austausch mit den Lebewesen dieses Planeten, die stelle ich als Individuum irgendwie in Zusammenhang, versuche, sie zu verknüpfen, ein anderes Mal zu entwirren. Das Ganze natürlich subjektiv. Beobachten, Rückschlüsse ziehen – daraus, so möglich, „Aufschlüsse" ersehen, na, eben das ganz normale Treiben eines denkenden Wesens. Ja, das versuche ich, und damit mir das klarer wird, schreibe ich es auf, auch um nicht so schnell zu vergessen. Und weil ich kein Egoist bin, stelle ich meine Schreibereien auch anderen zur Verfügung. Was sie dann daraus machen, das ich doch nicht mehr meine Angelegenheit."
„Damit erfüllst du dir also dein Bedürfnis, okay, aber …"
„Aber gar nichts weiter", unterbrach ich Sing-Sing, „ich weiß nicht, warum hinter jedem und allem immer mehr stecken soll, als es der Fall ist. Es ist nicht alles so geheimnisvoll, mystisch oder paranormal, wie viele es gerne hätten. Wer das braucht, der soll sich halt diese Filme anschauen, die ich selbst für absolute Volksverdummung halte. Aber Schwamm drüber! Wenn jeder Einzelne mal von diesen ganzen Paranoia wegkäme, einfach mal sein Dasein ansehen würde, so, wie es wirklich ist …"
Diesmal quatschte der Vogel dazwischen: „Das hieße, dass der Mensch die Fähigkeit besitzen müsste, sich außerhalb seines

Selbst zu stellen, um von diesem objektiven Standpunkt aus eine Beurteilung über sein eigenes Leben abzugeben. Das ist viel zu viel verlangt!"

„Wieso? Das wäre die Grundvoraussetzung, um sich Klarheit über sich selbst zu verschaffen. Erst wenn man sich selbst versteht, seinen eigenen Werdegang beurteilt, ohne durch irgendwelche farbigen Brillen zu schauen, erst dann wird man zu seiner Natürlichkeit zurückfinden und damit auch den ersten Schritt tun, um sich wieder als Mitglied der Natur zu fühlen. Und damit der Kreis geschlossen wird: Als Mitglied einer Gemeinschaft, eines Vereins oder sonstiger Ansammlung von Gleichgesinnten, was dem Menschen ja sehr entgegenkommt, wenn ich schon sehe, dass er sogar seinen Urlaub gerne wie in einer Ameisenkolonie verbringt – Masse ist gleich Klasse –, also als Teil vom Ganzen, gäbe es dann auch wieder die Chance, dass der Mensch sich seiner Verantwortung auf und für diesen Planeten bewusst würde, oder nicht?!"

„Oder wohl", piepste mein gefiederter Freund, ironisch, mit schief gelegtem Kopf.

„Hast du nicht verstanden, was ich sagte? Ich versuche es gerne noch einmal deutlicher."

„Oh bitte, nein, danke! Du mit deinem Idealismus. Eigentlich schade, dass du nicht einen Beruf ergriffen hast, in dem du wirklich etwas verändern könntest. Politiker oder Rechtsanwalt oder Sozialarbeiter …"

„Oder Straßenfeger", half ich die Aufzählung zu vervollständigen, „dann könnte ich die Bürgersteige sauber halten und den Müll abtransportieren. Das wäre mal eine lohnende Tätigkeit!

Fragt sich nur, wohin mit dem ganzen Unrat, den wir Menschen produzieren? Hauptsache, aus den Augen. Dabei weiß doch jeder, dass der Müll nur zu anderen Orten gebracht wird, die zwar im Laufe der Zeit den Wohnsiedlungen immer näher kommen … aber das Problem beziehungsweise die Probleme – denn mit dem

Müll kommen noch ganz andere Plagen –, die werden erst die Folgegenerationen haben. Die sind zum Glück und Gott sei Dank nicht unsere!

Und weil ich gerade so schön ‚im Fluss' bin: Ich glaube, dir schon gesagt zu haben, dass ich jemand bin, der keine Macht ausüben will. Von daher kommen und kamen deine Berufsvorschläge sowieso nicht infrage."

„Aber du siehst das Dilemma?!"

„Sicher, das habe ich erkannt. Auf der einen Seite wäre es schön, wenn man seine positiven Energien in die Praxis umsetzen könnte, aber dazu müsste man sich in bestimmte Kreise begeben, die man aber im Grunde verachtet, weil dort genau die Leute sitzen, die könnten, aber nicht tun, und andererseits …"

„Andererseits hast du Angst, genauso zu werden, stimmt's?"

„Ja, stimmt. Wenn ich sehe, wie viel Leute aus dem Wunsch heraus, es besser und richtig zu machen, in die Politik gegangen sind, und wenn ich jetzt einige Jahre später sehe, dass genau diese Leute nicht mehr vom Gros zu unterscheiden sind, nicht mehr vom Äußeren her, lange schon nicht mehr, was die Einstellung zur Sachlage angeht, geschweige denn von der Verantwortung her, die sie uns, dem Volk gegenüber geschworen haben, zu übernehmen – und Verantwortung zu übernehmen, heißt, mit Verstand und Herz das Beste zu geben, egal, was kommt –, dann kriege ich doch mehr als das ‚kleine Erbrechen'!

Es gibt aber auch Momente, in denen ich denke: Vielleicht geht es nicht anders. Wenn man erst einmal im Fischteich drin ist, dann muss man sehen, dass man zu denen gehört, die fressen, und nicht zu denen, die gefressen werden.

Und wenn die ersten Gewissensbisse überstanden und die folgenden zugedeckt sind, zum Beispiel mit Konsumgütern, die man sich jetzt plötzlich leisten kann, obwohl man vorher nie davon geträumt hat, dann gehört man schon halb zur Seite, von denen behauptet wird, dass sie es geschafft haben. Der Rest ist dann nur noch Formsache.

Hat man erst an der Macht geschnuppert, dann läuft es wie bei allen harten Drogen: Man kriegt den Rachen nicht voll!!"
„Hältst du dich für so labil?"
„Ich weiß nicht, aber zur Vorsicht will ich es lieber nicht ausprobieren! Im Grunde ist es doch auch nicht erforderlich, sich hier in diesem Land irgendwelchen Vereinen anzuschließen, um etwas zu bewerkstelligen. Wir können in so vielen Dingen unsere eigene Wahl treffen. Entscheiden, in welche Richtung wir gehen, und das sogar frei äußern."
„Ja", sagte Sing-Sing, „nur zu dumm, dass das voraussetzt, dass der Mensch fähig sein muss, Entscheidungen zu fällen. So, wie ich das sehe, läuft es augenblicklich eher in die Richtung:
Weil innerhalb dieses Staatssystems nicht jeder machen kann, was er will, ist es doch bestens, wenn alle machen, was ein paar wollen. Dann kann der Einzelne auch mit gutem Gewissen sein Gehirn abschalten."
„He, das ist aber doch mein ‚Part'. Ich bin doch diejenige, die diese Sicht der Dinge vertritt. Halte dich bitte etwas zurück!"
„Sicht: Zuversicht, Rücksicht, Einsicht, Nachsicht, Absicht, Ansicht, Vorsicht, Umsicht …"
„Durchsicht", steuerte ich bei.
„Es kommt alles eben immer auf den Standpunkt an."
„Sic transit gloria mundi!"
„Sag ich doch: Bewegung, Durchreise Überschreitung."
„Also, diese lateinischen Worte bedeuten aber etwas ganz anderes", erklärte ich lachend. „Sic transit gloria mundi heißt: So vergeht die Herrlichkeit der Welt."
„Ich für meinen Teil würde das freier übersetzen:
Alles auf dieser Welt ist in ständiger Bewegung, und nur, wer den Mut zur Grenzüberschreitung hat und sich selbst als Durchreisenden empfindet, der kann an der Herrlichkeit dieses Planeten teilhaben!"
„Kannst du das bitte noch einmal sagen?"
„Nichts leichter als das."

Ich sah dem Vogel an, dass ihn seine eigenen Worte ebenso überrascht hatten, wie sie mich faszinierten, und während er den Satz langsam wiederholte, ließ ich die Buchstaben auf dem Bildschirm erscheinen.
Es gibt Sätze, die sind für immer verloren, wenn man sie nicht sofort notiert … aber das sagte ich ja bereits.
„Weißt du eigentlich, dass du da etwas ganz Tolles von dir gegeben hast?!"
„Ach", sagte Sing-Sing ganz gelassen, „du weißt doch, die Sache mit dem blinden Huhn …"
Ich schaute ihn skeptisch und auch irritiert an: „Jetzt bin ich mir nicht mehr so sicher."
„Worüber?", fragte er zurück.
„Na, wer oder was du bist."
„Wer ich bin? Ich bin immer noch der, der ich gerade bin. Genauso wie du."
„Also, ich weiß nicht, wer ich bin, und je mehr ich lerne, je mehr ich beobachte, je bewusster ich versuche, etwas aus dem, was geschieht, zu machen, etwas, worauf ich ein wenig stolz sein kann, weil es geholfen hat – manchmal sogar mir selbst –, kurz: je intensiver ich das Leben als Geschenk ansehe, es mit Achtung und sogar einem bisschen Ehrfurcht betrachte, umso größer wird dieses Nicht-Wissen."
„Oho, welch weise Worte", lästerte der Vogel.
„Ja, ja, mach dich nur lustig über mich." Nein, ich war nicht beleidigt. Ich hatte meine Worte ja selbst gehört. Sie lechzten geradezu nach Zynismus.
Zu den wichtigen Dingen, die man als Mensch zu lernen hat, gehört erstens, sich nicht so wichtig zu nehmen, und zweitens, über sich selbst lachen zu können. Wenn man das nicht zu einer Art Charakterzug macht, dann wird es schwierig auf dieser Welt, weil: So viel gibt es hier nicht, worüber man sich herzlich amüsieren kann!
„Es ist doch so", fuhr ich weiter fort, „jeder kommt irgendwann einmal dazu, sich nach dem Sinn seines Daseins und dem Sinn

des Lebens im Allgemeinen zu fragen, und dich, mein lieber Freund, dich frag ich jetzt: Wer findet darauf eine befriedigende Antwort?“

„Du?“

„Ach, Quatsch! Ich eben auch nicht. Und ich denke, so ergeht es den meisten. Immer wieder, je nachdem, wie ihr Leben verläuft, je nachdem, welche Erfahrungen sie machen oder welche Schicksalsschläge sie ereilen, stellen sie sich wieder und wieder diese Frage.

Die einen hören irgendwann damit auf, die anderen suchen die Antwort bei den Weltreligionen oder sonstigen Sekten, da, wo immer sie auch die Weisheit vermuten. Das ist doch der Grund, weshalb so viele diese Faszination für das Mystische empfinden. Sie sind auf der Suche und denken bei allem und jedem, was sie nicht mit dem Verstand erklären können: Ah, da komme ich der Antwort näher, und: Oh, da steckt noch viel dahinter! Schon sind sie auf irgendeinem Trip, den sie den Weg zur Erleuchtung nennen.

Dann muss aber auch sofort und alles diesem Weg angepasst werden. Und womit fängt es an?“

Sing-Sing zwitscherte vergnügt: „Das Outfit muss stimmen.“

„Gut gelernt, mein Vögelchen“, lobte ich zufrieden, „genau so fängt es an. Nichts verbindet mehr als Konformität. Äußerliche sofort, zu der innerlichen kommt man dann schon mit der Zeit eventuell oder auch nicht, kommt halt darauf an, wie oft sich der Sinn wandelt.“

„Der Unsinn.“

„Ja, der auch.“

Sing-Sing nahm wieder seinen Platz auf dem Bildschirmrand ein und kratzte sich heftig mit der Kralle hinterm Ohr: „Kriegt nicht ein jeder, was er verdient?“, fragte er.

„Du meinst, der Herrgott wird es schon richten, oder wie?!“

„Nein, ich meine, von der Tatsache ausgehend, dass jeder Mensch seinen eigenen Weg hat. Oder nenne es von mir aus

auch seine eigene Individualität. Also, um einmal ganz vorne anzufangen …"
„Am Anfang schuf Gott …", fiel ich dazwischen.
Der Spatz überhörte es gnädig und fuhr unbeirrt fort: „Ein Kind wird geprägt von seinem Umfeld: Eltern, Lehrern, Freunden, auch von der Landschaft, in der es sich bewegt. Ein Kind in einer Großstadt wird ganz anders aufwachsen als eines, welches auf dem Land unter Tieren und Natur lebt. Es wird in den verschiedensten Weisen beeinflusst. Dadurch, dass es beobachtet, ebenso wie dadurch, dass es lernt, was sein Umfeld von ihm erwartet hinsichtlich der herrschenden Gesellschaftsstrukturen. Dies erfährt es durch die zwei Extreme Lob und Strafe und all den Nuancen, die sich die Erwachsenenwelt ausdenkt, um es zum ‚gelungenen' Mitglied der Gemeinschaft zu machen."
„Dazu gibt es einen schönen Spruch von Einstein:
Um ein tadelloses Mitglied einer Schafherde zu sein, muss man vor allem eines sein, ein Schaf!"
„Tja, was will man machen. Als Mensch musst du nun einmal unter Menschen leben – zumindest so lange, bist du fähig bist, dich aus dem Rudel, sprich der Familie, zu lösen. Und da sind wir an der ersten Weggabelung:
Der junge Erwachsene schaut nach links, schaut nach rechts; nach hinten schaut er nicht. So viel hat er gelernt: vorne geht es weiter. Viel mehr hat er aber nicht gelernt, und nun kommt es drauf an: Der erste Schritt …"
Ich konnte es mir nicht verkneifen: „Das klingt ja enorm spannend!"
„Ist es doch auch! Die Suche nach dem eigenen Selbst, was kann es Spannenderes geben?!"
„Wenn du aber eben sagst, dass jeder bekommt, was er verdient, dann heißt das doch, dass du davon ausgehst, dass der Weg eines jeden Einzelnen vorherbestimmt ist, oder nicht?! Bedeutet das nicht, dass es völlig egal ist, welchen Weg dieser junge Mensch jetzt geht? Sein Ziel ist demnach sowieso schon definiert."

Der Vogel tippelte ungeduldig auf dem Plastikrand hin und her: „Wenn du nach, sagen wir mal, Paris willst, dann überlegst du dir doch, auf welchem Weg du dorthin gelangst. Ob du fliegst, mit dem Zug oder Auto fährst oder vielleicht zu Fuß gehen möchtest. Jetzt erzähl mir nicht, dass es egal sei, welches Transportmittel du nimmst. Nur weil du das Ziel kennst."

„Ach, das meinst du."

„Jawohl, das meine ich! Selbst wenn das Ziel eines jeden Menschen diese Stadt wäre, so würde doch ein jeder seinen eigenen Weg dorthin finden müssen. Ein Mensch, der zufällig in Australien geboren ist, begäbe sich auf eine ganz andere Reise als einer, der aus Marseille kommt, verstehst du?"

„Ja! Und jetzt sehe ich auch die Herausforderung. Wenn ich nämlich einfach mal in diesem Bild bleibe, dann müsste ich jetzt sagen: Das Ziel ist Paris, und nun kommt es darauf an, zu wissen, wo man sich selbst gerade befindet."

„Super", lobte mich Sing-Sing, „das Erste, was der Mensch lernen muss, ist, sich seinen derzeitigen Standpunkt klarzumachen. Das ist nicht weiter schwierig, denn er ist ja sozusagen gerade erst aus der elterlichen Haustür getreten."

Ich atmete einmal tief durch. Oh ja, ich erinnerte mich an dieses irre Gefühl von Freiheit und Abenteuer: „Jetzt gehört sie mir, diese Welt" und „Auf geht's, was immer auch dort wartet, es wird von mir entdeckt".

„He, noch da?", holte mich die Vogelstimme zurück in die Gegenwart.

„Sorry."

„Schon gut! Begleiten wir diesen jungen Menschen doch einfach mal weiter. Er steppt also los, in Richtung Paris …"

„Halt! In diesem Stadium weiß der Mensch noch nichts von Paris. Er hat vielleicht eine zaghafte Ahnung davon, aber ich glaube, mich zu erinnern, dass man zu der Zeit andere Dinge im Kopf hat."

„Da magst du recht haben. Dennoch, auch wenn dieser Mensch das Ziel im Augenblick nur im Unterbewusstsein mit sich trägt, in seiner Seele – jeden Schritt, den er macht, jeder verdammte Atemzug bringt ihn einen Schritt näher. Ob er es weiß oder nicht, ist dabei unerheblich."
„Stimmt", musste ich beipflichten und fügte leise hinzu: „Leider."
„Wieso leider? Es ist das größte Glück überhaupt! Denk einmal irgendwann darüber nach, und nun lass den ‚armen Kerl' endlich mal gehen!"
„Ist ja schon gut!"
Der kleine Spatz schaute mich verständnisvoll an. Nein, nicht richtig. Er schaute mich an, und ich spürte, dass er mich verstand. Ein wundervolles Gefühl!
„Nun, welche Richtung lassen wir das Menschlein jetzt gehen?", fragte Sing-Sing.
„Egal", erwiderte ich, wobei meine Stimme unsicher klang.
„Es ist eben nicht egal, denn je nachdem, welchen Weg er wählt, gestaltet sich sein Leben. Steinchen für Steinchen, oder um in unserem Beispiel zu bleiben: Kilometer für Kilometer werden ihn prägen."
„Du meinst die eigene Geschichte, die jeder in sich trägt?!"
„In sich und mit sich und die wiederum in jeder Begegnung, in jeder Erfahrung, in jedem Erlebnis eine Rolle spielt. Je älter der Mensch also, je näher er an sein Ziel gelangt, desto mehr ‚Geschichte' schleppt er mit. Stell dir einen Rucksack vor. Am Anfang ist er leer, und der Mensch geht leicht und ohne Last seinen Weg. Nach und nach füllt er sich, und wenn der Mensch nicht lernt, sich ab und an von Dingen ebenso wie von Menschen zu befreien, wird seine Last immer schwerer. So schwer, dass er sie vielleicht nicht mehr tragen kann."
Ja, ich sah es genau vor mir. So wusste ich auch, was die Folge war: „Wenn der Mensch also den Rucksack vollstopft, ohne sich hin und wieder die Zeit zu nehmen, ihn nach Wichtigem und Unwichtigem zu durchforschen, und sich nicht von dem,

was er für seine Reise nicht mehr braucht, trennt, wird er eines Tages irgendwo auf seinem Weg das zu schwer gewordene Ding hinstellen, sich danebensetzen und unfähig sein, weiterzugehen."
„Genau so ist es", sagte Sing-Sing. „Und was geschieht jetzt?"
„Was soll geschehen? Nichts mehr!"
„Nein, so einfach ist es nun auch wieder nicht. Du hast etwas ganz Wichtiges außer Acht gelassen."
Ich überlegte, musste aber zugeben, dass ich nicht wusste, worauf der Vogel hinaus wollte.
„Das ist typisch für dich, du Einsiedler! Du hast vergessen, zu bedenken, dass es noch mehr Menschen gibt als diesen einen."
„Ja und?"
„Mach dir die Situation wieder deutlich!"
„Ja, das hab ich doch. Der Mensch sitzt irgendwo am Wegesrand, und weil er nicht fähig ist, sich von Teilen in seinem Rucksack zu trennen, noch weniger, ihn einfach stehenzulassen und ohne ihn weiterzugehen, ist er dazu verdammt, dort für immer und ewig sitzen zu bleiben, und kann letztendlich nur noch darauf warten, dass er stirbt. Träumen, Illusionen und niemals realisierbaren Wünschen nachhängen, tragisch und unbefriedigt. Ein trauriges Ende eines hoffnungsvollen Starts."
„Ich sehe, du kommst echt nicht drauf. Sicher, was du sagst, ist nicht verkehrt, aber es ist eben nur eine Möglichkeit dessen, was geschehen kann, und dazu noch eine höchst unwahrscheinliche."
Komisch, für mich war es die einzige, die ich sehen konnte. Also schwieg ich und sah den Spatz fragend an.
„Der Mensch sitzt da, so weit wären wir, okay?"
„Ja", bestätigte ich.
„Was du nicht bedenkst, ist, dass andere Menschen an ihm vorbeiziehen werden, und diese Menschen werden mit ‚unserem' Menschen in Kontakt treten. Nicht alle, nicht viele, aber einige wenige, und somit geht seine eigene Reise weiter. Ob er will, ob er kann oder nicht."

„Das bedeutet, so lange man lebt, ist man verdammt, sich seinem Ziel zu nähern. Das willst du mir doch mit dieser Geschichte sagen, oder?!"
„Du sagst, man sei verdammt. Ich sage, man hat das große Glück. Das ist der entscheidende Unterschied zwischen uns beiden."
„Sag es, wie du willst!" Ich war sauer, denn schon wieder einmal hatte ich das Gefühl, von diesem blöden Vogel gemaßregelt zu werden. Irgendwo in meinem Innern sagte mir aber auch etwas, dass dieser Spatz, oder wer er auch war, nicht so ganz unrecht hatte. Meine Sichtweise war durch das viele Alleinsein unreflektiert und starr geworden.
Wenn man nur sich selbst als Kritiker hat, muss man schon weise sein, um daraus ein positives Fortkommen entfalten zu können. Ich war es nicht! Weder weise noch so weit, meine momentanen Gedanken preiszugeben. Demzufolge reagierte ich wie ein Kind: Ich fühlte mich beleidigt und schmollte.
Sing-Sing lächelte mich an. Ja, auch wenn jetzt jeder behauptet, Vögel können nicht lachen, schon gar und überhaupt nicht lächeln, ich bleibe dabei: Der Vogel lächelte, und es war ein wohlgemeintes, ein liebevolles, ein aufmunterndes Lächeln. Ich fühlte, wie Wärme bis in mein Herz strömte.
Bevor ich wieder etwas sagen konnte, musste ich mich räuspern: „Gut, und wie geht es jetzt weiter?"
„Wie du möchtest", kam als Antwort.
Das hatte ich mir fast gedacht. Auf zum nächsten „Fettnäpfchen". Eine verrückte Situation: Noch nie in meinem Leben war ich mir so hilflos vorgekommen. Seit Jahren lebe ich ein Leben, so wie ich denke, dass ich es leben will: unabhängig und frei, selbstständig und geplant. Ja, ich bin stolz auf das, was ich schaffe und geschafft hatte, und bis zu diesem Zeitpunkt, als dieser Spatz auftauchte, war es mir prächtig ergangen!
Nein, ich machte mir da nichts vor. Mir ging es wirklich mehr als gut!

Was ich aber während der letzten Tagen anfing zu begreifen – und Begreifen ist eine Sache des Herzens, der Kopf ist nur für den Verstand verantwortlich –, also, was mir plötzlich bewusst wurde, war, dass dieses, was ich „Mir geht es super“ nannte, sich darauf definierte, dass ich bestimmte Sachen einfach und von Vornherein ausschloss. Der Weg zur perfekten Verdrängung! Und ich muss mir zugute halten: Was ich tue, versuche ich, so gut zu tun wie mir nur möglich. Resultierend aus den Gedanken: Leide nicht unter dem, was du **nicht** hast, sondern freue dich an dem, was du hast.

Ist ja auch nicht verkehrt, ist nur nicht vollständig, weil diese Lebensweise dazu führt, dass man die eigenen Grenzen immer enger zieht. Das Fatale dabei: Man empfindet es selbst nicht so.

Vorteile sind: Man erlebt keine Enttäuschung. Nichts wühlt und knabbert in einem herum. Man lebt in einer Art von Zufriedenheit, Sicherheit und Ruhe, ähnlich einem Hamster, der in seinem Rädchen läuft und läuft, und man merkt nicht, dass das, was man sieht, immer dasselbe ist. Auf der Stelle traben nennt man das. Genau wie die Leute im Fitnessstudio. Hatte ich nicht selbst darüber geschrieben?! Tja, es ist leichter, die Fehler von anderen einzusehen als seine eigenen! Das liegt mit daran, dass man sich selbst oft zu nahe ist. Man hat nicht den nötigen Abstand zur objektiven Beurteilung – man möchte ihn auch gar nicht haben. Kann man ihn überhaupt haben?

Erst jetzt, allmählich und auch nicht besonders gerne, denn wer gibt schon mit Freuden zu, dass er sich irrt, musste ich eingestehen, dass der Austausch mit anderen und auch Gespräche über sich selbst wichtige Aspekte sind, um sich der eigenen Seele zu nähern.

Man kann zwar in den Spiegel schauen, aber wie wir wissen: Dort sieht man alles andersherum.

Ganz nebenbei und unter uns: Es ist einfach auch schön, wenn sich Menschen finden, die sich miteinander beschäftigen. Ein Stück des Weges gemeinsam gehen. Und egal, was daraus entsteht oder manches Mal zerstört wird: Von jeder Begegnung kann man lernen. Solange man dazu bereit ist. Der Fähigkeit, dies zu tun, ist man niemals beraubt. Man hat sie allerhöchstens aus Selbstüberschätzung, auch aus Angst vor anderen und/oder sich selbst, eingemottet.

Ich war gerade dabei, sie „aus der Kiste“ zu holen. Ehrlich, dieses kleine, gefiederte Wesen lockte mich aus meinem Käfig – und ich war dankbar dafür.

Irgendwann einmal würde ich vielleicht sogar fähig sein, ihm dies zu sagen. Jetzt aber noch nicht! Doch der Wunsch danach, der begann langsam zu erwachen.

„Nun, hast du dich entschieden?“, fragte Sing-Sing.

Wieder bemerkte ich, dass Entscheidungen zu treffen, nicht gerade eine meiner Stärken war.

„Ich möchte, dass ‚unser‘ Mensch klug genug ist, seinen Rucksack beizeiten auszumisten“, erklärte ich betont.

„So, möchtest du. Und so, wie ich dich kenne, möchtest du ebenfalls, dass er es alleine tut, richtig?“

Ha, ich bemerkte die Falle! „Mal alleine, mal durch die Hilfe anderer. Es geht nicht immer alleine!“

„Du wärst also bereit, es zuzulassen, dass andere Wesen deinen Weg mitbestimmen?“

Wieder musste ich vorsichtig sein, was ich jetzt sagte, denn das spontane Nein, was mir sofort durch den Kopf schoss, war nicht die Lösung – nicht mehr die Lösung.

„Na, es kommt halt immer darauf an ...“, begann ich unverbindlich.

„Auf das Wetter – oder worauf?“

Der Vogel machte mich noch wahnsinnig! Als ob er meine Gedanken lesen konnte, hörte ich ihn sagen:

„He, nur Mut! Lass dich doch von mir nicht verunsichern. Du weißt doch, was du sagen willst!“

Was wollte ich sagen? Im Augenblick hätte mich einer fragen können, ob ich ein Mann oder eine Frau bin, und wahrscheinlich

hätte ich mir erst einmal Zeit erbeten, um darüber nachzudenken. Ja, so weit war ich.
„Pause?“, fragte der Spatz.
Nichts lieber als das! Noch angenehmer wäre mir die Beendigung dieses Gesprächs gewesen. Man könnte sich doch auch über etwas anderes unterhalten. Über etwas, was nicht so in Richtung „Tiefe“ ging. Etwas, was mich nicht so forderte – nicht so viel innere Öffnung einklagte.
Auf der anderen Seite fühlte ich mich wohl, denn ich spürte, dass dieser Vogel mich in Bereiche meines Selbst begleitete, die ich alleine womöglich, nein, mit Sicherheit, nie mehr aufgespürt hätte.
Es gibt Wege in einem drin, die sind so dunkel, die kann man nicht alleine gehen, ohne sich zu verirren.
Dieser Vogel war bereit, mich an die Hand zu nehmen. Ich musste diese Chance wahrnehmen.
Vielleicht würde es das letzte Mal sein, dass sich jemand in dieser Weise um mich kümmern würde – kümmern wollte.
Plötzlich wusste ich eines mit hundertprozentiger Gewissheit: Dieses Wesen, was mir da gegenübersaß, war ein Freund!
Und in fast demselben Moment wusste ich noch etwas: Ich brauchte keine Angst zu haben, keine Vorsicht walten zu lassen bei dem, was oder wie ich etwas sagte. Es gab keine Fallen und Gemeinheiten, wie ich eben noch gedacht hatte. Das Ganze war kein Spiel. Alles, was geschah, war Wirklichkeit, war Leben – mein Leben.
Das Einzige, was ich jetzt tun musste, war, Vertrauen zu schenken, diesem Vögelchen, und, was vielleicht noch schwieriger war: mir selbst.
Mein Blick war die ganze Zeit über durch das Fenster hinaus in den Garten gerichtet gewesen. Jetzt, mit einem Ruck, als ob mir einer seine Hände links und rechts an den Kopf gelegt und ihn gedreht hätte, schaute ich den Spatzen an.
Er saß da. Ganz ruhig, so wie jemand, der unendlich viel Zeit hat. Er saß einfach da und erwiderte meinen Blick. Und dieser

Blick flößte mir so viel Wärme ein, Ruhe, Geborgenheit, Frieden und Verständnis, ja Liebe, in der reinsten Form. Ich kann es nicht anders in Worte fassen: Was mich dieser Augenblick spüren ließ, war DAS PURE GLÜCK!
Vielleicht fühlt sich so die Seele an, wenn sie sich vom Körper gelöst hat, nachdem der Mensch gestorben ist. Vielleicht ist das der Zustand auf dem Weg hin zum Göttlichen, vielleicht …
„Jetzt komm mal wieder runter", riss mich Sing-Sing aus meiner Ekstase. „Geh dir mal einen Tee kochen, und vor allem, iss etwas!"
Ich stand auf. Ich war völlig verspannt, und meine Beine schmerzten. Mechanisch folgte ich diesem Befehl.
An der Tür drehte ich mich noch einmal um: „Danke", sagte ich, und obwohl dieses Wort mir aus dem Herzen sprach, genierte ich mich im gleichen Augenblick und machte mich schleunigst auf in die Küche.
Sing-Sing blickte mir hinterher und schüttelte den Kopf.
Gut, dass ich das nicht mehr sah!

Die Suche nach sich selbst ist die Arbeit eines ganzen Lebens.
Klar kann man aufhören zu suchen, dadurch stirbt man nicht, aber leben – leben kann man dann auch nicht mehr. Existieren, ja!
An der Oberfläche paddeln, sich dem Rausch des Konsums hingeben, all so was, das geht.
Aber in Ekstase lieben, berauscht von göttlichen Gefühlen, schöpfen, aus den positiven Kräften wie aus einer nie versiegenden Quelle, nein, so etwas bekommt man nicht, ohne dass man an seinem Selbst arbeitet.
Begabungen und Talente sind Geschenke, jedoch muss man sie nutzen, damit sie auch Früchte tragen. Für einen selbst, für andere und ganz bestimmt als Dank an die guten Mächte dieser Welt.

Jeder hat Sehnsüchte. Ein jeder will sie befriedigen, doch die Reihenfolge, in der man etwas lernt, die Lektionen, die bestimmt man nicht selbst.
Was aber in der eigenen Verantwortung liegt, ist, die Herausforderungen anzunehmen und ebenso all das, was man zu lernen hat, auf der Suche nach dem, was die Seele erbittet.

Diese Gedanken formten sich in meinem Kopf, während ich den Tee aufbrühte. Normalerweise hätte ich sofort Stift und Papier geholt, um das Gedachte zu notieren. So etwas lässt man sich doch nicht entgehen, so etwas, da kann man doch was draus machen …
Aber heute war nicht „normalerweise"! Heute ging es nicht darum, Ideen für Fiktionen festzuhalten. Es ging nicht darum, Bücher zu schreiben, die gelesen und vielleicht sogar von einigen verstanden wurden. (Meist so, wie sie wollten – manchmal sogar so, wie ich es mir wünschte.)
Nein, in diesem Moment, der mir vorkam, als ob er schon eine Ewigkeit andauerte, da ging es um mich! Nur um mich! Um ein kleines, unbedeutendes Wesen, das anfing, seinen „Hunger" zu stillen.
Kein Krieg würde dadurch verhindert, kein Kind vor Schlägen bewahrt, nicht einmal eine Blume würde dadurch eine Sekunde länger blühen, als es in ihrem Wesen lag, und dennoch:
In diesem Augenblick spürte ich, dass ich auf dem Weg war, meine Seele zu finden, und egal, was dabei herauskommen würde, es gab kein Zurück mehr.
Ich fühlte mich wohl ähnlich einem Höhlenforscher: Ich hatte den Eingang in die Tiefe gefunden – und nun galt es. Es gab überhaupt keine Alternative. Ich wollte und musste immer weiter hinein, und ich hatte die besten Voraussetzungen:
Ich war nicht alleine. Ich hatte einen Freund, der mich begleitete, und der auf mich aufpassen würde – wenn ich mich nicht allzu dämlich anstellte.

„Holst du den Tee erst aus China?!“, klang es bis zu mir aus dem Arbeitszimmer.
Ich zuckte zusammen und verspürte das allgemein bekannte Gefühl, dass es einem heiß den Rücken runterläuft.
„Nein“, beantwortete ich wirklich blöderweise diese Frage, und als ob dadurch meine Antwort tieferen Sinn erlangen könnte, fügte ich hinzu: „Ich komm gleich.“
Was wollte ich noch? Ach ja, etwas zu essen. Unschlüssig wanderten meine Augen von Äpfeln zu Brot, dann in Richtung Kühlschrank.
„Nüsse wären jetzt gut“, vernahm ich wieder die Stimme des Vogels.
Ja, war ich nicht einmal mehr fähig, in Bezug auf Nahrung eine Entscheidung zu treffen? Wann hatte mir jemand zum letzten Mal gesagt, was ich zu mir nehmen sollte? Ich versuchte tatsächlich, diese Frage zu beantworten, doch konnte ich mich trotz Bemühen nicht an den Zeitpunkt zurückerinnern.
Dennoch, und so verrückt es auch klingen mag, ich war in diesem Moment froh, einfach zu tun, was mir gesagt wurde. Es machte mich leicht und sorglos, denn es enthob mich der Verantwortung, die ich sonst immer bei allem und jedem zu tragen hatte. (Diesen Satz kann nur derjenige verstehen, der wie ich jahrelang alleine gelebt hat.)

War wirklich schon die Zeit der Dämmerung angebrochen? Als ich einige Nüsse fein zerkleinert hatte, damit der Vogel sie fressen konnte, die Tasse dampfenden Tees zwischen den Händen hielt und mich in den Sessel setzte, der am Fenster stand, überkam mich eine ungeheure Müdigkeit. Ich schloss die Augen und atmete tief ein und aus. Mein ganzer Körper war erfüllt mit Wohlbehagen.
Zarte Wellen, die nach einer langen Reise durch die Meere nun hier am Strand ihre letzte Ruhe fanden. Dieses Bild formte sich vor meinem inneren Auge, und ich saß da, betrachtete das immer wiederkehrende Schauspiel und ließ meine Gedanken frei.

Ich hatte die Empfindung, als ob in diesem Moment überall auf unserer Erde, auf diesem wundervollen Planeten Frieden herrschte. Es konnte gar nicht anders sein!
Der Geruch von salziger Luft, der Geschmack auf den Lippen, dieser typische klare, befreiende Wind, den es nur am Meer zu geben scheint; die Melodie des Wassers, monoton und allgegenwärtig, Balsam für die geschundenen Ohren zivilisationskranker Menschen. Ein Wort, ein gesprochenes Wort wäre in diesem Moment Verrat gewesen. Undank an das, was ich jetzt erlebte. Realistischer und wahrer als jemals zuvor.
Oft war ich schon am Meer gewesen, niemals zuvor war ich ihm so nah. Niemals hatte ich seine Botschaft verstanden, warum jetzt?
Ich wusste die Antwort darauf im gleichen Augenblick: Ich hatte etwas ganz Entscheidendes gelernt, nämlich die Fähigkeit, zuzuhören und meinen eigenen, immer quengelnden, fordernden, Beweise suchenden, eigenbrötlerischen, lästigen Gedanken – ja, Gedanken können auch zur Last werden, vor allem dann, wenn man keinen Menschen hat, dem man sie mitteilen kann, mit dem man sie teilen kann – Einhalt zu gebieten, und war demzufolge in eine andere Ebene meines Bewusstseins gelangt.
Ich sah den Möwen zu, wie sie am Himmel kreisten, in den Prielen umherwateten, hier pickten, dort an einem Stück Tang zerrten, immer geschäftig, immer auf der Hut, und sie schienen mir, je länger ich ihnen zusah, wie wir Menschen – zankend und schreiend mit dem anderen Geschlecht flirtend und stets auf der Suche nach Futter.
Ich musste lachen, als ich sie mir in Anzug oder Kostüm vorstellte. Mit Hut, Kopftuch oder auch Pudelmütze. Plötzlich bekamen sie Individualität. Durch die Kleidung konnte ich sie auseinanderhalten, wiederfinden. Ich begann ihnen Namen zu geben. Klar, Jonathan. Alle Möwen heißen Jonathan! Aber nun gab es mit einem Mal auch Klara, Roswitha und Georg, Heinrich, Mathilde und Klaus, und alle waren anders. Alle waren schön. Alle waren Möwen.

„So, jetzt aber genug gespielt!"
Mit diesen Worten war der Spatz auf meinem linken Knie gelandet und plusterte sich.
„Wir könnten uns mal wieder unserem Menschlein widmen. Du weißt, die Zeit vergeht schnell, und wenn man nicht Acht gibt, bleibt eine letzte, kurze Rückbetrachtung – und das war es dann, das Leben."
Ich fühlte mich, als wenn ich aus einem langen, tiefen und Kraft spendenden Schlaf erwacht wäre. Ich fühlte mich frisch und ausgeruht. Was mich wunderte, war, dass immer noch zarter Dampf aus der Teetasse emporstieg. Ich verlor kein Wort darüber. Es war einfach nicht wichtig.
Ich nahm einen großen Schluck. (Seeluft macht durstig!) Mein Verstand hatte wieder die Oberhand gewonnen – ein Umstand, dem ich sehr dankbar war. Ich hatte, wie sagt man so schön, wieder festen Boden unter den Füßen. Ach, was ging es mir gut!
„Die Wege des Herrn sind wundersam", fasste ich das vergangene Geschehen lässig zusammen.
„Wundersamer die, welche sie gehen!"
Der Vogel musste aber auch immer das letzte Wort haben.
„Na", sagte Sing-Sing, „das wird im Augenblick wohl nichts mehr. Lass uns mal zum Fluss fahren."
„Zum Fluss – zu welchem Fluss denn? Und überhaupt, jetzt noch? Ich bin gerade so schön faul!"
„Eben drum! Hier wird es doch irgendwo einen Fluss geben, oder versickert der Bach, an dem wir waren, einfach im Boden?"
„Nein, natürlich nicht, aber es sind sicher dreißig Kilometer bis zu der Stelle, wo der Bach in den Fluss mündet."
„Fein, das ist ja gar nicht weit! Mit dem Auto ein Katzensprung", und lachend fuhr der Spatz fort: „Das mit dem ‚Katzensprung', das hätte ich als Vöglein vielleicht besser nicht gesagt. Und nun los, komm!"
Was blieb mir anderes übrig. Der Vogel sprühte ja nur so vor Enthusiasmus.

Unter Ächzen erhob ich mich aus der Gemütlichkeit. Papiere, Schlüssel, die routinemäßigen Abfolgen, wenn man das Haus verlässt, und schon saß ich im Auto. Sing-Sing hockte auf der Kopfstütze des Beifahrersitzes.

Ich wollte dem Piepmatz irgendetwas an den Kopf werfen – im übertragenen Sinne natürlich. Er sollte merken, dass ich nur unter Protest … aber sein „Wird das heute eigentlich noch was, oder soll ich schon mal vor fliegen?", brachte mich dazu, anstatt eine Salve von Vorwürfen auf ihn niederprasseln zu lassen, lieber den Motor zu starten und loszufahren. Es hätte ja doch keinen Zweck gehabt!

„Sollte ein Pflanzenfresser Freundschaft mit einem Fleischfresser schließen, nur weil beide sich in einem Augenblick treffen, wo sie einsam sind?", fragte Sing-Sing. „Was meinst du?"

„Das hieße, der Pflanzenfresser müsste ständig darauf bedacht sein, dass der Fleischfresser satt ist. Er müsste von Vornherein wissen, dass **er** es sein muss, der die Nahrung besorgt. Wenn nicht, könnte es beziehungsweise wäre es mit Sicherheit lebensgefährlich für ihn selbst."

„Hm", lautete der Kommentar des Spatzen, „wäre das denn Freundschaft?"

Ich dachte einige Zeit nach und antwortete mit einer Gegenfrage: „Beinhaltet nicht jede Freundschaft auch, dass man bereit sein muss, Kompromisse zu schließen?"

„Du meinst also, ob diese Beziehung eine Zukunft hat, kommt darauf an, wer welche Zugeständnisse macht?"

„Nun ja, der Pflanzenfresser hat mit so einem Freund jemanden, der ihn vor anderen Fleischfressern beschützen kann und dies auch tun würde."

„Aber warum würde der Fleischfresser den Pflanzenfresser beschützen? Doch nur aus Eigennutz, oder?"

„Ob aus eigenem Interesse oder nicht, der Pflanzenfresser wäre sicherer als vor der Begegnung."

„Ich frage dich noch einmal: Ist das Freundschaft?"

Ich wusste nicht, worauf der Vogel hinauswollte, und schwieg. Sing-Sing gab mir die nötige Hilfestellung: „Ist eine Symbiose eine Freundschaft?“
Ach so, jetzt verstand ich: „Nein, eine Symbiose ist ein Geschäft. Also schließen diese zwei ein Geschäft ab, resultierend aus der Sehnsucht nach Zweisamkeit.“
„Und was geschieht, wenn der Pflanzenfresser trotz bester Bemühungen keine Nahrung für seinen Partner findet? Was geschieht dann?“
„Dann wird es allerdings lebensgefährlich für den Grünzeugfresser“, sagte ich und lachte.
Ich dachte, damit sei die Geschichte beendet, und griff zum Knopf am Radio.
„Halt! Wir sind noch nicht fertig!“ Der Spatz lachte nicht. Im Gegenteil, sein Gesicht war ausgesprochen ernst. „Ist es nicht besser, von einem Freund gefressen zu werden als von einem Fremden?“
Ich schaute kurz zur Kopfstütze und fragte mit einem leicht zynischen Unterton: „Und stirbt nicht ein jeder sowieso?“
Sing-Sing ließ sich nicht beirren. Wahrscheinlich nie und von mir schon überhaupt nicht. „Stirbt es sich einsam angenehmer?“
„Du stellst mir wirklich Fragen, auf die ich so auf die Schnelle keine Antworten geben kann.“
„Musst du auch nicht, denn es wären die falschen!“
Es lag eine Bestimmtheit in der Stimme des Vogels, der ich nichts entgegenzusetzen hatte. Außerdem musste ich ihm zugestehen, dass er recht hatte. Hatte ich überhaupt schon jemals eine richtige Antwort gegeben?! Zweifel stiegen in mir hoch und machten mich traurig. Hilflosigkeit macht traurig!
„Hey, keine falsche Bescheidenheit! Nur weil du momentan ein klitzekleines Stückchen über deinen bisherigen Tellerrand schaust, brauchst du nicht gleich im Chaos zu versinken.“
Ich nahm diese Worte als Trost.

„Weißt du, es gibt Menschen, die lesen viele, viele Weisheiten, aber es sind eben die Weisheiten von anderen, und deshalb können sie selbst sie nicht leben!"
„Und", fragte ich, „was soll mir das jetzt sagen?"
„Ganz einfach: Es gibt nur eine Art zu leben: ehrlich!!"
„Und was bedeutet das für unsere beiden ungleichen Wesen, die das Schicksal zusammengeführt hat? Was bedeutet das für den Fleisch- und den Pflanzenfresser? Los, sag es mir! Werden sie Freunde oder nicht?"
Sing-Sing sagte nichts mehr, bis ich den Wagen in eine Einbuchtung am Straßenrand in der Nähe des Flusses geparkt hatte. Ich stellte den Motor ab, machte aber keine Anstalten, auszusteigen. Ich bewegte mich auch nicht und schaute demonstrativ weiterhin nach vorne.
Die Scheinwerfer des Wagens, die sich automatisch auf Standlicht geschaltet hatten, tauchten die unmittelbare Umgebung in schummriges Licht.
Hatte er etwa Schwierigkeiten, meine Frage zu beantworten? Meine Mundwinkel begannen sich im Gefühl von leichtem Triumph langsam nach oben zu ziehen.
Plötzlich sprang der Spatz auf das Lenkrad und schaute mich mit schief gelegtem Köpfchen an: „Nun, wie weit bist du in deinen Überlegungen?"
„Wieso ich? Ich hatte die Frage gestellt, du musst sie beantworten!"
„Also gut, damit wir heute noch zum Wasser kommen: Natürlich werden die beiden, der Pflanzen- und der Fleischfresser, **keine** Freunde!
Die Sehnsucht ist zwar dieselbe, aber ihre Wege könnten nicht verschiedener sein … und nun mach endlich die Tür auf. Und denk an das Licht!"

Der Erdschatten verdeckte ungefähr zwei Drittel des Mondes. Immer wieder verschwand er ganz hinter dicken, weißen Wol-

ken. Dennoch, als sich meine Augen der Dunkelheit angepasst hatten, konnte ich ohne Probleme den schmalen Weg zum Flussufer sehen. Sing-Sing saß auf meiner linken Schulter.
„Um diese Tageszeit müssen Vöglein wie ich aufpassen, dass sie nicht Opfer der Eulen werden“, sagte er. „Hier bei dir ist es sicherer!“
„Ich finde es auch schön, dass wir zusammen sind“, erwiderte ich und zog den Reißverschluss meiner Daunenjacke bis zum Anschlag nach oben.
„Kalt, nicht wahr?!“
So oft war ich schon diesen Pfad entlang des Wassers gegangen, sicher fünfzig Mal, aber noch nie um diese Tages- beziehungsweise Nachtzeit. Alleine wäre es mir unheimlich gewesen. Zusammen mit meinem Freund war es ein spannendes Vergnügen.
Nebel hatte sich gebildet, und seine Schwaden tanzten über dem Fluss. Ich blieb einen Augenblick lang stehen. Wirklich, lauter kleine „Nebelgeister“ vollführten geschmeidige Pirouetten und schwebten im Walzertakt über dem Wasser – mal in Gemeinschaft mit anderen, mal alleine oder als Paar. Der Mond tauchte die ganze Szenerie in fahles, kaltes Licht, und die Schatten der Wolken brachten das Ganze zur Vollendung.
„Irre, was?!“ Meine Stimme klang ehrfürchtig.
„Jetzt fehlt nur noch der Wolf, der auf dem Felsvorsprung am anderen Ufer steht, den Kopf steil nach oben streckt und heult.“
„Du hast ja richtig Fantasie, lieber Vogel! Hätte ich dir gar nicht zugetraut.“
„Was wäre das Leben ohne Fantasie? Das wäre so wie die Nacht ohne Träume!“
„Oder der Mensch ohne Wünsche“, fügte ich an.
„Und ohne Hoffnung!“
Lag da etwa ein Hauch von Melancholie in der Stimme des Spatzen? Ich neigte den Kopf und streichelte mit meiner Nase über seine zarten Federn: „Ohne Liebe!“

Mit einem „dicken Kloß“ im Hals setzte ich den Weg fort.
„Sag mal“, ich hatte mich wieder im Griff, „was wollen wir eigentlich hier?“
„Was wir hier wollen?“, wiederholte der Vogel. „Das weiß ich doch nicht. Du bist doch von uns beiden das ‚Wasserwesen‘.“
Stimmt, dachte ich bei mir. Immer, wenn es mir schlecht geht, Sorgen mich quälen oder Gedanken mich einfach nicht in Ruhe lassen wollen, obwohl ich sie schon tausendmal durchgearbeitet habe, ohne zu einem befriedigenden Ergebnis zu kommen, immer wenn ich das Gefühl habe, es müsse jetzt jemanden geben, der mir hilft, durch Rat, Tat oder nur dadurch, dass er mir etwas von seiner Zeit schenkt und mir zuhört, also immer, wenn sich dieses Etwas in mir regt, was sagt: „So, alleine geht also alles besser. Na, dann mach doch“, immer dann zieht es mich zum Wasser. Egal, ob Bach oder See, manchmal reicht schon ein starker Regen. Der Fluss aber, der ist von allen Möglichkeiten der beste Ort.
Oft sitze ich nur dort, stundenlang, und schaue aufs Wasser. An anderen Tagen verfolge ich mit den Augen eine einzelne Welle so lange, bis meine Konzentration dermaßen überfordert ist, dass ich sie ziehen lassen muss und sie wieder in der Gesamtheit des Wassers untertaucht, um sich von da aus zu einer neuen Welle zu formieren. Dieses „Ritual“ wiederhole ich manchmal bis zur Erschöpfung – so lange, bis meine Augen brennen und sich danach sehnen, dass ich die Lider schließe.
Und komisch, anschließend sind auch diese marternden Gedanken, die sich zuvor wie ein Bohrer in mein Gehirn hineingedreht haben, verschwunden. Jedenfalls für eine geringe Zeit, und diese Zeit reicht oft aus, um ihnen eine neue Wendung zu geben. Eine, in der ich spüre, dass es weitergeht, dass ich mich dem Ende der Gedankenkette nähere – mich auf eine Lösung zu bewege.
Wasser trägt, und auch wenn ich zugeben muss, dass Schwimmen keine Leidenschaft von mir ist, so hat der Aufenthalt in der

Umgebung von Wasser auf mich von jeher eine positive Wirkung ausgeübt.

Mittlerweile waren die Wolken gänzlich verschwunden, und der Mond stand hoch und einsam am Himmel. Wo waren nur die Sterne? So sehr ich mich auch bemühte, ich konnte nicht einen entdecken.
„Nun wirf sie schon hinein“, forderte Sing-Sing mich auf.
„Bitte?“
„Die Traurigkeit. Übergebe sie den Wellen!“
„Welche Traurigkeit?“, fragte ich.
„Na, welche wohl? Deine. Erinnerst du dich nicht an heute Morgen?“
Ich dachte zurück. Heute Morgen – das war unendlich lange her!
„Heute Morgen, an diesem Baum“, half mir der Vogel auf die Sprünge.
Jetzt erinnerte ich mich. Die Gedanken um den Tod, die Erinnerung an den Menschen, den ich geliebt hatte, wie ich noch nie geliebt hatte, und die Sehnsucht nach Wärme, Schutz und Geborgenheit; der unerfüllte Wunsch, mich irgendwo zu Hause zu fühlen, auszuruhen, lieben zu dürfen und Liebe zu empfangen, all das war mit einem Mal wieder da und ließ mir die Tränen in die Augen steigen.
„Also, schenke sie den Wellen! Sie werden deine Traurigkeit mitnehmen, bis sie das Meer erreichen. Und das Meer ist groß! Größer als das Land! Größer als die Menschen! Dort ist jemand, der deine kleine Traurigkeit verkraftet!“
Durch den von Tränen verschwommenen Blick schaute ich Sing-Sing an.
„Nun, tu's! Tu es mit gutem Gewissen!“
„Aber wer ist dort, im Meer?“
„Wer ist im Meer? Wer wird da schon sein – ein Fisch natürlich!“

„Ja und, was macht der Fisch?“
„Der Fisch, der frisst die Traurigkeit, und wenn er sich rund und satt gefressen hat, dann wird er anfangen zu lachen! Er wird lachen und lachen. Er wird so lange lachen, bis du es hörst. Du bist zwar ein merkwürdiges Wesen, aber ich versichere dir: Wenn jemand so lacht, dann kannst selbst du nicht mehr traurig sein!“
„Und dann?“
„Ja, was dann wohl? Dann lachst du mit!“
Die Vorstellung, von diesem Fisch, der mit prallem Bauch dick und zufrieden in den Meeresströmungen trieb, mir zublinzelte und langsam in der Ferne verschwand, machte mich auf eine ungeheure Weise glücklich.
Ich fühlte mich leicht wie nie zuvor, und mit einem Mal begann ich zu lachen. Laut und unbeherrscht. Und gerade durch diese Unbeherrschtheit, durch dieses „Mich-gehen-Lassen“, frei von Hemmungen oder sonstigen Fesseln, die man von klein auf angelegt bekommt, spürte ich, wie diese über Jahre angesammelte Traurigkeit, die ich in mir bewacht hatte wie einen Schatz und die allmählich größer und größer geworden war, so groß, dass ich fast zu platzen drohte – ich spürte, wie dieses negative, lähmende, destruktive Gefühl aus mir herauskatapultiert wurde, aus mir herausspritzte wie Eiter aus einer bösartigen Wunde, nachdem man sie geöffnet hat.
Ich musste mich setzen. Vor Erschöpfung und weil dieses Gefühl der Gesundung, der Schmerzlosigkeit mich schlichtweg übermannte. Meine Beine versagten den Dienst.
Ich ließ mich zurückfallen. Lag an der Böschung des Flusses, schaute in den Himmel – einen Himmel voller Sterne, schloss die Augen und fiel in einen Schlaf, den eigentlich nur Kinder schlafen können: sorglos und mit einem Gefühl von „beschützt zu sein“, Geborgenheit und Wärme. Ich schwebte geradezu hinüber in das Reich der Träume, und ich fühlte mich unsäglich wohl!

Als ich aufwachte, wunderte ich mich doch sehr. Das Wetter war über Nacht völlig umgeschlagen. Die Folge davon war ein trüber Herbsttag, und ich lag da, unter freiem Himmel und ohne den geringsten Schutz einer Decke oder Ähnlichem. Ich war doch sonst nicht so bedenkenlos. Auf meiner Jacke hatte sich hauchdünner Reif niedergelassen.

Ich setzte mich auf und begann sofort vor Kälte zu zittern. Meine Glieder waren steif. Wo war der Vogel?

„He, erdrück mich bitte nicht“, drang es aus einer meiner Jackentaschen.

Behutsam nahm ich das Vögelchen aus seinem Nachtquartier und setzte es auf meine Hand.

„Guten Morgen, Sing-Sing. Gut geschlafen?“

„Ich bin fast vor Kälte erfroren, aber danke der Nachfrage. Und selbst?“

„Ich habe geschlafen wie ein Murmeltier! Herrlich!“

„Komm“, sagte der Spatz, „lass uns schnell nach Hause fahren, sonst fangen wir uns noch eine Erkältung ein. Außerdem habe ich mächtig Hunger!“

„Und ich erst! Wie ein Bär!“

„Schläft wie ein Murmeltier, hat Hunger wie ein Bär, und sonst?“

„Ansonsten fühle ich mich glücklich. So glücklich, wie sich nur ein Mensch fühlen kann!“

Ich gab dem Spatzen einen Kuss auf den Schnabel: „Danke, Sing-Sing! Danke für alles!“

„Dank nicht mir, dank dir selbst. Das Einzige, was ich getan habe, war, dir ein bisschen den Weg auszuleuchten. Alles andere lag sowieso in dir drin. Du hattest nur vergessen, wie man dorthin gelangt. Nun weißt du es, also vergiss es nicht wieder, okay?!“

„Ich verspreche es dir. Ich verspreche es dir hoch und heilig!“

„Versprich es nicht mir, versprich es dir selbst. – Und nun komm endlich zum Auto. Ich sehne mich nach der warmen Luft des Gebläses.“

Kein Sonnenstrahl schien auf der Rückfahrt vom Himmel, und doch sah ich vor mir einen breiten, sonnendurchfluteten Weg. Jetzt wusste ich, wie es weiterging, nicht im Detail, aber ich nahm mir ganz fest vor, diesen Weg, an dessen Anfang ich nun stand, nie mehr zu verlassen.
„He, pass ein bisschen auf die Straße auf, oder willst du uns umbringen?"
Der Insasse des entgegenkommenden Autos hupte wie wild.
Ich blickte kurz nach rechts und zwinkerte dem Spatzen zu: „Umbringen, jetzt? Nee, im Augenblick nicht", sagte ich lachend, und, meinen Kopf wieder in Richtung Frontscheibe drehend, wiederholte ich noch einmal ganz leise und nur für mich selbst:
„Nee, im Augenblick ganz bestimmt nicht!"

Die folgenden Tage verbrachte ich damit, den Garten winterfest zu machen. Sing-Sing half, wie er nur konnte. Soll heißen: Diverse Würmer mussten ihr Leben lassen, um seines zu erhalten.
Wir lachten viel, und die Arbeiten wie Büsche schneiden, damit sie im nächsten Frühjahr voller Kraft neue Blüten und Blättern bilden konnten, oder Knollen aus der Erde nehmen, damit sie vor Frost geschützt die kalte Jahreszeit im Schuppen überdauerten, gut eingepackt in Sand und Stroh, machten mächtig Spaß.
Ich legte Dutzende von Frühlingszwiebeln, indem ich immer eine Handvoll nahm, sie hoch in die Luft warf, um sie dann genau an den Stellen einzupflanzen, wo sie wieder auf der Erde landeten. Ein Chaos von bunten Boten, welche wie Signale das neue Gartenjahr einläuten werden, dachte ich und freute mich jetzt schon darauf, obwohl die Kapuzinerkresse immer noch wunderschöne Farbtupfer setzte und hier und da auch Primeln blühten. Schon wieder? Nein, noch immer, in meiner Wildnis eigentlich andauernd.

Das Essen schmeckte nach so viel frischer Luft und körperlicher Betätigung einfach großartig, und auch ein gutes Glas Wein am Abend, jetzt, wo es von Tag zu Tag merklich früher dunkel wurde, war ein Hochgenuss.
Als die wichtigen Dinge erledigt waren, also die Arbeiten, die vor dem ersten Frost erledigt sein müssen, machte ich mich an den „Frühjahrsputz“ im Haus.
Ja, Frühjahrsputz mitten im Herbst! Was konnte ich dafür, welche Jahreszeit herrschte? Wofür ich aber etwas konnte, war, meine Angelegenheiten zu der Zeit zu ordnen, die die richtige dafür war. Und jetzt war nun einmal genau die richtige Zeit, um gründlich aufzuräumen.
Leider konnte ich den ganzen Mist, den ich entrümpelte, nicht einfach so wie neulich meine mich hemmende und noch schlimmer verhindernde und hässlich machende Traurigkeit in den Fluss werfen. Das hätte ich in keiner Weise verantworten können. Demzufolge waren einige Autofahrten nötig, um das Gut zur nächsten Mülldeponie zu schaffen – und bezahlen durfte ich dafür dann auch noch.
„Wieso“, sagte Sing-Sing, „ist doch völlig in Ordnung so. Du kaufst Dinge und bezahlst dafür, und wenn du dich ihrer wieder entledigen möchtest, bezahlst du ebenfalls etwas dafür. Diese ganzen Konsumgüter zu vernichten, wenn sie ausgedient haben, ist doch fast teurer, als sie herzustellen. Von daher: Ich finde diese Regelung hervorragend!“
„Stimmt, ich gebe dir recht. Wer Knete hat zum Kaufen, der hat auch Knete, die Zurücknahme mitzufinanzieren. Noch besser wäre es natürlich, wenn im Kaufpreis diese Rücknahmegebühr schon enthalten wäre. Dann hätten die Leute nicht mehr den Reiz, ihren Müll einfach, um das Geld zu sparen, in die Gegend zu werfen.“
„Das kannst du ja mal den Kommunalpolitikern nahelegen. Die werden sich freuen“, quietschte der Vogel, währenddessen er die Seite eines Holzschränkchens, die den ganzen Beifahrer-

sitz bis hinunter zum Fußraum ausfüllte, als Rutschbahn benutzte.
„Nicht nur die würden sich freuen. Viel mehr noch die, die wieder einmal tiefer in ihre Taschen greifen müssten."
„Tja, umsonst ist heutzutage eben nichts mehr", jammerte der Spatz gespielt theatralisch.
„Oh ja", säuselte ich ebenso gekonnt zurück. „Nur die Sonne gehört allen, auf die sie scheint."
Danach hielt uns nichts mehr, und wir prusteten nur so los.

Es war eine herrliche Zeit, die wir da verbrachten. Ich hatte gelernt, dass man sich selbst auch einfach mal verwöhnen kann, ohne dabei ein schlechtes Gewissen zu haben.
Ich hatte gelernt, dass Disziplin nicht einmal nicht alles, sondern sogar ziemlich wenig war, und meine Uhr, derweil längst stehengeblieben, lag immer noch neben dem Computer, den ich nicht einmal mehr beachtete, geschweige denn einschaltete.
Viel wichtiger waren mir die Adressen, die genauso verstreut zwischen Seiten diverser Bücher lagen, wie die Menschen sich verstreut hatten, zu denen sie gehörten.
Menschen, die ich einmal gekannt hatte. Manche gut, manche weniger gut, von manchen hätte ich sogar behauptet, dass sie unter den Begriff „Freund" gefallen waren. Damals, irgendwann einmal …
Ich durchstöberte nach und nach die ganze Literatur, deren stolzer Besitzer ich war, einzig und alleine aus dem Grund, um Anschriften zu finden. Alte Briefe mit Absendern oder Zettel, spontan bekritzelt mit Telefonnummern, die während ebenso spontanen Begegnungen ausgetauscht worden waren.
Doch, ich hatte fest vor, einigen dieser Menschen in naher Zukunft zu schreiben. Mal wieder ein Lebenszeichen zu senden, um zu schauen, ob ein erneuter Kontakt nicht auch neue Perspektiven eröffnen könnte. Allen Beteiligten. Überraschungen

gäbe es sicher, viel zu erzählen sowieso, und wer weiß, vielleicht würden ja auch alte Freundschaften zu neuen erweckt. Mit einem Mal hatte ich eine unbändige Lust auf Menschen!

Eines Abends, als Sing-Sing und ich gemütlich auf dem Sofa hockten – das Holz knisterte im Kamin, die selbst gegossenen Kerzen verbreiteten ein unglaublich schönes Licht, und draußen wiegten sich die Äste der Bäume im Sturm hin und her, währenddessen der Regen an die Fensterscheiben peitschte –, sagte der Vogel plötzlich:
„Erzähl mir was von früher."
Es dauerte eine Weile, bis ich aus meinen tiefen Gedanken zurückgekehrt war, die sich in einer solchen Umgebung mit dem Blick in ein Glas voll roten Weines, in dem sich der Schein des Feuers widerspiegelt, nur allzu gerne ins Bewusstsein drängen.
„Bitte, was hast du gesagt?"
Der Spatz wiederholte: „Ich möchte, dass du mir was aus deinem früheren Leben erzählst."
„Was meinst du mit früherem Leben?"
„Nein, nicht woran du jetzt denkst. Nicht von einem Leben vor deinem jetzigen – oder erinnerst du dich an eines?"
Ich schüttelte den Kopf.
„Na eben! Nein, ich meine, was hast du so gemacht, zum Beispiel als du Kind warst?"
„Hm", war mein erster Kommentar, und ich bog den Kopf, so weit es die Rückenlehne des Sofas mir erlaubte, nach hinten. Auch an der Holzdecke spiegelte sich der flammende Schein von Kerzen und brennendem Holz.
„Was werde ich schon gemacht haben? Das, was alle privilegierten Kinder der westlichen Welt tun: spielen, zur Schule gehen, mich mit Eltern und Geschwistern zanken, um die eigenen Grenzen auszuloten … na, das volle Programm halt."
„Und sonst nichts?", forschte Sing-Sing weiter.

„Warte, ich hab die Tage ein Gedicht in einer Kiste gefunden, was ich zum Thema ‚Kindheit' geschrieben habe. Das beinhaltet so im Groben das, was wir getrieben haben. Soll ich es mal holen?"
„Ja, mach nur."
Als ich es mir, die DIN-A4-Seite in den Händen, wieder bequem gemacht hatte, begann ich vorzulesen:

„Auf jedem Schrank saßen gute Geister – es gab Elfen und Feen und Hexenmeister.
Was es nicht gab, erfand ich – das war doch nicht schwer:
Das Glück lief uns Kindern doch hinterher.

Im Frühling brachte ein Hase die Eier,
Im Sommer hockten wir unten am Weiher – küssten alles, was quakte,
Kleine Frösche und Unken –
Waren ganz in der Hoffnung auf Prinzen versunken.

Wenn es dann kühler wurde, gab's heißen Kakao,
Und unten im Dorf, da wohnte 'ne Frau,
Die uns einlud, Sagen und Geschichten kannte und uns bei unseren Geheimnamen nannte.

Im Winter, am Himmel das Abendrot – die Engelchen backen Rosinenbrot.
Wenn es donnerte, spielten sie Kegeln da oben.
Und wir hörten immer erst dann auf zu toben am Heiligen Abend,
wenn das Glöcklein erklang,
Denn dann kam er endlich, der Weihnachtsmann.

Ich hoffe, du hast sie dir auch bewahrt:
Fantasien und Träume der schönen Art!"

„Sehr nett", kommentierte der Spatz meinen lyrischen Vortrag. „Und sonst?"

„Ach, du meinst später?“
„Ja, ich meine, da gab es doch ein besonderes Ereignis. Da warst du so fünfzehn.“
Wieder durchforstete ich meine „Festplatte“. Ich klickte auf „Suchen“.
„Ich weiß nicht, was du meinst“, musste ich nach einer Weile zugeben. „Krieg ich einen Tipp?“
Merkwürdig, aber es wunderte mich überhaupt nicht, dass dieser Vogel anscheinend mehr über mich wusste als ich selbst.
„Es war Sommer, es war brechend heiß, du warst krank …“
Ah, jetzt dämmerte es mir. Ich hatte diese Geschichte doch fast vergessen: „Ja, jetzt weiß ich, von welcher Zeit du redest. Du meinst die drei Wochen, in denen ich nichts gegessen habe, richtig?“
„So ist es! Woran erinnerst du dich, wenn du daran denkst?“
Bruchstücke wie Puzzleteile formten sich nach und nach in meinem Kopf zu einem erkennbaren Ganzen.
„Ich lag in einem Bett, irgendwo unter der Erde. Also, es gab schon ein Fenster, aber davor sah man nur eine Treppe, die nach oben führte. Der Raum lag den ganzen Tag über in einem Licht von angenehmer Dämmerung: Nordseite. Die Sonne kam nie ins Zimmer. Nur während kurzer Momente am Tag konnte ich anhand der Schatten auf den Stufen sehen, dass sie wohl schien. Himmel, nee! Himmel sah ich nie.“
„Und du, was hast du gemacht?“, war die nächste Frage.
„Was ich gemacht habe? Nichts eigentlich! Nur so da rumgelegen.“
„Jetzt streng dich mal ein bisschen an!“
Ich stellte das Glas auf den Boden, legte mich in voller Länge auf die Couch, zog die Beine an, verschränkte die Hände über meinem Unterleib und schloss die Augen. So versuchte ich, mir die damalige Situation besser vorstellen zu können – und es klappte.
Fragmentartig fuhr ich fort: „Ich lag in einem Etagenbett, unten. Das Bettgestell war aus Eisen. Die Pfosten – immer kalt. Mein

Kopf lag in Richtung Süden, weil das Fenster im Norden war – und dort lagen ja meine Füße.
Die Tapete war toll! In dem Raum waren zwei Etagenbetten hintereinander – bis zur Wand ein Meter vielleicht? Ganz eng, und wenn die anderen drei morgens weggingen, war ich so froh, die Luft für mich allein zu haben – und Stille: vollkommene Stille!"
„Erzähl mir von der Tapete", hörte ich die Stimme von Weitem.
„Die Tapete, ja, die war toll! Also, ein Wald … grün! Baumkronen und Äste … keine Stämme. Viele, viele kleine, grüne Blätter, Tausende … na, halt ein Wald … und davor … also auf der Tapete … vor den Baumdächern: Hirsche!
Völlig bescheuert, Hirsche in Baumkronen! Draufgeklebt … Fotos von springenden Hirschen, vielleicht achtzig, vielleicht auch mehr … nee, auf keinen Fall weniger, eher mehr … immer dasselbe Foto, immer derselbe Hirsch dutzendfach kopiert und von oben nach unten im gleichen Abstand … auf immer wiederkehrenden Baumkronen … schöne Hirsche, freundliche Tiere! Man konnte vertikale und diagonale, auch gerade Reihen, also von links nach rechts ziehen, oder umgekehrt … mit den Augen … natürlich!"
„Und du?"
„Ich … ich habe gewartet, bis die anderen weg waren. Jeden Morgen ersehnte ich den Moment herbei, wenn sie die Tür hinter sich schlossen, denn erst dann konnte ich **in** die Tapete!"
„Wie bist du dort hineingekommen?"
„Na, ganz einfach! Ich habe zuerst meine Augen auf die Hirsche gerichtet, habe mir ihren Körperbau angeschaut – jeder hatte denselben: die Geweihe, die Augen, freundliche Augen … von da aus bin ich zu den Bäumen gewandert, den Bäumen hinter den Hirschen … in das Grün … immer tiefer hinein … und dann war ich weg!"
„Wo warst du, wohin bist du gereist?"
„Weg aus dem Zimmer! Weg von den Eisenstangen, die das Bett umsäumten! Weg aus der Enge, der feuchten Kälte. Feucht vom

Atem der drei anderen, den sie dagelassen hatten … als sie gingen … morgens. Das Einzige, was von ihnen von ihrer Nacht mit schweren Träumen übrig geblieben war …"
„Was hast du gesehen?"
„Nichts! Ich habe nichts gesehen! Also, mit den Augen habe ich nichts gesehen. Gefühlt habe ich! Fühlen ist wie Sehen! Nein, Fühlen ist schöner als Sehen! Man sieht mehr, wenn man fühlt! Die Augen sehen so wenig! Fühlen kann man mit dem ganzen Körper. Jeder einzelne Nerv im Körper kann sehen … also fühlen! Augen können **nur** sehen … eigentlich nur betrachten, anschauen … aber nicht fühlen!"
„Und, was hast du gefühlt? Kannst du es beschreiben?"
„Glück … Unendlichkeit … Frieden … Wärme … Licht … noch nie habe ich mich so wohl gefühlt! Nie mehr wieder … so wohl!
Dann, wenn die anderen zurückkamen, musste auch ich zurück. Wieder in dieses enge, dunkle, mit schlechten Gerüchen gefüllte Zimmer. Ich lag dann wieder in diesem Bett, in diesem Eisengestell auf dem Rücken. Immer auf dem Rücken, und ich wartete. Es blieb mir ja nichts anderes übrig. Wenn *sie* da waren, konnte ich nicht weg. Ich musste warten, bis sie wieder loszogen.
Also lag ich jede Nacht da, starrte an die Eisenfedern des Bettgestells über mir und wartete.
Unendlich lange ist die Nacht, wenn man warten muss – fast so lange wie ein kleiner Tod, aber ich gab nicht auf, denn irgendwann schlich die Morgendämmerung in das Zimmer, und dann … dann standen *sie* auf, mussten aufstehen, sich waschen, anziehen, lachen, schreien, reden, die Luft verbrauchen, ohne dass sie es selbst bemerkten … Ich merkte es! Manchmal dachte ich, ich müsse ersticken, noch bevor *sie* den Raum verlassen hatten.
Aber *sie* gingen immer gerade noch rechtzeitig … und dann war Stille, und auch ich konnte endlich wieder los, zu den Hirschen, an den Hirschen vorbei zu den Bäumen und von da aus immer weiter dorthin, wo man nur noch fühlen kann. Ohne Ablen-

kung, ohne Schmerzen – ganz leicht ist dort alles – und hell. Nicht grell …! Angenehm! Irgendwie mehr gelblich, aber ganz zart … wie alles dort!"
„Und die Zeit, was ist mit der Zeit?"
„Zeit", hörte ich mich selbst lachen, „ein Tag ist eine Sekunde – eine Sekunde ist eine Ewigkeit! Zeit, was ist Zeit?"
Ganz langsam öffnete ich die Lider. Irgendwas, irgendwer knabberte an meinem Ohrläppchen. Behutsam drehte ich den Kopf. Der Vogel sprang schnell ein Stück weg in Richtung Schlüsselbein.
„Ach, du warst das", sagte ich matt. Es kam mir so vor, als sei ich gerade aus einer Narkose erwacht. Ich fühlte mich schlapp und unheimlich durstig – außerdem war es so heiß hier im Zimmer …
Natürlich warf ich das Glas um, als ich versuchte, es mit der Hand zu ertasten. Alkohol ist auch nichts gegen Durst! Es blieb mir also nichts anderes übrig, als mich zu erheben und in die Küche zu gehen.
Ich drehte den Kaltwasserhahn auf, formte aus den Handflächen eine Schale und trank gierig. Anschließend wusch ich mir gleich noch das Gesicht. Mit dem Geschirrtuch die Hände trocknend, ging ich zurück zum Sofa.
„Puh", sagte ich, „das war aber mehr als nötig!"
Ich öffnete das Fenster und lehnte mich hinaus. Am Wetter hatte sich nichts geändert, und als ich genug durchfroren war und mich umdrehte, war von allen Kerzen das Wachs an einer Seite heruntergelaufen.
Schön sahen sie jetzt aus, viel schöner als zuvor.
Ich hockte mich vor den Kamin, denn jetzt war mir kalt. Ich schaute in die Flammen: „Früher habe ich oft lange in die Glut geschaut. Das ständig wechselnde Farbenspiel faszinierte mich, und manchmal sah ich kleine tanzende Feuerzwerge."
Ich versuchte, welche zu entdecken: „Vielleicht zeigen die sich nur Kindern", redete ich weiter, ohne dass ich damit jemanden

direkt ansprechen wollte. Es war eher eine Art von Selbstgespräch. Ich hatte das banale Bedürfnis, eine vertraute Stimme zu hören, und die eigene ist einem eben immer noch am vertrautesten.

„Sei mir nicht böse, kleiner Spatz, aber ich muss mich unbedingt hinlegen und schlafen – ich bin sooo müde!!“

Schwerfällig stand ich auf, wankte ins Schlafzimmer und ließ mich aufs Bett fallen. Das Einzige, was mir noch bewusst wurde, war, dass mich jemand zudeckte.

„Danke“, war alles, was mir noch über die Lippen kam.

Mit einem Mal, ich wusste nicht, wie lange ich geschlafen hatte, wachte ich abrupt auf.

Die Kerzen! Ich hatte völlig vergessen, die Kerzen zu löschen und zu überprüfen, ob ich das Feuer im Kamin von alleine ausbrennen lassen konnte.

Ich sprang aus dem Bett, rannte ins Zimmer und – alle Kerzenlichter waren ausgeblasen und das Holz im Kamin niedergebrannt.

Na, Göttin sei Dank, dachte ich und schlurfte zurück unter die warme Decke.

Andere Gedanken kamen mir in dieser Nacht nicht mehr.

Erst der nächste Morgen stellte Fragen beziehungsweise ich begann, Fragen zu stellen, dem Vogel, der vergnügt auf der Lehne eines Küchenstuhls hockte, und mir selbst, die ich an der gegenüberliegenden Seite des Tisches saß und den heißen Milchkaffee mit Hochgenuss durch die Lippen schlürfte.

Ein trüber Tag, wie jetzt viele folgen sollten. Oh, wie ich den Herbst hasste, jetzt gerade in diesem Moment, wo ich sah, dass der gestrige Sturm ganze Arbeit in Bezug auf „Blätter von den Bäumen abreißen“ geleistet hatte.

Ich schaute Sing-Sing über den Kaffeetassenrand hinweg an: „Sag mal“, begann ich ganz vorsichtig, „hast du dich gestern Abend um die Kerzen und das Feuer gekümmert?“

Der Spatz hüpfte auf den Tisch und pickte die von mir hinterlassenen Krümel auf: „Klar, wer sonst. Du bist ja urplötzlich verschwunden. Blieb mir ja wohl nichts anderes übrig, oder hätte ich es zulassen sollen, dass uns das Haus womöglich überm Kopf abbrennt? Gerade jetzt, wo es so schön sauber und gemütlich …"
Ich ließ ihn nicht zu Ende sprechen: „Wie hast du das denn gemacht?"
„Wie meinst du das?", fragte er, obwohl ich genau wusste, dass er verstand, worauf ich hinaus wollte.
„Du weißt schon!" Ich stellte die Tasse so dicht neben den Vogel, dass er erschreckt ein Stück nach links hüpfte.
„Na, wie werde ich das wohl gemacht haben? Genau so, wie du es machst … wenn du dran denkst."
Ich stand auf, holte eine Kerze aus dem Nachbarzimmer, stellte sie auf den Tisch, zündete sie an und forderte mit einer dazu passenden Handbewegung: „Gut! Hier bitte, mach sie aus!" Ich lehnte mich zurück wie ein Zuschauer im Theater. Erwartungsvoll, doch dem Schein nach gelassen.
Ich wusste, als Vogel war es ihm unmöglich, diesen Wunsch auszuführen, und ich wollte so endlich herausbekommen, wer er, wer es wirklich war, dieses Wesen, welches da vor mir saß und mein Leben von unserer ersten Begegnung an in einer wundervollen Art bereichert hatte.
„Nun, ich warte gerne noch ein wenig."
Das Triumphale in meiner Stimme sollte mir schnell vergehen, denn der Vogel erhob sich in die Luft, kreiste ein paarmal um die Kerze herum und schlug dabei so schnell und heftig mit seinem Schwanz, dass die Flamme erlosch. Ein wenig außer Atem setzte er sich wieder auf die Lehne: „Noch Fragen?"
„Muss mich wohl bei dir entschuldigen!"
Der Spatz wetzte seinen Schnabel an dem Holz: „Nee, nee schon gut", sagte er, „hab schon verstanden, warum du diesen Beweis brauchtest. Ist ja nicht so leicht für einen Menschen,

sich vorzustellen, was Vögel so alles können … Aber nun ein Ende mit der Akrobatik, sag mir lieber, wie es dir heute Morgen geht."

Die Sache mit der Decke, die hatte ich ganz vergessen.

„Ausgesprochen gut! Dass ich mich gestern Abend an all das habe erinnern dürfen, wirklich toll! Ich glaube, von alleine wäre ich nie mehr dahin gekommen. Ich meine, es ist schon so lange her. Und was unglaublich ist: Ich fühlte mich plötzlich nicht so, als ob ich von dieser Art Reise erzählte, so, wie wenn ich jemandem von meinem letzten Urlaub berichte, nein, ich erlebte die Zeit noch einmal. Wie ein Déjà-vu. Nein, das stimmt so nicht! Es war wie ein Trip in die Vergangenheit. Weißt du, ich war **wirklich** da … damals und gestern Abend noch einmal."

Plötzlich war ich ganz aufgeregt.

„Ich hab sie wieder gesehen, die Tapete, die Hirsche, die Bäume und das, was dahinter ist …"

„Und, was glaubst du, um in deinen Worten zu sprechen, was glaubst du, was dahinter ist?"

Natürlich hatte ich mir diese Frage schon den ganzen Morgen über gestellt, immer wieder. Beim Zähneputzen und Duschen, während eines langen Blicks in den Spiegel über dem Waschbecken, beim Anziehen und Kaffeekochen, und ich hatte auch eine Antwort, aber ich traute ihr nicht. War mir nicht sicher, weil es unvorstellbar war und doch irgendwie auch nicht …

„Es wäre mir lieber, du würdest es mir sagen."

„Warum sollte ich das tun? Du weißt die Antwort doch selbst. Du weißt sie schon seit fünfundzwanzig Jahren. Du traust dich nur nicht, sie auszusprechen, weil du dir selbst nicht traust!"

Stimmt, der Vogel hatte recht. Eigentlich hatte er immer recht mit dem, was er sagte. Ich hatte es schon so oft einsehen müssen. Sobald ich meine Stur- und Starrsinnigkeit ablegte, meinem Hang zur Rechthaberei den Riegel vorschob, also immer dann, wenn ich bereit war, zuzuhören, dem Inhalt des Gesprächs zu

folgen und nicht meiner eigenen Überheblichkeit, dann musste ich feststellen, früher oder später, dass Sing-Sing der Wahrheit erheblich näher stand als ich.
Auch dieses Mal traf er genau den Punkt. Ich traute mich nicht, und das schon seit dieser Zeit damals – oh Göttin, ein Vierteljahrhundert war seitdem vergangen –, ich hatte mich noch nie getraut, weder mit einem anderen Menschen darüber zu reden, noch wenigstens für mich selbst die Antwort, die ich fühlte, anzunehmen als das, was der Sinn einer Antwort eben ist: nämlich ein Schritt weiter auf dem Weg zum eigenen Kern.
Der Blick hinüber zu meinem Freund gab mir Mut: „Dahinter“, begann ich zaghaft, „dahinter ist der Tod!“
„Ihr Menschen“, lachte Sing-Sing, „immer, wenn ihr etwas erlebt, was ihr nicht mit eurer gut gemeinten Wahrnehmung erklären könnt, denkt ihr gleich an den Tod. Wenigstens ein Gebiet, wo ihr keine Beweise fordert, sondern wo sich eurem Glauben ‚eine Spielwiese‘ offenbart.
Was du damals erlebt hast, war eine Reise in eine andere Bewusstseinsstufe, ausgelöst durch dein Fasten. Erzähl mal einem Mediziner, dass du drei Wochen lang nichts gegessen und getrunken hast. Was der dir wohl sagen wird?!
Eine solche Zeit unbeschadet zu überstehen, das kann man nur, wenn man seinen Körper in eine Art ‚Winterschlaf‘ versetzt. Das erreichen nur wenige, denn dazu gehören äußerster Wille, Disziplin, Meditation und viele Jahre, in denen man geleitet von einem Lehrer lernen, lernen und nochmals lernen muss.
Dass du dies einfach so ohne Vorbereitungen oder Kenntnisse überlebt hast, das war ein Geschenk. Mach es dir deutlich: Du hast damals ein zweites Leben geschenkt bekommen!
Und diesen drei anderen Menschen, die jeden Abend zurück zu dir kamen, um nach dir zu schauen, die für dich gebetet haben, sich gesorgt haben und dich liebten, diesen dreien solltest du dankbar sein wie nichts anderem auf dieser Erde!

Wenn sie nicht da gewesen wären, hättest du am Abend den Weg in die Welt, in der du jetzt lebst, niemals zurückgefunden. Ich schwöre es dir: niemals! Du nicht!
Und, was hast du aus dieser Erfahrung gelernt?"
Ich schaute den Vogel an, und Tränen stiegen mir in die Augen: „Nichts", gab ich zu, und es tat weh. „Ich hab einfach alles verdrängt, weil es so unglaubhaft war. Ich wollte mich nicht lächerlich machen oder für verrückt erklärt werden. Es gab Zeiten, da hab ich ja schon selbst an meinem Verstand gezweifelt."
„Kein Grund zu weinen", beruhigte mich der Vogel, „an dem eigenen Verstand zu zweifeln, das ist der erste Schritt, um das Herz zu öffnen. Glaub mir!
Wer alles einfach hinnimmt, sich sozusagen der stoischen Ruhe hingibt, der wird nicht weit kommen. Dem bleiben die meisten Welten verschlossen, und sein Dasein wird überschau- und berechenbar. Man könnte auch langweilig dazu sagen.
Übrigens, dein Selbstmitleid kannst du dir auch dieses Mal sparen. Es stimmt doch gar nicht, dass du nichts gelernt hast.
Okay, besonders viel ist es nicht, auf das wir aufbauen können, aber zumindest bist du noch nicht völlig erstarrt, und das ist für dein Alter und bei der Lebensweise, die du führst, erstaunlich genug."
„Sehr berauschend klingt dein Urteil über mich nun gerade nicht. Wenn du mich in Hochstimmung zu versetzen suchst, dann brauchte ich jetzt schon ein paar nettere Worte."
„Wieso, deine Augen sind doch wieder klar, und für Streicheleinheiten, da musst du dir schon jemand anderen suchen.
Aber Spaß beiseite, alleine dadurch, dass du dieses und, glaube mir, noch ganz andere Ereignisse verdrängt, aber nicht vergessen hast, zeigt sich sehr wohl, dass du bereit bist zu lernen und dies auch mit all den Kräften, die dir zu Verfügung stehen, tust. Das reicht aber nicht aus, wie du selbst gesehen hast.
Es gibt Phasen im Leben, da kommt man alleine nicht weiter. Wenn dann keiner da ist, der einen ‚schubst', dann bleibt man

auf der Strecke, dreht sich im Kreis, tiefer und tiefer in den Sand hinein, so lange, bis dieser über einem zusammenschlägt und man erstickt. Im übertragenen Sinn, wenn du verstehst …?!“

Oh ja, ich wusste genau, wovon Sing-Sing gerade sprach!

Ich wusste es nicht nur, ich kannte den Zustand, das Gefühl, zu ersticken, nur allzu gut!

Hatte ich nicht immer versucht, in den Büchern, die ich schrieb, mich diesem dadurch zu erwehren, dass ich beschuldigte, anklagte, das Negative suchte und natürlich auch fand. Den Menschen zu zeigen, nein, schlimmer noch, zu beweisen, dass sie das Letzte sind. Wirklich das Allerletzte auf dieser Welt.

Und war ich nicht insgeheim schon längst zu dem Schluss, zu dem unverrückbaren Schluss gekommen, dass es nur einen Ausweg aus dem ganzen Dilemma geben könne, der da hieß: weg mit den Menschen!

… was auch bedeutete: weg mit mir!

Hatte ich aber nicht auch gespürt, dass dieser Weg in eine Sackgasse führen musste? Natürlich, aber was sollte ich tun? Ich sah keine andere Möglichkeit.

Ich rannte gegen alle Mauern. Vor allem gegen die, die ich um mich selbst errichtet hatte und die mich von Jahr zu Jahr mehr einengten, einschlossen und mir so nach und nach jegliche Chancen versagten, mich zu bewegen.

Und mir fiel nichts Besseres ein, als die anderen dafür verantwortlich zu machen.

Zu meiner Verteidigung, falls denn eine vonnöten ist, muss ich anführen, dass die Schuld bei allem nicht einzig und allein in mein Ressort fällt. Aber auch dieses Wissen bringt mich nicht weiter.

Wenn man will, dass etwas geschieht, muss man selbst etwas dafür tun! Warten, dass jemand kommt, einen ans Händchen nimmt und führt, das kann der Anfang vom Ende sein!

Man kann viel im Leben tun. Zu warten, gehört dabei allerdings zum Dümmsten, was man machen kann!

„Wie wäre es mit Urlaub?“, riss mich die Stimme des Spatzen aus meinen Reflexionen.
Ich war auf viel gefasst, auf solch eine Frage jedoch nicht.
„Wie, Urlaub?“, fragte ich zurück.
„Na, ich denke, die Zeit ist günstig. Alle Arbeiten in Haus und Hof sind erledigt, wir sind gesund, also was hindert uns daran, wegzufahren?!“
„Und wohin?“
„Wohin du willst! Du wolltest doch mal wieder unter Menschen. Da wäre es von Vorteil, eine Städtetour zu machen.“
„Wie, einfach so?“
„Ja, wie sonst! Komm, pack ein paar Sachen zusammen und lass uns losdüsen.“
„Du mit deinen Spontanideen. Das bringt mich immer ganz durcheinander!“
„Ich sag ja, es wird Zeit für eine Reise. Höchste Zeit für dich!“
„Irgendwie ist dein Vorschlag schon reizvoll. Um diese Jahreszeit irgendwohin zu fahren, das hab ich noch nie gemacht.“
„Na also! Wenn du dich ein bisschen beeilst, dann sind wir vor der Dunkelheit noch irgendwo in einer kleinen, gemütlichen Pension. Du glaubst nicht, wie gut das tut, einmal andere arbeiten zu lassen und sich selbst nur dem ‚Dolce Vita‘ hinzugeben!“
Die Vorstellung war mehr als verlockend, das musste ich zugeben, und damit war ich eigentlich schon überredet.
Ohne also weiter groß über Sinn und Zweck, über Für und Wider nachzudenken – denn das alleine kann schon verhindernde Auswirkungen haben –, holte ich eine Tasche aus dem Schrank, stopfte ein paar Sachen, Jeans, dicke Pullis und Socken hinein, Waschzeug hatte ich auch schnell zusammen, und wie man so schön sagt: Eh ich’s mich versah, saßen der Vogel und ich startklar im Auto.

Zum wiederholten Mal hatte Sing-Sing mich aus den leisen Anfängen einer Depression geführt. Alleine wäre ich zu dieser Zeit mit Sicherheit darin versunken!!

Ich fuhr los, ohne auch nur die Spur einer Ahnung wohin. Auch dies hatte ich noch nie zuvor in meinem Leben getan. Aber es tat gut! Es hatte etwas von Freiheit und Abenteuer, jetzt, da ich einen Freund an meiner Seite hatte.
Früher hätte ich gesagt, solch ein Verhalten habe etwas von Planlosigkeit und Unvernunft.
Tja, so kann sich der Standpunkt ein und derselben Person ändern, wenn sie dazu bereit ist. Wenn sie spürt, dass es ihr gut tut.
Wir mussten erst einmal auf die Autobahn, das war klar, und mit dieser Sicherheit war die Strecke vorerst bestimmt.
Ich schaltete das Radio ein. Eine fast schon automatische Handbewegung. So, wie man den Scheibenwischer anschaltet bei Regen. Ich wollte gerne mal Nachrichten hören. Seit Sing-Sing bei mir wohnte, war das aktuelle Zeitgeschehen, mit dem ich mich im Allgemeinen sehr wohl beschäftigte, völlig in den Hintergrund geraten.
Da ich aber keine Uhr im Wagen hatte, und mein Zeitmesser immer noch neben dem PC lag (ich glaube, auch das passierte mir zum erste Mal, denn ohne Armbanduhr verlasse ich normalerweise nicht einmal das Haus, um ins Dorf einkaufen zu gehen), wusste ich natürlich auch nicht, wann es Zeit für die aktuellen Tagesberichte war.
Das, was wir hörten, als ich den Knopf betätigt hatte, war ein Bericht über die V2 – eine Rakete, die am Ende des Zweiten Weltkrieges hergestellt wurde und bei der doppelt so viele Menschen während der Erbauung starben als hinterher bei ihrem Einsatz.
Ich konnte mir den Kommentar nicht verkneifen: „Das ist doch mal was anderes. Eine Waffe, die sich gegen die richtet, die sie zusammenbasteln. Vielleicht wäre das die einzige Lösung, damit die Menschen keine Waffen mehr bauen."

Sing-Sing sagte nichts dazu, doch irgendwie nahm ich seine Missbilligung wahr, die sich nicht gegen die Radiosendung richtete, sondern – ich spürte es deutlich – gegen das, was ich von mir gegeben hatte.

Gut, dachte ich bei mir, dann eben nicht, und ich wechselte das Programm. Diesmal ging es um Demokratie, aber in einem ganz speziellen Fall: Die Witwe eines Bundestagsabgeordneten bekommt über eintausendfünfhundert Euro Rente, auch wenn ihr verstorbener Mann nur einen einzigen Tag dieses Amt innegehabt hat, wohingegen eine „normale" Witwe, also eine „Frau des Volkes", etwas über fünfhundert Euro erhält. Aber auch nur dann, wenn der verstorbene Mann nachweislich fünf Jahre lang gearbeitet hat.

„Tja, man pinkelt sich doch nicht ins eigene Hemd. Recht haben die Herren von der Regierung. Jeder muss sehen, wo er bleibt, und **die** Leute, die wissen genau, wie sie die Gesetzgebung machen müssen, damit für sie ordentlich etwas bleibt."

Auch dieses Mal enthielt sich der Vogel jeglichen Kommentars.

„Na ja, vielleicht gibt es ja auch irgendwo Musik."

Tatsächlich, und dann auch noch Reggae. Ich liebe Reggae … *let Jah be praised … and the world is satisfied* …, klang Bob Marleys Stimme aus den Lautsprechern.

„Na, wie gefällt dir diese Musik?", richtete ich diese, wie ich hoffte, unverfängliche Frage an den Spatzen.

„Und, was höre ich als Kommentar vom Fahrer?", kam als Frage zurück.

„Tiere müssen nicht beten, denn ihre ganze Erscheinung ist ein einziger Lobgesang!"

He, dachte ich noch kurz bei mir, das war ein richtig guter Satz. Schon aber belehrte mich der Vogel eines Besseren:

„Tiere können überhaupt nicht beten, von müssen gar keine Rede."

„Ist ja schon gut! Gefiel mir ja auch nur so von den Worten her."

„Du hörst dich gerne reden, stimmt's?!"
Dieses Mal sagte **ich** nichts.
„Mach doch einfach diese ‚Kiste' aus. Das vermiest uns die ganze Stimmung – jedenfalls deine. Merkst du das denn nicht?!"
Ich tat wie mir befohlen. Auch wenn der Vogel nie direkte Befehle gab, also so in der Art von „Tu dies" oder „Tu das" – die Unumstößlichkeit der Weisung lag einfach in dem Klang seiner Stimme, und ich gehorchte. Ich wusste, dass er von mir nichts verlangen würde, was nicht gut für mich ist. (Auch wenn ich das meist erst viel später einsah.)
„Du kannst noch genug Nachrichten in deinem Leben hören und in deiner zynischen Art und Weise kommentieren", sagte der Vogel, als ob er meine Gedanken erraten hätte. „Im Augenblick hast du aber wirklich etwas anderes zu tun …", und leiser, aber dennoch so, dass ich es hören musste, beendete er den Satz: „… im Augenblick hast du wirklich genug mit dir **selbst** zu tun!"
Ich hatte große Lust, umzudrehen! Was sollte eigentlich dieser Unfug?
Verreisen – als ob ich nicht ganz andere Sachen zu tun gehabt hätte!
Ich musste zum Beispiel dringend … tja, was musste ich denn eigentlich dringend? Scheiße! Nichts!!
Aber dieser Trip war doch einfach idiotisch! Um diese Jahreszeit bei dem Wetter und dann auch noch ohne richtiges Ziel – der Vogel hatte sie doch nicht mehr alle … und ich „Doofi" ließ mich auch noch darauf ein.
Was sollte das denn? Ich meine, ich hatte doch gar keine Lust, mich in einer Stadt … anzuöden, ja genau, mich anöden zu lassen.
Ich war ärgerlich!
Nervös, weil ich nicht berechnen konnte, was passieren würde. Nie wusste ich, was der Vogel in seinem blöden Spatzenhirn ausbrütete, um mich … um mich vorzuführen, um mich mir selbst vorzuführen, mir zu zeigen, was ich für ein Vollidiot bin …

Viele solcher Sachen kreisten in meinem Kopf umher, bis ich den nächsten Parkplatz ansteuerte und den Wagen absichtlich quer über die Linie fuhr, die als Abgrenzung zwischen zwei Stellplätzen gezogen war. Irgendwie musste ich meine „revolutionären“ Gedanken jetzt in Taten umsetzen, egal, wie blöde sie auch schienen. Mein Protest hatte wenigstens sichtbare Formen. Ich drehte den Zündschlüssel nach links.

Sing-Sing gab sich ruhig und gelassen. Ich hasste dieses Verhalten, denn es bewies mir deutlicher als alles andere meine Unterlegenheit.

„Was treibst du denn da?“, fragte mein Beifahrer harmlos.

„Was ich hier treibe? Ich parke hier!“

„Ja, das sehe ich! Und hat das auch einen Grund? Und wenn dem so ist, würdest du so freundlich sein und mir diesen mitteilen?!“

Erwähnte ich bereits, dass ich diese Art von Verhalten des Vogels hasste?!

„Ich glaube … also, ich denke, es ist vielleicht besser, wir drehen um und fahren zurück in meine Hütte. Wir hätten erst gar nicht losfahren sollen. Das war doch eine völlige Schnapsidee!“

„Wieso denn? Was ist denn auf einmal los mit dir?“

„Gar nichts ist los mit mir, überhaupt nichts, aber was soll denn der Scheiß? Wir wissen nicht einmal, wohin wir fahren, und überhaupt …“

Sing-Sing atmete hörbar ein und wieder aus. Ungefähr so wie eine Mutter, wenn ihr Kind schon dreimal mit dem Karussell gefahren ist und nun erst weitergehen will, wenn es noch ein viertes Mal fahren darf. „Um des lieben Friedens willen in Gottes Namen“, wäre die wohl passende Beschreibung dazu.

Was meinem Ärger noch einen „draufsetzte“, war, dass ich dabei die Rolle des nörgelnden Kindes innehatte. Dabei benahm ich mich, objektiv betrachtet, ja auch wie ein Kind. Fehlte nur noch, dass ich mit dem Fuß aufstampfte und anfing zu weinen.

Also „Fußaufstampfen“ war nicht. In meiner alten Karre wäre das eventuell ein fataler Fehler gewesen, denn so dick war der Unterboden auch nicht mehr.
Und weinen? Ja, Scheiße, ich war nahe dran.
„Ach, Mensch, ich fühle mich einfach nicht gut. Ich meine, mir geht es beschissen, wenn dir das was sagt.“
„Du bist echt mit den Nerven runter! Sehe ich ein, ist alles ein bisschen viel für dich gewesen in letzter Zeit! Ich hätte mehr Rücksicht …“
„Ach, scheiß Rücksicht!“, fiel ich dazwischen. „Das Einzige: Ich habe keine Lust, zu verreisen! Hörst du, keinen Bock!!“
„Komm, stell das Auto mal vernünftig ab, und dann lass uns ein Stück in der frischen Luft spazieren gehen.“
„Ja, ja, wenn alles nicht mehr hilft, dann stapft man draußen rum nach dem Motto: Frische Luft wird dir jetzt gut tun. Als ob das was bringt …“

Es brachte was!
Verdammt!
Es tat mir sogar irre gut, dieses „Draußen-Rumstapfen“, wie ich es vorhin verächtlich genannt hatte.
Der Parkplatz lag, welch Zufall, direkt an einem Wäldchen. Ein kurzes Stück über eine mit Wiese angelegte Anhöhe, und schon betraten wir wunderbar zarten, unter meinen Füßen nachgebenden Waldboden.
„Schade, dass du das nicht spüren kannst, kleiner Vogel. Es ist, als ob man auf Wolken ginge: ganz leicht und federnd.“
Ich machte betont große Schritte. Als ob dem Spatzen dadurch deutlicher geworden wäre, was ich meinte.
So gingen wir geraume Zeit. Also, ich ging, versunken in dem Wohlgefühl, auf Wolken zu schweben, der Vogel flatterte mal hierhin, mal dorthin.
Herrlich, nicht sprechen zu müssen! Noch schöner: nicht zuhören zu müssen. (Obwohl Sing-Sing mich nie dazu zwang.) Die

Luft erfrischend, nach Harz duftend, und ich sog sie ein, als sei ich mittendrin in einer Aromatherapie. War ich wahrscheinlich auch, ohne es selbst zu wissen.
Ich liebe Nadelwälder! Auch wenn sie bei Sonnenschein nie so freundlich wirken wie ihre Verwandten aus Blätterbäumen, so fühle ich mich immer sehr behaglich, wenn ich zwischen Tannen, Fichten und Kiefern spazieren gehe. Wie im Märchen, und wenn dann noch Schnee liegt und die einzelnen Zweige unter der weißen Pracht, für sie eher Last, nach unten hängen, dann ist dieses Zusammenspiel zwischen Bäumen und Wetter der Gipfel von Naturschönheit.
Im Sommer ist es angenehm kühl und für die Augen nicht so grell, wofür diese dankbar sind, im Herbst entgeht man dem Blätterabwurf, der mich schon immer traurig stimmte, so bunt und vielfältig er auch sein mag. Und Frühling – Frühling ist überall schön, eben Frühling.
Wenn die Sonne scheint, ist es mir in Laubwäldern zu unruhig. Der Wind, der durch die Kronen der Bäume weht, verursacht sich ständig verändernde Sonnenflecken beziehungsweise Schattenstellen. Es ist ein permanenter Wechsel von Licht und Dunkel, und das macht mich nervös.
In Gegenden mit Nadelgehölzen entstehen Lichtungen, in welche die Strahlen einfallen wie Scheinwerferlicht, und diese wandern langsam, eben im Zuge der Sonne, mit. Das ist beruhigend und verursacht nicht solche Reizüberflutungen.
Noch etwas finde ich wunderbar – die Stille. Denn im Gegensatz zum Laub, welches ständig raschelt und sich aneinander reibt, vom Wind hin und her geweht wird und so dieses Rauschen verursacht, zieht die Luft zwischen den Zweigen und Nadeln einfach hindurch, und die Ohren sind „frei“ zum Hören von Vogel-, Maus- oder sonstigen Stimmen des Waldes.
Und wie eben schon erwähnt: Der Duft von Tannenholz, von Harz, welches an den Stämmen hinunterläuft, die Nadeln, die, wenn man sie kräftig zwischen den Fingern reibt, in den

Handflächen einen wunderbaren Duft hinterlassen, der stundenlang anhält und von dem man immer wieder „ein Näschen“ zu sich nehmen kann – alles das macht mir die Nadelwälder so lieb.

„Sag einmal …“ Sing-Sing war auf einer meiner Schultern gelandet, ohne dass ich es durch die dicke Jacke hindurch gespürt hatte. Klar, bei dem Leichtgewicht … „Sag mal“, wiederholte er, „glaubst du eigentlich an Gott?“

Ich blieb stehen und drehte meinen Kopf leicht in Richtung des Vogels.

Na super, dachte ich, etwas Einfacheres hätte es vielleicht im Augenblick auch getan?!

„Was ist das denn für eine Frage?“, gab ich zurück.

„Eine ganz normale, vier Wörter und ein Fragezeichen: Glaubst du an Gott?“

„Also, ich finde, das ist gar nicht so einfach!“

„Ich habe auch nicht gesagt, dass es eine einfache Frage ist. Ich sagte, es sei eine normale.“

„Tja, glaube ich an Gott … hm?“

„Also, wenn dir die Bezeichnung ‚Gott‘ nicht zusagt, kann ich auch ‚großer Geist‘ sagen, ‚Göttin Natur‘ oder ‚gute Mächte‘. Es gibt da die verschiedensten Möglichkeiten. Nenne es, wie du willst. Was ich nur gerne wüsste, ist, ob du eine persönliche Beziehung zu IHM oder IHR hast.“

„Eine Beziehung … tja.“

„Gut, dann frage ich mal anders: Betest du?“

Oh ja, die Frage war wirklich ganz anders.

„Das ist doch genau dieselbe, nur mit anderen Worten!“

„Richtig, aber ich dachte, es könnte dir helfen, sie zu beantworten.“

Ich verschränkte die Hände auf dem Rücken und ging weiter. Meinen Blick ließ ich weit vorauslaufen. Er wanderte durch die Zweige, sprang von Stamm zu Stamm oder nach oben bis zu den Tannenspitzen:

„Ja, beten tue ich schon … ab und an … mal.“
„Und, an wen richtest du deine Gebete?“
„Och, wenn du mich so fragst, eigentlich nicht so direkt … also nicht so persönlich an jemand Bestimmten. Na, so halt … einfach nach oben, oder so?!“
„Und werden deine ‚einfach nur so nach oben, aber keinesfalls direkten Gebete‘ erhört?“
„Ja, doch, also manchmal habe ich schon den Eindruck … also mehr so ein Gefühl, weißt du … so innen drin.“ Bei diesen Worten tippte ich mir mit dem rechten Zeigefinger auf das Brustbein.
„Vielleicht auch eher ein Stück weiter nach links, da, wo das Herz sitzt?“
Auch hier musste ich erst eine Weile lang überlegen: „Nein, tiefer, im Magen, vielleicht noch eher Unterleib. Ja, ich glaube, ich spüre das im Unterleib!“
„Was spürst du da?“
„Na, dass da etwas oder jemand schon hört, was ich ihm anvertrauen will.“
„Du forderst also nicht nur, sondern erzählst IHM auch etwas?“
„Ja, eher das. Ich meine, manchmal bitte ich, aber viel öfter erzähle ich nur, was so war, und manchmal sage ich auch einfach nur danke. Das ist dann das ganze Gebet! Ich bedanke mich für den schönen Tag oder für eine tolle Begegnung, die ich hatte, oder halt für die Ernte im Garten. Na, so halt, was alle tun.“
„Das hört sich nicht schlecht an und …“
„Ach, eigentlich habe ich mit Religion gar nichts am Hut“, unterbrach ich.
Der Spatz flog über meinen Kopf hinweg und landete auf meiner anderen Schulter: „Wer spricht denn hier von Religion? Glaube und Religion können zwei völlig verschiedene Sachen sein!“
„Ja, so sehe ich das auch, aber sage das mal.“
„Das machst du doch gerade.“

„Im Augenblick so unter uns, ja klar. Wir können auch über alles reden! Aber im normalen Leben …“

„Das hier ist das normale Leben! Oder was meinst du, wo wir uns befinden?“

„Du verstehst genau, was ich meine. Normalerweise beinhaltet die Äußerung ‚Ich glaube an‘ doch gleichzeitig, dass man einer Religionsgemeinschaft angehört und …“

„Quatsch! Wo hast du denn den Blödsinn her?“

„Man wird doch schon von klein auf so erzogen …“

„Moment, auch da muss ich dir sofort widersprechen. Bist du wirklich der Auffassung, dass ein Mensch zum Glauben erzogen wird?

Glaubst du, man könnte einen Menschen dazu erziehen? Man kann viel, aber das kann keiner!

Der Glaube, und lassen wir jetzt erst einmal dahingestellt, an wen oder was er sich richtet, der Glaube ist etwas, das von innen heraus wächst! Der ist schon da, verstehst du?!

Dieses Wissen ist leider, wie so vieles andere auch, in den westlichen Zivilisationen verloren gegangen.

Ein Kind kommt auf die Welt, wird getauft und – damit es einfacher für dich ist, bleibe ich jetzt mal in der Welt der Christen – wird erzogen.

Erziehen heißt im positiven Sinne: Alle Älteren geben ihre Erfahrungen an das Kind weiter, und zusammen mit den Erfahrungen, die es selbst macht, entsteht nach und nach ein Individuum.

Sicher, der heranwachsende Mensch muss sich gewissen Regeln unterwerfen, Gesetzen und Vorschriften, ohne die ein Leben im Rudel nicht funktioniert. Je nach Stärke des Charakters wird er seine Grenzen suchen und finden und, wenn es richtig gut läuft, sein Bewusstsein mehr und mehr erweitern und so lernen, seine Grenzen zu überwinden, bis er an neue stößt, an denen er dann erneut so lange ‚herumknabbert‘, bis er auch sie durchbrochen hat und seine Reise, seine Lebensreise fortsetzen kann.

Das Individuelle des Einzelnen erklärt sich also daraus, wie oft er die Kraft, den Mut und den Willen motivieren kann, seinen Geist zu öffnen, der ihm dann ein Weiterkommen ermöglicht."

„Schöne Theorie, wenn es nur so einfach wäre!"

„Es ist so einfach! Die Schwierigkeiten, die macht sich der Mensch nämlich selbst! Die Steine, die im Weg liegen, das sind im Grunde nur die sichtbar werdenden Mauern, und anstatt darüber zu jammern, gilt es, zu lernen, auf irgendeine Weise darüber hinwegzukommen. Es gilt nicht, sie einzureißen – Zerstörung ist nicht der Sinn –, sondern auf die andere Seite zu gelangen, ohne, um im Bild zu bleiben, einen Trümmerhaufen zu hinterlassen."

„Aber welche Rolle spielt denn jetzt der Glaube dabei? Das war doch unser eigentliches Thema. Bei dem, was du sagst, fehlt mir jede Notwendigkeit von Glauben."

„Du hast wieder einmal nicht richtig zugehört", tadelte der Spatz.

„Wieso, du sprachst von Gesetzen und Regeln, ohne die eine Gesellschaft nicht funktioniert, und du sprachst von Grenzüberschreitungen, die die Individualität des Einzelnen prägen. Soweit ich mich erinnere – nicht das geringste Wort von Glaube."

„Was denkst du denn, wo Kraft, Wille und Mut herkommen?"

„Na, die hat man in sich."

„So ist das also!" Sing-Sing ließ mir Zeit, nachzudenken.

„Du schaffst es doch immer wieder, mich auf die richtige Spur zu führen." Ich musste noch einmal stehen bleiben, damit ich all meine Konzentration in das legen konnte, was sich gerade in meinem Gehirn zu Sätzen formierte.

„Wenn wir also davon ausgehen, dass der Glaube in einem Menschen von Beginn an vorhanden ist, und wenn wir weiterhin davon überzeugt sind, dass Kraft, Mut und Wille ebenfalls Dinge sind, die in jedem Menschen von Geburt an stecken, dann könnte man daraus folgern, dass diese positiven Eigenschaften wie Kraft, Mut und Wille sich in einem begründen, nämlich im Glauben … und das

würde auch zu dem Beweis führen, dass Glaube eine ganz individuelle Angelegenheit des Einzelnen ist, ja, sein muss!"
Ich spürte, wie mir die Anstrengung des Denkens das Blut aus den Füßen zog. Eiskalt waren sie.
„Siehst du, und damit hast du dir bewiesen, dass Glaube nicht unbedingt im Zusammenhang mit Religion stehen muss. Glaube ist nämlich **frei**! Aber das beantwortet nicht meine Frage von eben, schon vergessen?"
Ich musste zugeben, ja.
„Ich hatte dich gefragt, an **wen** du deine Gebete richtest."
Komisch, aber dieses Mal brauchte ich nicht zu stottern, nicht einmal zu überlegen. In meiner Stimme lag Überzeugung. Ich wusste, ich spürte es in meinem Unterleib, dass es eine Antwort gab, die für mich die richtige war: „Meine Gebete, die richte ich an die, die mir immer wieder helfen, meine Seele zu finden. Ganz einfach!"
Wir gingen weiter wie gehabt. Ich lief auf dem Boden, der Vogel flog seine eigenen Kreise.
„Aber … da wäre doch noch etwas zu klären." Das Gespräch von eben beschäftigte mich.
„Und das wäre?", fragte Sing-Sing.
„Was soll dann die Taufe? Ich meine, die hat doch gar keinen Sinn, oder?"
„Schmeiß doch nicht schon wieder Glaube und Religion in einen Topf! Glaube ist das, was im Inneren, im Kern, in der Seele des Einzelnen sitzt, und jeder entscheidet im Laufe seines Lebens und auch immer wieder aufs Neue, wie, wo oder ob er ihn nutzt – nutzen möchte. Religion ist hingegen das, was aus dieser Tatsache heraus entstanden ist.
Der Mensch ist ein Rudeltier. Er ist gerne mit Artgenossen zusammen. Das alleine reicht aber nicht. Ein Zusammengehörigkeitsgefühl muss gepflegt werden. Soll heißen, die Menschen müssen sich gemeinsame Aufgaben suchen, gleiche, zumindest sehr ähnliche Ziele setzen und/oder denselben Hobbys frönen. Erst dadurch, wenn aus einer Zusammenarbeit etwas positives Neues entspringt,

was ein Einzelner so in dieser Art und Weise nicht zustande bringen könnte, erst dadurch erlebt die Gemeinschaft ein Glücksgefühl, und dieses schweißt sie ein Stück näher zusammen. Sie sehen, dass es gut ist, was sie tun. Jeder hat für sich selbst einen Gewinn, und die gemeinsame Freude darüber tut allen gut.
Es gibt nicht so viele Menschen, die ihren Krempel gerne alleine machen. Die Mehrzahl liebt die Geselligkeit. Vor allem solche, die keine Zwänge auferlegt. Im Klartext: Der Mensch trifft die Entscheidung. Keiner **muss** also alleine sein, wenn er es nicht **will**."
„Bei dir hört sich alles immer so einfach an!"
Sing-Sing ging auf meinen „Vorwurf" erst gar nicht ein. „Religion ist demnach … Jetzt bist du dran!"
„Religion ist demnach", wiederholte ich brav, „eine Art Verein, in dem der individuelle Glaube in Gemeinschaft und durch diese zum Glücksgefühl heranreifen kann."
„Hübsch und unkonventionell hast du das zum Ausdruck gebracht, aber es trifft genau den Sinn", lobte mich der Spatz.
„Und die Taufe ist dann sozusagen die Eintrittskarte."
„Ja", lachte Sing-Sing, „die Taufe ist die offizielle Bestätigung der Mitgliederschaft."
„Wie sieht es aus, wollen wir mal zum Auto zurückgehen und weiterfahren?", fragte ich.
„Ja, machen wir!"
Den gesamten Rückweg über verbrachten wir beide schweigend. So trat wieder die wundervolle Waldlandschaft in den Vordergrund meiner Sinne, und ich schaute, atmete, lauschte, und mein Herz machte es mir ganz einfach: Es freute sich.

Als wir die Türen des Wagens geschlossen hatten, fühlte ich mich, obwohl ich eine ganz schöne Entfernung zu Fuß zurückgelegt hatte, ausgeruht wie nach einem Mittagsschläfchen.
Manchmal ist Laufen und Reden viel besser als Hinlegen und Schlafen! Den schlechten Energien Auslauf geben – ein gutes Heilmittel!

Sing-Sing hüpfte wieder auf die Rückenlehne des Beifahrersitzes zwischen die Halterungen der Kopfstütze. „Und, hast du nun einen Plan, wohin wir fahren?“, fragte er.
„Am liebsten würde ich jetzt nach Hause fahren. Schlimm?“
„Nee, überhaupt nicht.“
„Aber dann sind wir doch an demselben Punkt, an dem wir vor dem Spaziergang waren. Da wollte ich doch auch schon nicht weiter.“
„Stimmt“, sagte der Spatz, „vorhin, da wolltest du nicht **weiter**, aber jetzt … jetzt weißt du, **wohin** du willst. – Und das, das ist ein riesiger Unterschied!
Jetzt hast du die Fähigkeit zurückerlangt, zu entscheiden, **was** du willst.
Wenn man sich auf den Weg zur Quelle seines Ursprungs macht, dann darf man eines nicht tun: sich „flussabwärts“ treiben zu lassen!“
Man muss etwas **wollen**, und dafür muss man etwas tun. So geht es weiter.
Wenn man aber nur weiß, was man **nicht** will, dann **kann** man nichts tun, und dann geschieht nur eines: Man wird zum „Fähnchen im Wind“, zum „Treibholz“, um das sprachliche Bild des Vogels aufzugreifen.

Rasend schnell waren wir wieder vor der Tür meines Häuschens angelangt. Warum vergehen Rückfahrten vom Gefühl her immer schneller? Vielleicht, weil das Gehirn die Gegend noch von der Hinreise her gespeichert hat und so keine neuen Eindrücke zu sammeln braucht, sondern nur Vorhandenes erneut abruft? Was weiß ich.
Ich wusste nur, es war herrlich, wieder daheim zu sein!
Das Einzige, wonach ich mich im Augenblick sehnte, war, zu schlafen.
Glücklicherweise konnte man draußen mit etwas gutem Willen auch schon die Abenddämmerung erahnen, und das half mir,

meinem Bedürfnis Folge zu leisten, ohne dass sich ein schlechtes Gewissen regte, welches signalisierte: Wenn du jetzt ins Bett gehst, verpasst du etwas.

Die Zeit zwischen Tag und Nacht beruhigt ungemein, und sich ihr einfach hinzugeben, sich abzulegen, mit offenen Augen in sie hineinzuversinken, von ihr eingehüllt zu werden wie von einem Seidentuch, das sich leicht und zart über den Körper legt: so schön und angenehm!

Ich lag auf dem Rücken, die Hände hatte ich in der Höhe des Bauchnabels übereinander gelegt und die Decke in Brusthöhe in der Mitte etwas nach oben gezogen, so, dass eine kleine Höhle entstanden war. In diese Höhle kauerte sich der Spatz, schloss die Augen und war sogleich eingeschlafen. Ich erkannte es an seinem tiefen, ruhigen Atmen.

Das war schon toll! Ich war ganz gerührt!

Dämmerung, Müdigkeit, dazu dieses niedliche Wesen vor mir … mein Freund! Ach, es war einfach unglaublich gemütlich. Als die ersten Regentropfen auf das Dach fielen, schloss auch ich meine Augen, lauschte noch eine Weile den monotonen Klängen des Niederschlags und durchschritt das Tor zum Schlaf.

„Willst du den Rest deines Lebens verschlafen?!“, weckte mich eine mir bekannte Stimme.

Ich streckte mich und rieb mir die Augen. „Wieso, wie spät ist es denn?“

„Spät genug“, kam die Antwort, mit der ich nichts anfangen konnte.

Ich hob den Kopf. „Eh, ist ja noch nicht einmal richtig hell“, beschwerte ich mich.

„Du Witzbold, es ist gleich schon wieder dunkel!“

Mein Gehirn war noch gar nicht so richtig in der Lage, zu verstehen, was Sing-Sing mir damit gesagt hatte. Es dämmerte mir aber schnell.

„Ist das echt wahr? Habe ich vierundzwanzig Stunden lang geschlafen? Das kann gar nicht sein!"
Ich sprang aus dem Bett, ließ mich aber sofort wieder auf den Rand nieder: „Puh, ich bin noch voll müde!"
Der Spatz landete nach einem Rundflug durch das Zimmer auf einem meiner Knie. „Das kommt davon, wenn man zu lange schläft", sagte er. „Ich habe schon viermal versucht, dich zu wecken, aber du warst so weit weg. Du lagst da wie ein Stein."
Ein Gähnen, mit weit aufgerissenem Mund, ließ meine Worte „Ich fühl mich auch so" sehr merkwürdig klingen.
Der nächste Gedanke: Kaffee! Und Essen!!
Ich wickelte mich in die schwarze Stola, die aus einem Wolle-Kaschmir-Gemisch gestrickt war. Genau das Richtige, um die noch vorhandene Bettwärme im Körper einzuschließen. So torkelte ich in die Küche.
„Ich weiß gar nicht, wieso ich so müde bin. Das bisschen Autofahren gestern kann doch nicht die Ursache sein. Vielleicht krieg ich eine Erkältung?!"
Sing-Sing pickte eifrig Körner, die ich ihm hingestellt hatte. „Du könntest mir mal einen Meisenring besorgen, die sind lecker!"
„Ja, kann ich mal machen", gab ich zurück. Meine Gedanken waren jedoch schon wieder ganz woanders. „Meinst du, ich habe verlernt, mich unter Menschen zu begeben?", fragte ich und zog die Beine an, sodass die Füße sich zu meinem Hintern auf die Sitzfläche des Stuhls gesellten.
„Berechtigte Frage!" Der Spatz schaute mich eine Weile lang an. „Wieso kommst du darauf?"
„Na, meine Reaktion gestern auf der Fahrt und auf dem Parkplatz. So ganz normal war das wohl nicht?!"
„Ach, normal, was ist schon normal? Nee, es ist wohl eher so, wie ich dir schon gesagt habe. Du bist ein wenig angegriffen, psychisch belastet und auch verwirrt. Deshalb auch diese Müdigkeit. Dein Gehirn läuft seit Wochen auf Hochtouren, und du fühlst, dass sich etwas ganz Entscheidendes in dir verän-

dert. Jetzt suchst du ständig nach einer Schublade, in die du dieses Neue, Andere hineinstopfen kannst, aber du findest keine, weil …“

„… weil diese Dinge, die ich da plötzlich sehe, einsehe, erlebe und fühle, so ganz anders sind als das, was ich als den Inhalt meines Lebens bis zu dem Zeitpunkt, wo du auftauchtest, angesehen habe.“

„Die Dinge sind nicht anders, das kannst du mir glauben! Du bist anders! Besser: Du befindest dich augenblicklich in einer Lebensphase, in der du merkst, dass dieser jahrelange Selbstbetrug keinen Nährboden mehr findet.

Es war nicht so, dass ich aufgetaucht bin, um dir eine andere Sichtweise ‚aufzudrücken‘, nein!

In Wahrheit war es so, dass **du** wusstest, es ist Zeit dafür, du wusstest nur nicht **wofür.** Und das war der Auslöser, weshalb ich in dein Leben getreten bin. **Du** willst dich verändern, nicht **ich** dich.“

„Aber ohne deine ständige Hilfe käme ich kein Stück weiter!“

„Wofür sind Freunde denn da?! Und ich mach nicht viel, nur das eine: Ich stelle dir zur richtigen Zeit die richtigen Fragen.

Die Antworten, die hast du selbst seit Jahren schon. Was du nicht hattest, das war jemand, der dich fragt. Glaub mir, es ist die einzige Hilfe, die ich dir gebe. Alles andere kommt aus dir selbst!

Neulich sagtest du, dass du dich hilflos fühlst. Was heißt das denn konkret? Doch nichts anderes, als dass du festgestellt hast: Alleine komme ich nicht weiter. Und gleichzeitig erkennst du auch die Wahrheit: Ich bin einsam.

Nur wer einsam ist, weiß, dass niemand da ist, der ihm helfen kann.

Möglicherweise sind Menschen da, so wie die unten im Dorf, die dir helfen würden. Aber sie können es nicht, weil sie nicht wissen und auch nicht verstehen, welche Art von Hilfe du derzeit nötig hast.

Für solche Momente im Leben, da braucht man etwas ganz Wertvolles, und … das wäre?"
Hoffentlich konnten meine Augen dem Vogel die Liebe vermitteln, die ich in diesem Moment für ihn empfand: „Man braucht einen Freund!"
„Richtig! Und was wäre noch besser?"
Ich schaute Sing-Sing fragend an: „Etwas Besseres als einen Freund gibt es nicht!"
„Doch, natürlich", behauptete er und flog übermütig auf den Rand meines Kaffeebechers, „mehrere!!"
„Du hältst mich also nicht für menschenscheu", musste ich die Frage von eben noch einmal wiederholen. Es war mir sehr wichtig, die Meinung des Vogels dazu zu hören!
„Nein, nicht in geringster Weise. Das Einzige, was du in Bezug dazu bist, das ist kontaktfaul! Und das … das ist etwas ganz anderes!
Willst du mir nicht doch einmal erzählen, für wen beziehungsweise über wen du dieses Gedicht geschrieben hast? Du weißt schon, welches ich meine: *Heute, wie jeden Tag* war der Titel."
„Ach, da gibt es nicht viel zu erzählen. Das war ein Gedicht über, wie sagt man? Über oder von der großen Liebe."
„Ja, das habe ich mir denken können, aber woran ist sie gescheitert?"
„Tja, woran scheitert eine Beziehung? Ich denke mal, an den Alltäglichkeiten – an der Gewohnheit. Letztendlich am Vergessen, was der andere einem bedeutet. Man nimmt das Glück hin, solange es zu greifen ist, und weiß noch nicht, dass es zerplatzt wie eine Seifenblase, wenn man keine Mühen investiert, es am Leben zu erhalten."
„Geht es noch etwas theoretischer?"
„Was willst du denn? Es ist doch so: Man begegnet sich, man ist fasziniert voneinander – Neues ist immer reizvoll. Man unternimmt Sachen zusammen, merkt, dass es Spaß macht, dass man sich eine Menge zu sagen hat … irgendwie stimmt halt ‚die Mi-

schung'. Nach einer Weile spürt man, dass man den anderen vermisst, wenn er mal nicht da ist. Dass man die ganze Zeit an ihn denken muss. Man macht sich kleine Geschenke als Zeichen der Liebe. Tja, dann zieht man zusammen, teilt alles und empfindet es als Gewinn … und dann, irgendwann verliert man die Aufmerksamkeit. Man hat sich aneinander gewöhnt, und damit fängt die Zerstörung an.

Man hat vergessen, dass alles vergänglich ist. Man denkt, so geht es immer weiter, und man tut nichts. So lange, bis man sogar aufhört, miteinander zu reden, weil man sich nichts mehr zu sagen hat. Jedenfalls nichts, was der andere nicht schon weiß. Alles verliert sich in Wiederholungen: der Sex, das gemeinsame Essen, die Gespräche schon lange … Von da an ist es nicht mehr weit, bis der Mutigere von den beiden ausbricht. Neue Wege, neue Ufer, neue Partner. Plötzlich ist alles wieder bunt und faszinierend, reizvoll … Tja, und das war es dann!"

„Ist nicht dein Ernst?!"

„Das hat nichts mit Ernst oder Spaß zu tun. Das ist halt so!!"

„Immer?!"

„Ach, was weiß ich denn, ob immer – aber oft bestimmt."

„Und was war nach dieser ‚traumhaften Beziehung', oder soll ich lieber ‚alptraumhaft' sagen? Echt, was du mir da erzählst, klingt furchtbar!"

„Also, ich war nicht der Mutige."

„Das hättest du jetzt nicht extra sagen müssen. Das war mir schon klar."

„Na ja, ich hab halt gelitten, getrauert, mich ausgenutzt und mies behandelt gefühlt – halt das volle Programm, welches der arme Verlassene so abzieht."

„Und, was geschah dann?"

„Dann … dann hab ich die Fäden in den Händen gehalten!"

„Was heißt das jetzt wieder?", wollte Sing-Sing wissen.

„Also, das heißt, Vergnügen ja – langfristige Beziehung, nein!"

„Und, das war dann die Lösung?"

„Natürlich nicht! Aber diese Art von Partnerschaft hat erhebliche Vorteile."
„Ja, das sehe ich!"
„Was meinst du damit?", fragte ich gereizt.
„Genau das! Dein ganzes Gefühlsleben ist krank geworden. Du bist genauso verletzt wie damals. Allerdings mit einem, wie du selbst sagst, erheblichen Vorteil."
„Na, da bin ich aber gespannt, was der Herr Psychologe nun deutelt!"
„Ich sage es dir, auch wenn du das im Moment nicht sehen wirst, weil du es nicht sehen willst, weil du im Augenblick überhaupt nichts sehen würdest! Der Vorteil ist: Du kannst niemanden für dein Leid verantwortlich machen. Niemanden, außer dich selbst, und somit liegen alle Chancen, von diesem Trip herunterzukommen, ebenfalls in dir selbst!
Aber zurzeit hat mein Gerede überhaupt keinen Sinn! Ich flieg jetzt mal ein Stündchen draußen rum. Wir sehen uns später!"
Damit erhob sich der Spatz, und schwupp, weg war er. – Hinaus aus dem Küchenfenster, hinein in die Dunkelheit.
Und ich? Ich saß da und flennte.

Irgendwann hört jeder wieder auf, im eigenen Tränenmeer zu baden. Irgendwann hat man sich ausgeweint. Da kann man „drücken", wie man will, es kommt nichts mehr.
Wenn dann die Phase vorbei ist, in der man sich ausruhen muss, also die Zeit, wo alles in und um einen herum nur dumpf und leer erscheint, nein, ist, dann ist der Punkt erreicht, wo man sich den Ursachen widmen kann und das auch tun sollte.
In diesem Stadium befand ich mich, als der Spatz zurückkam. Am liebsten hätte ich den Kaffeebecher genommen und nach ihm geworfen. Wie konnte er mir vorhin so weh tun, dieser Mistvogel! Aber ich hielt mich unter Kontrolle. Nichts ist schlimmer als spontaner Aktionismus, den man Sekunden später

bereut. Ich bereute ja jetzt schon, dass ich überhaupt einen solchen Gedanken zugelassen hatte.
„Entschuldige bitte, aber anders ging es nicht", waren seine ersten Worte.
„Du bist echt ein selbstgefälliges, kleines Stück …", mir fehlte der treffende Ausdruck, „mich so niederzumachen …"
„Genau das sind die richtigen Worte, die du zu dir sagen solltest! Die sind besser als all das, was mir dazu einfällt!"
Wieso musste ich darüber grinsen? Ich wollte das wirklich nicht. Ich wollte beleidigt sein und böse.
Um es klar zu sagen: Ich wollte nicht **mir** böse sein, sondern diesem Spatzen. Wieso gelang das nicht?
Ich stand auf: „Mir ist kalt! Ich leg mich jetzt in die Badewanne."
„Super Idee!"
Ich verteilte überall im Badezimmer Teelichter, und als ich im warmen Wasser lag, die ruhig brennenden Flammen betrachtend – eine wunderbare Konstellation hatte ich da durch Zufall aufgebaut, wie ein Sternenbild, und ich mittendrin –, da verschwand die Aggression, die ich eben noch gegenüber Sing-Sing gehabt hatte. So, als ob sie jemand aus mir heraussaugen würde.
Sing-Sing saß auf der Stange des Duschvorhangs und schaute zu mir herunter. Sein Körper warf einen riesigen Schatten auf die Wand.
„Wenn ich so darüber nachdenke …", begann ich zaghaft und schloss lieber mal die Augen, „also, da ist schon was Wahres dran … zumindest ist es nicht ganz falsch … wir könnten ja einmal annehmen … ach, Scheiße!"
„Lass dich doch einfach ‚gehen'! Hier ist doch niemand! Wir sind alleine! Zwei Freunde beim gemeinsamen Bad, also!"
„Also was?"
„Trau dich!! Sag, was du im Augenblick denkst, und versuche nicht erst, deine Gedanken und Gefühle zu selektieren. Geordnet kriegen wir die später schon gemeinsam."
„Du redest mit mir wie mit einem psychisch Kranken."

Daraufhin sagte der Vogel nichts, und ich „überhörte“ es geflissentlich.
„Also, es stimmt schon, dass die Art und Weise, mit der und in der ich das andere Geschlecht behandle, nicht gerade besonders positiv auf mich selbst wirkt. Auf der anderen Seite, so ganz ohne will ich ja auch nicht. Du verstehst, das Ausleben des Triebes, die Befriedigung, auch der Spaß dabei, das ist schon wichtig, und das tut auch gut … jedenfalls in dem Moment.“
„Da ist auch überhaupt nichts gegen einzuwenden. Es geht mir doch nicht darum, eine moralische Gesellschaftsstruktur zu untermauern. Das ist mir völlig schnurz! Mir geht es um dich! Um dein Innenleben, um deine Harmonie, um das, wonach du dich sehnst. Was ich als Frage gestellt habe, war: Bist du überzeugt davon, dass es so für dich das Beste ist? Und wir haben ja beide ziemlich schnell und du auch schmerzhaft erkennen müssen, dass dem nicht so ist. Also frage ich dich: Warum handelst du gegen dein eigenes Gefühl? Du handelst doch auch nicht gegen deine eigene Überzeugung. Wieso also gegen deine Seele?“
„Ja, aber … was soll ich denn machen?“
„Das musst du schon selbst wissen. Ich bin doch keine Gebrauchsanleitung für das Leben, in der man einfach nachschlagen kann, wie man aufgetretene Fehler behebt. Das Leben ist doch keine Maschine. Ich kann dir helfen, zu sehen, dass es so nicht geht, aber wie es geht, das musst du schon alleine herausfinden. Ich kann dir nur sagen: **Es ist besser, an seinen Versuchen zu scheitern als an nicht wahrgenommenen Chancen.**“
„Du hättest Orakel werden sollen. Die geben auch immer so Sachen von sich, die man drehen und wenden kann, wie es einem passt. Da kriegt man ein Zeichen, und nun darf man es deuten. Kein Problem, deutet man es eben. Stellt sich später heraus, dass man verkehrt lag, liegt die Schuld bei einem selbst, weil man eben die Zeichen falsch interpretiert hat.“
„Du hast noch etwas vergessen!“

„So, und das wäre?“
„Zeichen deuten kann jeder. Nur, was sie **bedeuten**, dieses Wissen haben nur Eingeweihte – und das ist auch gut so!“
„Und wieso das?“
„Weil ansonsten jeder ‚eingefahrene Pinsel‘ dem Schicksal ins Handwerk pfuschen würde … und was dann hier los wäre … ich kann dir sagen …“
„**Du** glaubst an Vorherbestimmung?“ Ich war echt erstaunt!
„Nun“, antwortete der Spatz und flog mir auf den Kopf, „ich will mal so sagen: Alles, was geschieht, hat einen Sinn. Wenn im Herbst die Blätter von den Bäumen fallen, dann ist das sinnvoll, auch wenn wir erst im Frühling sehen, warum das so ist.
Ähnlich, leider nicht ganz so einfach, ist es bei den Menschen. Du erlebst irgendwas, dir passiert irgendwas, du triffst irgendjemanden, und irgendwann, manchmal Jahre oder Jahrzehnte später weißt du, warum es damals für dich ganz persönlich gut war, dass es so kam und nicht anders.
Manchmal sucht man etwas ganz Bestimmtes und findet etwas völlig anderes. Vielleicht sogar das genaue Gegenteil. Das heißt nicht, dass man die Suche aufgeben soll. Das heißt bloß, dass es im Augenblick nicht die richtige Zeit dafür ist. Verstehst du, was ich sagen will?
Man muss zur richtigen Zeit das Richtige suchen, dann ist das Finden ein Leichtes. Da man als Mensch aber keinen Einfluss darauf hat, diese zwei Konstanten zu koordinieren, läuft man meist einer der beiden hinterher. Entweder findet man etwas, aber die Zeit ist nicht die richtige, oder die Zeit ist optimal, aber man findet nichts.
So oder so, wichtig ist dabei nur, niemals die Suche aufzugeben, denn nur dann besteht die größtmögliche Chance, dass irgendwann einmal Suche und Zeit perfekt zusammenpassen.“
„Und dann sagt man ‚Bingo‘, nicht wahr?!“
„Du sagst dann vielleicht ‚Bingo‘, ein anderer sagt: Ich bin rundherum glücklich. Fühlen werdet ihr das Gleiche.

Aber ich will es noch einmal wiederholen, denn es ist wirklich wichtig!
Egal, was geschieht, man muss immer weitersuchen, und weißt du auch, wonach?
„Nach dem eigenen Glück oder nach dem, was man dafür hält."
„Das ist sehr oberflächlich ausgedrückt. Ich denke, du kannst das besser formulieren. Du hast **sie** vorhin in der Küche gespürt."
Ich setzte mich auf und drückte mit beiden Händen den Naturschwamm aus. Ein Strahl spritzte bis hin zu dem Vogel. Er plusterte sich: „Eh, lenk nicht ab!"
„Man muss weitersuchen nach dem, was die eigene Seele erbittet, und zwar so lange, bis man zur richtigen Zeit das findet, wonach man gesucht hat!"
„Und alles andere, was man auf dem Weg dorthin lernt, das sollte man mitnehmen! Wer weiß, vielleicht kann man es noch einmal gebrauchen."
„Ich glaube", sagte ich und drehte den Warmwasserhahn auf, „Erfahrungen sammeln ist immer hilfreich."
„Und Erfahrungen kann man nur sammeln, wenn man etwas Neues erlebt. Die Betonung liegt auf ‚neu'.
Das, was du aber treibst, um zu unserem Thema Partnerschaft zurückzukehren, ist immer wieder dasselbe, und somit sind auch deine Erfahrungen immer wieder dieselben.
Den Schluss daraus zu ziehen, dass jede Beziehung immer in derselben Art abläuft und von Vorneherein schon auf ein Scheitern vorprogrammiert ist, der ist einfach schlicht und ergreifend: falsch!"
„Du meinst also, wer nicht wagt …"
„Ja, genau! Wer nicht wagt, hat schon verloren, und du warst auf dem besten Wege dorthin.
Wie kamst du denn bloß auf diesen Einfall, zu sagen: Ich lass keinen mehr an mich ran, dann kann mich auch keiner mehr verletzen? Das ist so, entschuldige den Ausdruck, so trivial! Das

passt gar nicht zu dem, was du ansonsten an Ansprüchen an dich stellst. Und dann noch den Umstand zu verdrängen, dass du selbst dabei kränker und kränker geworden bist – echt, der Wahnsinn! Na, hoffentlich sind da keine bleibenden Schäden entstanden."

„Wie meinst du das?"

„Na, wer sich jahrelang so aushungert, der muss ganz sorgsam und langsam wieder ans Essen gewöhnt werden!"

Das war der erste Satz in unserem Gespräch, den ich nicht verstand – noch nicht. Dafür war augenblicklich einfach nicht die richtige Zeit.

Sing-Sing hüpfte auf eine meiner Kniescheiben, die aus dem Wasser ragten: „Noch sauer auf mich?"

„Nein, natürlich nicht, und das weißt du auch. Ich war eigentlich nie sauer auf dich. Ich war nur ärgerlich, dass du ‚Sachen vom Speicher holst', die ich längst verstaut hatte, um sie nach und nach zu vergessen."

„Vergessen tut man so etwas nie! Verdrängen kann man es, aber es kommt immer wieder nach oben, wie Leichen im Wasser."

„Sehr schöner Vergleich", erlaubte ich mir zu bemerken.

„Tja, es ist aber so. Es gibt Erlebtes, das kann man nicht vergessen, weil es langsam, aber stetig die Seele zerfrisst. Diese Schmerzen, die spürt man immer wieder, und wenn sie auftreten, weiß man sofort, woher sie rühren. Da kann man sich vormachen was man möchte, aber vergessen – das kann man nicht!"

Ich wischte mir die letzten Tropfen vom Bein. Im Abfluss die typisch gurgelnden Geräusche von abfließendem Wasser.

„Ist schon verrückt! Nach jedem unserer Gespräche fallen mir zwei Dinge auf."

„So, tun sie. Und welche sind es?", fragte Sing-Sing.

„Erstens, ich fühl mich hinterher leichter. Befreiter, als ob Last von mir abgefallen wäre."

„Schön, und zweitens?"

„Egal, worüber wir sprechen, zum guten Schluss landen wir immer bei der Seele … Als ob alle Wege dorthin führten."

„Das hast du aber hübsch gesagt: **Alle Wege führen zur Seele** … und ich will ergänzen: **Alle Wege beginnen auch dort**!

Die Menschen pflegen ihr Äußeres. Sie gehen zum Arzt, wenn ihr Körper krank ist. Sie achten auf gesunde Ernährung. Nur um ihren Kern, ihr Inneres, darum kümmern sie sich reichlich wenig.

Einen Ort, wo sich alles ablagert, wo sie alles ablagern, ohne Skrupel. Ohne den geringsten Gedanken daran, was sie sich antun. Wenn manch einer seine Seele anschauen könnte, so, wie er sein Gesicht im Spiegel betrachten kann, ich sage dir, er würde sich nicht mehr vor die Tür trauen.

Aber er sieht sie nicht. Er nicht – und die anderen ebenso wenig, also: immer ‚rinn' mit dem ganzen Müll. Wird schon alles reinpassen.

Ja, bis es eines Tages zu voll ist, das menschliche Seelchen, und dann … dann ist meist zu spät. Wenn die Seele erst einmal richtig krank ist, dann ist eine Heilung fast unmöglich. Nie hat jemand auf die Symptome geachtet. Wieso auch? ‚Reiß dich zusammen', ‚Augen zu und durch', das sind die bekannten Sätze, die man zu hören bekommt. So etwas würde keiner zu einem sagen, der Zahnschmerzen hat. Aber wenn die Seele leidet … Wer weiß denn schon so genau, ob es wirklich eine gibt …?

Ach, es ist echt eine Schande, aber die Menschen werden nicht drum herum kommen. Das heißt, eines Tages werden sie zulassen müssen, dass es ein Seelenleben gibt, denn ansonsten sind sie schon so gut wie tot! Und jetzt lass mich endlich aus dem Badezimmer raus. Hier ist es wie in einer Sauna!"

Als Sing-Sing schon längst auf dem Ast des Gummibaums saß, der im Arbeitszimmer am Fenster stand, blies ich nach und nach die Teelichter aus, bis der ganze Raum im Dunkel lag.

Ich tastete nach dem Türgriff und war froh, als ich ihn gefunden hatte und das Licht vom Flur ins Bad fiel.

So ungefähr muss sich meine Seele gefühlt haben, dachte ich. Nicht ein paar Sekunden lang, sondern über Jahre hinweg: eingesperrt im feuchten Dunkel und keiner, der die Klinke findet – weil niemand nach ihr sucht.

Eingepackt in Bademantel und dicke Wollsocken, die mir eine Frau aus dem Dorf gestrickt hatte, ganz warm, ganz bunt, ließ ich mich, eine heiße Tasse Tee in der Hand, auf dem Sessel nieder. Die Beine legte ich auf den Tisch, der vor mir stand. So saß ich lange Zeit ganz stumm da und gab mich einfach dem Wohlgefühl hin: der Stille der Nacht, wenn die meisten Menschen schlafen.

Man spürt es auch hier, wo ich wohne. Tagsüber schwirren die Energien nur so herum, und erst am späten Abend wird die Welt friedlich, dann nämlich, wenn die Menschen ihr Tagwerk vollbracht haben. Mal mehr, mal weniger gut, aber immer mit der Befriedigung, dass ein weiterer Tag hinter ihnen liegt.

„Jetzt müsstest du es eigentlich riechen!"

Ich schaute hinüber zu dem Spatzen: „Was soll ich riechen?"

„Erinnerst du dich noch an unser Gespräch über Morgen- und Abenddämmerung? Du sagtest damals, dass man es spürt, ob es kurz vor Sonnenauf- oder Sonnenuntergang ist, und ich sagte, dass ich das riechen würde."

Jetzt fiel es mir wieder ein. Stimmt, dieses Gespräch war ziemlich schnell im Sande verlaufen. Ich hatte mich nicht ernst genommen gefühlt und reagierte mit Ablehnung und Trotz.

„Ja, ich weiß noch, aber riechen tue ich immer noch nichts."

„Tust du wohl! Du weißt nur nicht, dass das, was du riechst, die Dämmerung ist."

„Verstehe ich nicht", musste ich zugeben, schnupperte dennoch auffallend betont in die Luft.

„Klar, mitten in der Nacht ist der Geruch verzogen, aber vorhin, nachdem ich dich geweckt hatte, da hättest du ‚ein Näschen' dafür haben können."

„Tut mir leid, ich habe keinen Schimmer, wovon du sprichst!"

Sing-Sing kam zu mit hinüber geflogen und landete auf meinem Bauch: „Die Seele", begann er, „die Seele atmet nur zweimal am Tag. Einmal, bevor die Sonne aufgeht, dann atmet sie ein, ganz tief und langsam. Sie bereitet sich auf den Tag vor. Auf all das, was ihr widerfahren wird, Gutes wie Schlechtes. Sie wird es nehmen, und sie wird damit umgehen, so lange, wie der Mensch, in dessen Körper sie wohnt, versucht, damit umzugehen.
Wenn du also morgens in aller Früh die Einsamkeit und Stille suchst, durch den Garten schreitest und die Luft wie während einer Meditationsübung ein- und ausatmest, dann ist das genau der Zeitpunkt, in dem du deiner Seele, unbewusst oder nicht, die Zeit gibst, sich auf die Arbeit zu konzentrieren, die du beziehungsweise ihr den Tag über machen werdet.
Am Abend, wenn die Sonne untergegangen ist, aber noch bevor es richtig dunkel ist, das ist der Zeitpunkt, an dem die Seele ausatmet. Sie befreit sich von dem Stress, der Hektik, den Ungerechtigkeiten und Schmerzen, die ihr tagsüber zugemutet werden. Sie tut es, wenn der Mensch ihr die Zeit dafür gibt!"
„Jetzt hast du mir aber immer noch nicht den Duft beschrieben."
Der Vogel legte den Kopf schief: „Na, ganz einfach, morgens riecht es nach Arbeit und am Abend nach Faulheit!"
„Du bist doof!"
Sing-Sing freute sich: „Ein kleiner Spaß zwischendurch muss ja wohl mal erlaubt sein!"

In den folgenden Tagen – natürlich hatte ich längst Meisenknödel und Ringe für meinen gefiederten Freund besorgt – schrieb ich einige Briefe. Ich hatte mir wunderschönes Papier gekauft. Ein Emblem von zwei Delfinen, die vor der untergehenden Sonne aus dem Meer emporsprangen. Wirklich toll!
Später würde ich diesen Druck einmal abzeichnen. Für mich und vergrößert, um ihn im Bilderrahmen über meinen Schreibtisch zu hängen. Das könnte nur positive Kräfte freisetzen!

Die Adressen der Leute, denen ich Post schicken wollte, hatte ich neulich fein säuberlich ganz hinten auf die freien Seiten eines Kalenders notiert. Der selbst zeigte ein längst vergangenes Jahr an.
Schon als ich die Briefe in den Kasten geworfen hatte, war ich ein wenig aufgeregt und gespannt, ob ich Antworten bekommen würde.
Vielleicht wohnten die Menschen gar nicht mehr dort, wohin ich meine Botschaften gesandt hatte? Vielleicht erinnerten sie sich überhaupt nicht mehr an mich? Doch so schnell vergisst man keinen Menschen!
Vielleicht hatten sie aber auch nach so vielen Jahren, in denen ich mich nie gemeldet hatte, keine Lust mehr auf Kontakt. Sie hatten sich ja auch nie bemerkbar gemacht. Vielleicht warteten sie bereits seit Langem auf ein Zeichen, weil sie sich selbst nicht trauten, weil sie selbst nicht den ersten Schritt machen wollten. So viele „Vielleichts". Der, der den ersten Schritt wagt, muss auch immer damit rechnen, abgewiesen zu werden – und wer wird das schon gerne. Also, lieber abwarten, auch wenn das bedeuten kann, dass ein Kontakt für immer abgebrochen bleibt.
„He, nun gedulde dich doch einfach mal. Du wirst schon sehen, was passiert."
Der Vogel konnte Gelassenheit signalisieren. Er hatte ja nicht geschrieben. Ich war es gewesen, und ich war eben voller Erwartungen, und die standen mir auch zu nach den ganzen Mühen und Stunden, in denen ich Wörter gesucht hatte, die erklären, und Sätze versucht hatte zu formulieren, die verstanden werden sollten.
„Ich hätte alles erst mal in den PC tippen, korrigieren und dann auf das schöne Briefpapier bringen sollen. Dann hätte ich eine Menge Papier gespart."
Sing-Sing umklammerte mit seinen Füßchen den Rand des Papierkorbs und schaute hinein.

Er nickte mit dem Kopf, was so viel bedeutete wie: Stimmt, das hättest du.
Von da an wartete ich jeden Tag, ob der Briefträger auf seinem Fahrrad die Straße entlangkommen würde. Natürlich tat sich so schnell nichts, aber irgendwie musste ich meine Hoffnungen zum Ausdruck bringen.
Eines Abends, ich war gerade fertig mit Spülen, denn ich hatte Weihnachtsplätzchen gebacken, für uns und einige Menschen im Dorf, denen ich damit eine kleine Freude im Advent bereiten wollte, sagte Sing-Sing:
„Du hast mir seit ewigen Zeiten kein Gedicht mehr vorgelesen, weißt du das?!"
„Tja, dem ist wohl so", antwortete ich, währenddessen ich mir vom ersten Blech eine Kostprobe gönnte. „Hm, probier mal, die hier. Die sind ‚ein Gedicht'!"
„Lecker! Richtig weihnachtlich, aber was ist mit der Lyrik?"
„Was willst du denn hören, ein Weihnachtsgedicht? Ich habe da neulich ein gutes gelesen.
Es hieß **Frieden auf Erden**, es fing so an:
In der Küche duftet's wohlig und warm,
Woanders erfriert ein Kind auf dem Arm …"
„Nee, Stopp! Nicht so eins von deinen ‚Und ich mach dir **doch** ein schlechtes Gewissen', bitte nicht!"
„Ist gar nicht so eins", setzte ich mich zur Wehr. „Außerdem, wer sagt denn, dass es von mir ist? Ich hab dir doch gerade erzählt, dass ich es gelesen habe."
„So etwas kann nur von dir sein! Wer würde sonst in dieser Art schreiben?!"
„Verurteilungen auszusprechen, bevor du überhaupt das Ganze gehört hast – auch nicht gerade vorbildlich, solch ein Verhalten! Aber gut, wenn du nicht willst, dann nicht! Ein anderes fällt mir derzeit leider nicht ein."
„Jetzt sei nicht beleidigt. Also, worum geht es denn in den Versen?"

„Es geht darum, dass man sich gerade in dieser Jahreszeit mal Gedanken machen könnte, wie man es schafft, einen schöneren Umgang miteinander zu pflegen. Dass man sich Liebe, Wärme und Zärtlichkeit schenken sollte, anstatt sich den Kauf-Rausch-Trieben des Weihnachtsgeschäfts hinzugeben, und dass ein gutes Wort oder eine Umarmung viel schwieriger zu schenken sind als materielle Sachen, wohl aber einen viel höheren Wert haben als diese, weil keiner sich, so reich er an Geld auch sein mag, Zuneigung kaufen kann.
Das Glück zu spüren, geliebt zu werden und auch selbst zu lieben, das könnte der erste Schritt sein, hin zum Frieden auf Erden …"
„Und das hast du geschrieben?"
„Ja, das hab ich geschrieben, aber du willst es ja nicht hören, also bitte!"
„Okay, da hab ich mich wohl getäuscht, sorry!"
„Vergeben und vergessen, ist ja bald Weihnachten. Da ist Großzügigkeit angesagt", sagte ich, und meine Stimme klang gespielt hoheitsvoll.
Es freute mich innerlich total, dass ich doch nicht **nur so** war, wie Sing-Sing oft behauptete.
Nein, auch vor unserer Begegnung hatte ich schon meine guten Seiten, und dem Vogel dieses wenigstens ab und zu auch beweisen zu können, das tat mir einfach gut.

Das Gebäck war verteilt und mit großem Lob angenommen worden, auch wenn die Frauen vom Dorf sicherlich viel tollere Plätzchen backten als ich. Es war die Geste, die zählen sollte und zählte!
Auch ich wurde beschenkt. Ein Fläschchen Wein aus den Trauben des eigenen Weingartens hier, dort etwas zum Naschen – aus eigener Herstellung, versteht sich. Doch, diese Tradition, sich zur Adventszeit gegenseitig zu besuchen, eine Stunde voller Gemütlichkeit zu verbringen, zu klönen und manchmal auch ge-

meinsam zu singen, das ist eine herrliche Sache. Es macht Spaß! Geben und nehmen macht immer Spaß … wenn das Herz dabei die Hauptrolle spielt!!

Sing-Sing und ich hatten Tannenzweige vom ersten Schneespaziergang mitgebracht, und in der ganzen Wohnung duftete es, wie es diese Zeit mit sich bringt, nach Äpfeln, Vanille, Zimt und anderen wohlriechenden Aromen der Natur.
Weihnachtszeit, du schöne Zeit – ja, wirklich wahr!
Der Spatz fand vor allem die Vasen mit den Zweigen toll, denn so erweiterten sich seine Möglichkeiten, gemütliche Sitzplätze zu finden.
Irgendwann einmal, es war spätnachts, schaltete ich den Computer an. Mit einem Glas Glühwein daneben las ich das, was ich kurz bevor diese Stimme aufgetaucht war, geschrieben hatte.
Vorsichtig nippte ich am Glas. Sing-Sing schlief im Nachbarzimmer gut versteckt zwischen den Zweigen.
Es war unglaublich still!
Wirklich, so kann man doch kein Buch beginnen, dachte ich. Das liest doch kein Mensch. Menschen brauchen Streicheleinheiten für ihre geschundenen Seelen. Dinge, die sie erfreuen oder zumindest ein positives Gefühl in ihnen wecken.
Bücher sollen wie Freunde sein. Man will sie wieder und wieder in die Hand nehmen und sich so an die schönen Zeiten erinnern, die man mit ihnen verbracht hat.
Bücher können helfen, die Einsamkeit wenigstens für ein paar Stunden vergessen zu machen.
Das Hässliche, das Böse, das, was quer und falsch läuft, dafür gibt es Zeitungen. – Das sieht man jeden Tag auf der Straße.
Ein Buch soll ein Gebiet, ein Schutzgebiet sein, in das man sich zurückziehen kann, wenn man will. Wenn man es braucht.
Oh, mir ging viel durch den Kopf. Teile meines eigenen Lebens und was ich daraus gemacht hatte, mehr noch, was ich versäumt hatte zu tun oder anders getan hatte, als ich wirklich wollte. Die

Zeit mit dem Vogel, die mir so viel Neues eröffnet hatte, auch so viel Neues über mich selbst, über die Art und Weise, in der ich mit mir umgegangen war … Wie wäre es weitergegangen, wenn Sing-Sing nicht aufgetaucht wäre?
Oder wenn ich ihn rausgeschmissen, vergrault hätte, nicht zugelassen hätte, dass er mich zu meiner Seele führt …?
Welcher Engel hatte ihn mir geschickt? Womit hatte ich ein solches Glück verdient?
Und dann stellte ich mir noch eine Frage: **Wieso** hatte der Himmel ihn mir gesandt?
Wenn nichts einfach **nur so** geschieht, dann musste es doch auch für diese Begegnung einen Grund geben. War es der, dass in mir eine Veränderung stattfinden wollte, ich es aber alleine nie geschafft hätte, dieser stattzugeben? Wie war das mit der Disziplin und der Selbstkontrolle?
Ja, verdammt, ich hatte mich im Griff gehabt. Im Würgegriff, wie ich in der Rückbetrachtung feststellen musste. Nein, nicht musste, ich **durfte** dieses feststellen, und ich war dankbar dafür, diesem Vogel und allen guten Mächten zwischen Himmel und Erde oder wo sie sich sonst so herumtreiben.
Der Glühwein war mir ganz schön zu Kopf gestiegen. Ich merkte, dass es höchste Zeit war, ins Bett zu gehen. Wenn man Alkohol getrunken hat, sollte man sich nicht gerade mit tiefsinnigen Gedanken befassen; schon gar nicht alleine, kurz vor Weihnachten, in tiefer stiller Nacht und bei Kerzenschein.
Ich stand auf, nahm das leere Glas in die Hand … Stopp, eine Sache gab es noch, die keinen Aufschub duldete …

Erst als ich die Datei gelöscht hatte und nur noch ein weißer, leerer Bildschirm zu sehen war, erst in diesem Augenblick fühlte ich mich ganz frei.
Morgen werde ich mich hinsetzen und anfangen, einen neuen Roman zu schreiben, dachte ich. Einen, der ganz anders wird als das, was man von mir gewohnt ist.

Ich freute mich schon jetzt auf das erstaunte, ja auch enttäuschte Gesicht meines Verlegers.
Wahrscheinlich würde er ihn ablehnen. Mit Sicherheit würde er das tun …
Aber das war mir jetzt, in diesem wundervollen Moment völlig egal.
Auf Zehenspitzen ging ich ins Schlafzimmer. Ein letzter Blick auf den Vogel, meinen Freund. Er hockte unter einem Dach aus Zweigen, den Kopf zwischen die Flügel gesteckt. Ein kleines Bild des Friedens.
Wenn der letzte Eindruck vom Tag einem so etwas Schönes schenkt, dann schläft man ganz wundervoll!

„Weißt du was“, sagte Sing-Sing am frühen Nachmittag des nächsten Tages, „lass uns heute in die Stadt fahren. Ich würde so gerne mal auf einen Weihnachtsmarkt gehen.“
Die Folge meiner eingelegten „Nachtschicht“ war, dass ich bis in den Mittag hinein geschlafen hatte und auch jetzt noch immer nicht richtig angezogen war. Herrlich, sich Zeit zum „Gammeln“ zu nehmen.
„Keine schlechte Idee, ich war auch seit Jahren nicht mehr dort, und ein bisschen Atmosphäre aus vergangenen Kindertagen schnuppern, ist bestimmt schön.“
Ich sagte dem Spatzen nicht, dass ich eigentlich vorgehabt hatte, mich gleich an den Computer zu setzen, um zu schreiben. Mein Kopf war so voller Gedanken, die geradezu danach lechzten, festgehalten zu werden, aber der Vorschlag, sich bei diesem tollen Schnee-Winter-Wunder-Wetter traumhaft geschmückte Holzbuden, Lämpchen und Dekorationen anzuschauen, dazu die typischen Weihnachtsmarktdüfte einzuatmen, bestehend aus Glühwein, Kakao, gebrannten Mandeln, Maronen und Reibekuchen, das war es wert, die Schreiberei zu verschieben.
„Ich geh noch ins Bad, und dann können wir los, okay?!“

Von Kopf bis Fuß verpackt in warme Wintersachen – nichts ist schlimmer, als draußen zu frieren –, zogen wir los.
Für den Vogel hatte ich vor Wochen auf einem Flohmarkt einen Muff aus Kaninchenfell gekauft. In die Mitte der Rolle hatte ich ein kleines Loch geschnitten und dieses mit durchsichtiger Folie wieder verschlossen. So hatte der Spatz ein Fenster zum Hinausschauen.
Eine super „Vogelhütte“, und immer, wenn wir unterwegs waren und Sing-Sing wurde es zu ungemütlich, konnte er dort hineinkriechen, saß warm, weich und abgeschirmt von Wind, Regen oder sonstigen „Vogelfeinden“ und ließ sich von mir tragen.
Schon die Autofahrt war schön. Die schneebedeckte Landschaft, die herannahende Dämmerung, die heute, an einem „sonnenlosen“ Tag besonders früh Einzug hielt und die Gegend unwirklich erscheinen ließ, und in der Ablage neben dem Handschuhfach zwei Briefe von Leuten, an die ich neulich geschrieben hatte.
Mir war ganz warm geworden, als ich den Briefkasten, kurz bevor wir losgefahren waren, sporadisch geöffnet hatte. Die Zeit, in der ich voller Ungeduld auf Post gewartet hatte, die war längst verstrichen.
Den Inhalt würde ich später lesen, wenn wir wieder zu Hause wären. Aber mitnehmen musste ich die Briefe. So behielt ich die Vorfreude darauf ganz in meiner Nähe und konnte hin und wieder einen Blick darauf werfen und mir überlegen, was wohl drinstehen würde.
Als wir die Peripherie der Stadt erreichten, stellte ich das Auto ab, und wir fuhren mit dem Bus bis in die Innenstadt. Das Angebot von Park and Ride während der Vorweihnachtszeit ist wirklich genial!
Kaum waren wir ausgestiegen, fing es auch schon wieder an zu schneien, und Sing-Sing krabbelte in seine Höhle. Ich konnte noch keines der Holzhäuschen sehen, die alle Jahre wieder auf dem Markt aufgebaut wurden, aber den Duft, der einem genau

sagt, wo man sich befindet, den hatte ich schon Straßen vorher in der Nase, und ich brauchte nur seiner Spur zu folgen.
Kaum bog ich um die letzte Ecke, klangen auch schon Weihnachtslieder in meinen Ohren. Leider nur aus Lautsprechern und in einer miserablen Qualität, sodass dadurch keine feierliche Stimmung aufkommen konnte. Aber wer weiß, ob die Menschenmassen die Musik überhaupt wahrnahmen. (In jedem Supermarkt laufen heutzutage Musikbänder. Soll den Kaufwillen fördern, wird behauptet. Also, bei mir hat solches Gedudel die Wirkung, dass ich mit irrer Geschwindigkeit versuche, meine Einkäufe zu erledigen, um die Räumlichkeiten so schnell wie nur irgend möglich wieder verlassen zu können. Aber selbst bei Kühen ist ja bewiesen, dass nicht alle auf die gleiche Musik abfahren …)
Ich schlenderte, die Hände schützend links und rechts an den Öffnungen des Muffs, von Bude zu Bude. Rappelvoll war es, und ich wollte nicht, dass jemand aus Versehen meinen Freund quetschte. Logischerweise konnte niemand auf die Idee kommen, dass da in meinem Ding vor dem Bauch ein Lebewesen saß.
Immer wenn ich an einer der Holzbuden stehen blieb, legte ich den Muff auf die Kante des Verkaufstischs. So konnte auch Sing-Sing alles genau ansehen.
Unmengen gab es zu betrachten. Schöne Dinge, auch Kitsch oder was ein jeder dafür hält, aber nichts war dabei, von dem ich gerne der Besitzer geworden wäre. (Dabei hatte ich mir doch vorgenommen, etwas zu kaufen, um es mir selbst zu schenken.)
Nachdem ich alles gesehen hatte, manches sogar doppelt und dreifach, ging ich zurück zu einem Stand, an dem es unter anderem heißen Kakao gab. Von Glühwein hatte ich noch von der Nacht zuvor genug, und außerdem musste ich später Auto fahren und bei diesem Wetter alle Konzentration darauf legen können.
Den Becher zwischen den Handschuhen haltend, stellte ich mich an einen der Tische. Den Muff legte ich oben drauf. Bei der herrschenden Lautstärke ringsherum konnten Sing-Sing und ich uns kaum unterhalten. Die Stimme des Vogels war viel zu

zart, um gegen den Krach ankommen zu können, und so hatten wir schon ziemlich am Anfang unseres Bummels beschlossen, uns unsere Eindrücke nachher auf der Rückfahrt zu erzählen.
Ich stand also da, nippte am Kakao und genoss das Treiben um mich herum.
Ein Mann gesellte sich an meinen Tisch. Ich zog den Muff etwas näher zu mir heran, ohne diesem Menschen ansonsten weitere Beachtung zu schenken.
„Och, lass ruhig liegen! Stört mich überhaupt nicht."
He, dachte ich, die Stimme kennst du doch!
Ich schaute mein Gegenüber an, aber wegen der dicht ins Gesicht gezogenen Kapuze war ich mir nicht ganz sicher.
„Das hört sich jetzt vielleicht wie eine blöde Anmache an, aber ich glaube, wir kennen uns", sagte ich.
„Du? Das ist ja verrückt! Weißt du, dass ich gerade auf dem Weg zu dir bin?!"
Wir lachten uns an. Die darauffolgende Umarmung sah sicher lustig aus, denn wir waren beide irre dick angezogen und dementsprechend ungelenk.
„Ich hab doch neulich so einen schönen Brief von dir gekriegt", fuhr er fort, „und da hab ich gedacht, super Gelegenheit, einfach mal bei dir vorbeizufahren und Hallo zu sagen."
„Ist ja klasse! Und dann treffen wir uns ausgerechnet hier, toller Zufall!"
„Ich wollte mich nach der langen Fahrt noch etwas bewegen, bevor ich bei dir auftauche, und da dachte ich, Weihnachtsmarktgucken ist genau das Richtige."
Und so gab ein Wort das andere. Wir redeten und redeten, wir hatten uns ja so viel zu erzählen … es war einfach wunderbar!
Irgendwann kommt der Zeitpunkt, wo man mal Luft holen muss, und diesen nutzten wir, um uns langsam in Richtung Auto aufzumachen.
Er wollte mich zuerst zu meinem Wagen fahren und dann hinter mir her. In meine kleine Einsiedelei auf dem Land.

„Irres Teil da um deinen Hals. So etwas hat früher meine Groß-mutter benutzt. Und so praktisch, mit den Bändeln.“
Kaum hatte er die Worte zu Ende gesprochen, schwupp, schon hatte er mir das Ding über den Kopf gezogen und hielt es wie eine Trophäe in der Hand.
„He, nicht! Gib her!“, schrie ich ihn an.
Er warf den Muff hoch in die Luft, fing ihn auf und steckte die Hände hindurch.
„Eh, Mensch, mach das doch nicht, du tust ihm doch weh!“ Ich war dem Heulen nah!
„Du spinnst ja“, lachte er, „das Karnickel ist doch schon lange tot!“ Er warf mir das Teil zu.
Ich schaute hinein, der Muff war leer. Der Vogel war weg.
Genau in diesem Moment, also exakt im selben Augenblick, da wusste ich, was geschehen war.
Ich wusste es und fühlte es: Der Spatz war nicht weg. Den Spatz hatte es in der Art und Gestalt nie gegeben.
Die Stimme, **ich selbst** hatte ihr diesen Körper gegeben, und deshalb konnte auch nur **ich selbst** diesen Körper sehen. Er hatte in **meiner** Wirklichkeit existiert. Nirgendwo sonst und für niemand anderen.
Die Stimme, das war von Anfang an meine eigene gewesen. Meine innere Stimme.
Die Stimme meiner Seele, die keinen anderen Körper braucht, so lange sie in mir wohnt und so lange ich niemals den Versuch aufgebe, ihren Hunger zu stillen.
„Hallo, jemand zu Hause? Also, so ganz normal ist das jetzt nicht?!“
„Normal“, sagte ich, „was ist schon normal?“
Ich schmiss den Muff mit aller Kraft über die Häuschen des Weihnachtsmarktes hinweg. Irgendjemand würde ihn schon finden – vielleicht könnte er ihn sogar gebrauchen.
„Das versteh der Geier! Erst machst du so ein Gezeter wegen des Dings, und jetzt wirfst du es weg?!“

„Vergiss es im Moment. Diese Geschichte, die erzähl ich dir ein andermal. Dafür brauchen wir viel Zeit, Ruhe und ein warmes Zimmer …"

Wir hatten die letzten Buden gerade hinter uns gelassen, als er plötzlich anhielt: „Warte mal, ich will da noch etwas kaufen."
Als er zurückkam sagte er: „Hand auf, Augen zu."
Ich spürte, dass er irgendetwas Kleines, aber recht Schweres in meine Hand legte, konnte es aber durch die Handschuhe hindurch nicht genauer ertasten.
„Okay, kannst die Augen wieder aufmachen."
Was ich dann sah, dort, in meiner Hand: Es war unglaublich!
Ich machte eine Faust, aber nur um sie sofort wieder zu öffnen.
Er war noch da!
Es war ein kleiner Vogel aus Messing, ein Spatz. Sein Köpfchen war zwischen die Federn gesteckt, und er schlief. (Genau in der Haltung, in der **er** so oft geschlafen hatte …)
„Ein kleines Geschenk von mir für dich! Sozusagen ein Mitbringsel. Als ich den vorhin sah, musste ich sofort an dich denken …"
„Wieso das?", fragte ich, nachdem ich mich herzlich bedankt hatte.
„Ehrlich gesagt, ich habe jahrelang gedacht: Eh die, die hat doch einen Vogel!"
Ich grinste ihn an, dann schaute ich hinauf zu den Wolken: „Weißt du, was ich denke? Ich denke, ein jeder hat einen! Und dem Himmel sei Dank dafür!!"

ENDE